L'ÉTRANGE
VIE DE
NOBODY OWENS

Neil Gaiman

L'ÉTRANGE VIE DE NOBODY OWENS

Illustrations de Dave McKean

Traduit de l'anglais (américain)
par Valérie Le Plouhinec

Neil Gaiman est l'auteur de plusieurs livres pour enfants, parmi lesquels le best-seller *Coraline* (Wiz, 2003). Il a également écrit de nombreux romans et nouvelles pour adultes, ainsi que des romans graphiques.

« Graveyard », paroles de Tori Amos © 2001,
Reproduit avec l'accord de Sword & Stone, Inc (ASCAP)

Titre original :
THE GRAVEYARD BOOK
(Première publication : HarperCollins Children's Books, a division of
HarperCollins Publishers, New York, 2008)
© Neil Gaiman, 2008
Illustrations © Dave McKean, 2008

Pour la traduction française :
© Éditions Albin Michel, 2009

Rattle his bones
Over the stones
It's only a pauper
Who nobody owns

Fais sonner ses os
Dessus les tombeaux
Ce n'est qu'un maraud
Qui n'est à personne

COMPTINE TRADITIONNELLE

CHAPITRE UN

Comment Nobody vint au cimetière

Il y avait une main dans les ténèbres, et cette main tenait un couteau.

Le manche du couteau était en os noir et lustré, et sa lame plus mince et effilée qu'un rasoir. Eût-elle tranché en vous, peut-être n'auriez-vous pas même perçu sa morsure, pas sur le moment.

Le couteau s'était acquitté de presque tout ce qui l'amenait là, et sa lame et son manche étaient humides.

La porte sur la rue était encore ouverte, à peine, là où s'étaient glissés dans la maison le couteau et l'homme qui le

tenait, et par cette porte ouverte s'insinuaient en ondulant des volutes de brume nocturne.

Le Jack s'arrêta sur le seuil. De la main gauche il sortit un grand mouchoir blanc de son manteau noir, et il essuya le couteau, et le gant de sa main droite qui l'avait tenu ; puis il rangea le mouchoir. La partie de chasse touchait à sa fin. Il laissait derrière lui la femme dans son lit, l'homme au sol auprès d'elle, la grande enfant dans sa chambre aux couleurs vives, entre jouets et maquettes inachevées. Ne restait que le petit, un bambin qui marchait à peine. Un seul encore, et sa tâche serait accomplie.

Il fléchit les doigts. Le Jack était avant toute chose un professionnel, c'était du moins son opinion : il ne s'autoriserait à sourire qu'une fois le travail achevé.

Ses cheveux étaient sombres et ses yeux étaient sombres, et ses gants de cuir noir taillés dans l'agneau le plus fin.

La chambre du bambin était tout en haut de la maison. Le Jack gravit les marches, d'un pas muet sur les tapis. Puis il poussa la porte du grenier, il entra. Ses chaussures étaient de cuir noir, si bien cirées

que l'on eût dit des miroirs sombres : la lune s'y reflétait, infime et à demi pleine.

La lune, la vraie, luisait par la croisée. Elle était sans éclat et la brume la rendait vague, mais le Jack se passerait de lumière vive. Le clair de lune lui suffisait. Il s'en contenterait.

Il distinguait la silhouette de l'enfant dans le berceau, une tête, des membres, un torse.

Le berceau avait des flancs hauts munis de barreaux, pour empêcher l'enfant d'en sortir. Jack s'inclina, leva la main droite, celle qui tenait le couteau, et visa la poitrine...

... et il rabaissa la main. La silhouette dans le berceau était celle d'un ours en peluche. Il n'y avait pas d'enfant.

Les yeux du Jack étaient accoutumés à la sourde lueur de la lune, aussi dédaigna-t-il d'allumer l'électricité. Et la lumière importait peu, après tout. Il avait d'autres ressources.

Le Jack huma l'air. Il ignora les effluves entrés avec lui dans la pièce, écarta les arômes anodins dont il n'avait cure, affûta ses sens sur l'objet de sa traque. Il sentait l'enfant : une odeur laiteuse, un soupçon de biscuit au chocolat, un relent âcre et piquant de lange de nuit jetable, souillé. Il sentait le shampooing pour bébé dans ses cheveux, et aussi un petit objet en caoutchouc – *un jouet*, pensa-t-il, puis *non, une chose que l'on tète* – emporté par l'enfant.

L'enfant s'était trouvé là. Il n'y était plus. Le Jack, guidé par son flair, descendit l'escalier au milieu de la maison étroite et haute. Il inspecta la salle de bains, la cuisine, la buanderie et, en dernier lieu, le hall d'entrée en bas où il ne trouva rien sinon les bicyclettes de la famille, des sacs de courses entassés, une couche tombée là, et les vrilles de brume errante entrées en s'insinuant par la porte ouverte sur la rue.

Le Jack émit alors un petit bruit, un grondement qui exprimait l'irritation et aussi la satisfaction. Il rentra le couteau dans son fourreau, dans la poche intérieure de son long manteau, et sortit dans la rue. Il y avait un clair de lune, il y avait des réverbères, et pourtant la brume étouffait tout, estompait la lumière et estompait les sons, et rendait la nuit ombreuse et trompeuse. Il regarda au pied de la colline les lumières des magasins fermés, puis en haut de la rue, où les dernières des hautes maisons serpentaient vers le sommet, vers les ténèbres du vieux cimetière.

Le Jack flaira une fois encore. Puis, sans se hâter, il entreprit de gravir la colline.

Depuis qu'il savait marcher, l'enfant faisait le désespoir autant que la joie de ses parents, car jamais on n'avait vu garçon plus doué pour explorer, grimper, se fourrer dans tous les recoins et s'en extirper. Cette nuit-là, le fracas d'une lourde chute à l'étage au-dessous du sien l'avait tiré de son sommeil. Réveillé, il n'avait pas tardé à s'ennuyer, et s'était employé à chercher comment sortir de son berceau. Les parois étaient hautes, tout comme les murs de son parc au rez-de-chaussée, mais il était sûr de pouvoir les escalader. Il ne lui manquait qu'un marchepied...

Il tira son gros ours en peluche jaune dans un angle du berceau, agrippa le garde-fou avec ses petites mains, puis posa un pied sur les pattes du nounours, l'autre sur sa tête et, mi-grimpant, mi-basculant, passa par-dessus bord.

Il atterrit avec un choc sourd sur un petit monticule de jouets pelucheux et doux, offerts par des parents pour son premier anniversaire, passé depuis six mois à peine, ou hérités de sa grande sœur. Il fut surpris en heurtant le sol, mais ne poussa pas un cri : lorsqu'on criait, quelqu'un venait vous remettre dans le berceau.

Il sortit de la chambre à quatre pattes.

Les marches ascendantes étaient ardues et intimidantes, il ne les maîtrisait pas tout à fait encore. Les marches descendantes, en revanche, étaient très simples. Il les prit assis, en se laissant tomber de marche en marche sur son derrière bien rembourré.

Il suçait sa *tutute*, la tétine en caoutchouc dont sa mère commençait à lui dire qu'il était trop grand pour s'en servir.

La descente de l'escalier avait desserré la couche et à la dernière marche, lorsqu'il se redressa sur ses pieds dans le petit hall d'entrée, elle tomba. Il l'enjamba pour s'en défaire. Il ne portait plus que sa chemise de nuit. Les marches qui remontaient vers sa chambre et sa famille étaient hautes et menaçantes, mais la porte sur la rue était ouverte et engageante...

L'enfant, un peu incertain, fit un pas au-dehors. La brume l'étreignit comme un vieil ami retrouvé. Alors, avec hésitation d'abord, puis prenant de la vitesse et de l'assurance, l'enfant gravit la colline à petits pas chancelants.

Le brouillard se diluait à l'approche du sommet. La demi-lune brillait, pas aussi fort que le jour, loin de là, mais suffisamment pour éclairer le cimetière, suffisamment pour cela. Regardez.

Vous auriez vu la chapelle mortuaire abandonnée, ses portes en fer cadenassées, du lierre au long de la flèche, un arbrisseau poussant dans la gouttière à la hauteur du toit.

Vous auriez vu des pierres, des tombes, des caveaux et des stèles. Vous auriez vu ici et là, dans l'allée, l'éclair fugace ou la fuite empressée d'un lapin, d'un campagnol, d'une belette surgis des fourrés.

Vous auriez vu tout cela, dans le clair de lune, eussiez-vous été présent cette nuit-là.

Peut-être n'auriez-vous pas vu une femme pâle et potelée qui remontait l'allée près des grilles de l'entrée ; et quand bien même vous l'auriez vue, à mieux y regarder vous auriez su qu'elle n'était que clair de lune, brume et ombre. La femme pâle et potelée était bien là, pourtant. Elle marchait sur l'allée qui menait au portail entre les stèles à demi effondrées.

Le portail était fermé. On le fermait toujours à quatre heures de l'après-midi l'hiver, à huit heures du soir l'été. Une grille de fer couronnée de pointes longeait cette partie du cimetière, et un haut mur de brique ceignait le reste. Les barreaux de la grille étaient peu espacés : ils auraient arrêté un homme adulte, un enfant de dix ans même...

– Owens ! appela la femme pâle, d'une voix qui n'était peut-être que le souffle du vent dans les hautes herbes. Owens ! Venez donc voir !

Elle s'accroupit pour observer quelque chose à ses pieds tandis que dans le clair de lune s'avançait une tache d'ombre, qui se révéla être un homme grisonnant dans la force de l'âge. Il baissa les yeux sur sa femme, puis regarda ce qu'elle regardait, et se gratta la tête.

– Dame Owens ? dit-il, car il venait d'une époque plus cérémonieuse que la nôtre. Est-ce bien ce que je crois ?

Et au même moment, l'objet de son attention sembla voir Mrs Owens, car sa bouche s'ouvrit, laissant tomber par terre le tétin de caoutchouc qu'il suçait, et son petit poing dodu se tendit comme s'il voulait de toutes ses forces agripper l'index pâle de la dame.

– Je veux bien manger mon chapeau, s'exclama Mr Owens, si ce n'est point un bébé.

– Pour sûr, c'est un bébé, répondit sa femme. Et la question est : qu'en faire ?

– Voilà certes une question, dame Owens. Et pourtant, ce n'est point *notre* question. Car le bébé ici présent est vivant, incontestablement, et à ce titre il n'a rien à voir avec nous, pas plus qu'il n'est de notre monde.

– Voyez comme il sourit ! dit Mrs Owens. Quel sourire adorable.

Et d'une main immatérielle elle caressa les fins cheveux blonds de l'enfant. Le garçonnet, ravi, se tordit de rire.

Une brise froide souffla sur le cimetière, repoussant la brume au bas de ses pentes (car ce cimetière couvrait tout le sommet de la colline, et ses allées sinueuses le sillonnaient du bas en haut pour revenir s'enrouler sur elles-mêmes). Un raclement métallique : quelqu'un tirait et secouait le grand portail, ébranlait les vieilles grilles et la lourde chaîne cadenassée qui les retenait.

– Vous voyez bien, dit Owens, c'est la famille du bébé qui vient le reprendre dans son giron aimant. Laissez donc ce petit, insista-t-il, car Mrs Owens entourait le bambin de ses bras sans substance, l'apaisait et le caressait.

– M'est avis qu'il n'est de la famille de personne, celui-là, répondit Mrs Owens.

L'homme au manteau sombre avait renoncé à secouer le grand portail et inspectait à présent la petite porte latérale. Elle aussi était bien fermée. Le cimetière avait été vandalisé l'année précédente, et la mairie avait « pris des mesures ».

– Mrs Owens, venez donc. Laissez-le, vous serez bien aimable, était en train de dire Mr Owens lorsqu'il resta bouche bée, incapable d'ajouter un mot, comme s'il avait vu un fantôme.

Peut-être allez-vous penser – et si c'était le cas, vous auriez bien raison – que Mr Owens n'aurait pas dû s'étonner de voir un spectre, Mrs Owens et lui étant eux-mêmes décédés depuis quelques siècles déjà, et toute leur vie sociale ou presque se déroulant dans la compagnie d'autres défunts. Mais la population du cimetière était une chose, et ceci en était une autre : une forme brute, tremblante, saisissante, grise comme la neige sur un écran de télévision, toute de panique et d'émotions à nu qui submergèrent les Owens comme s'il se fût agi des leurs.

Trois silhouettes : deux grandes, une plus petite, mais une seule était nette, une seule était plus qu'un contour ou un miroitement. Et la silhouette dit : *Mon bébé ! Il veut faire du mal à mon bébé !*

Un vacarme sonore. Un homme, à l'extérieur, traversait la rue en traînant derrière lui une lourde benne à ordures en métal et se dirigeait vers le haut mur de brique qui fermait le cimetière à cet endroit.

– Protégez mon fils ! implora le fantôme, et Mrs Owens s'avisa que c'était une femme.

Bien sûr, la mère du bébé.

– Que vous a-t-il fait ? lui demanda-t-elle.

Mais elle ne pensait pas que le spectre pût l'entendre. *Morte tout récemment, la pauvre chérie,* se dit-elle. Il est toujours plus aisé de passer en douceur pour se réveiller en temps voulu sur son lieu d'inhumation, accepter sa mort et faire connaissance avec les autres habitants. Cette créature était pétrie de détresse et de terreur pour son enfant, et sa panique, ressentie par les Owens comme un hurlement grave, avait attiré l'attention : d'autres silhouettes pâles arrivaient à présent de tout le cimetière.

– Qui êtes-vous ? demanda Caius Pompeius à la silhouette.

Sa pierre tombale n'était plus qu'un roc érodé, mais deux mille ans auparavant il avait demandé, pour son dernier repos, à être déposé sur ce mont, près de l'autel de marbre, plutôt que de voir sa dépouille renvoyée à Rome ; c'était l'un des doyens du cimetière, et il prenait ses responsabilités très au sérieux.

– Êtes-vous enterrée ici ?

– Bien sûr que non ! intervint Mrs Owens. Fraîchement décédée, cela saute aux yeux.

Elle entoura de son bras la forme féminine et lui parla intimement, d'une voix basse, calme et raisonnable.

Il y eut un choc sourd et un grand fracas du côté du haut mur, près de l'allée. La benne à ordures s'était renversée. Un homme se hissa péniblement au sommet du mur, sombre contour découpé sur la lueur embrumée des réverbères. Il s'immobilisa un instant, puis redescendit de l'autre côté, suspendu à la crête du mur, jambes pendantes, et se laissa tomber à l'intérieur.

– Mais ma chère, disait Mrs Owens à la silhouette, dernier vestige des trois formes apparues dans le cimetière. Il est en vie. Nous ne le sommes plus. Comment imaginer...

L'enfant les regardait d'en bas sans comprendre. Il tendit le bras vers l'un d'eux, puis vers un autre, et ne rencontra que de l'air. La forme féminine s'effaçait rapidement.

– Oui, répondit Mrs Owens à des paroles que nul n'avait entendues. Si nous le pouvons, nous le ferons.

Elle se tourna vers l'homme qui se tenait à ses côtés.

– Et vous, Owens ? Serez-vous un père pour ce petit ?

– Si je serai quoi ? demanda-t-il en plissant le front.

– Nous n'avons jamais eu d'enfant. Et sa mère souhaite que nous le protégions. Direz-vous oui ?

L'homme au manteau noir trébucha dans l'enchevêtrement de lierre et de stèles à demi brisées. Voilà qu'il se redressait et avançait avec plus de prudence, délogeant un hibou qui déploya ses ailes et s'envola en silence. Il voyait le bébé, et le triomphe était dans ses yeux.

Owens savait ce que sa femme avait en tête lorsqu'elle prenait cette voix-là. Ce n'était pas pour rien qu'ils étaient mariés, dans la vie comme dans la mort, depuis plus de deux cent cinquante ans.

– Êtes-vous certaine ? la questionna-t-il. Êtes-vous sûre ?

– Jamais je n'ai été aussi sûre.

– Dans ce cas, oui. Si vous êtes sa mère, je serai son père.

– Avez-vous entendu ? demanda Mrs Owens à la forme tremblante qui n'était plus qu'un contour de femme, dans le cimetière, aussi vague que l'éclair d'un orage d'été lointain.

Elle lui dit quelque chose que nul autre n'entendit et s'évanouit.

– Elle ne reviendra plus, constata Mr Owens. La prochaine fois qu'elle s'éveillera ce sera dans son propre cimetière, ou allez savoir où.

Mrs Owens s'inclina vers le bébé et lui tendit les bras.

– Viens me voir, dit-elle. Viens voir maman.

Aux yeux du Jack, qui approchait à travers le cimetière sous la lune, son couteau déjà en main, une volute de brume sembla s'enrouler autour de l'enfant, qui disparut : plus rien que le brouillard humide, le clair de lune et les herbes oscillantes.

Le Jack cligna des yeux et huma l'air. Quelque chose s'était passé, mais il ignorait absolument quoi. Il gronda du fond de la gorge, tel un fauve, plein de rage et de dépit.

– Hé ho ? appela-t-il, pensant que l'enfant, peut-être, était caché derrière quelque chose.

Sa voix, sombre et rude, résonna d'un timbre étrange, comme s'il était surpris ou gêné de s'entendre parler.

Le cimetière gardait ses secrets.

– Ohé ? lança-t-il de nouveau.

Il espérait entendre un bébé pleurer ou babiller, ou même bouger. Il ne s'attendait pas à cette voix d'une douceur de soie, qui dit :

– Puis-je vous aider ?

Le Jack était grand. Cet homme l'était plus encore. Le Jack portait des vêtements sombres. Les vêtements de cet homme l'étaient plus encore. Les gens, quand ils remarquaient le Jack – et il n'aimait point être remarqué – étaient troublés, mal à l'aise, ou saisis d'une terreur inexplicable. Le Jack leva les yeux sur l'inconnu, et ce fut lui qui fut troublé.

– Je cherche quelqu'un, dit-il en rentrant la main droite dans la poche de son manteau, afin que le couteau fût caché mais accessible en cas de nécessité.

– Dans un cimetière fermé, la nuit ? demanda l'inconnu, impassible.

– Ce n'est qu'un enfant, expliqua le Jack. Je passais par là quand j'ai entendu pleurer un bébé, et je l'ai vu à travers la grille. Qu'auriez-vous fait à ma place ?

– J'applaudis à votre civisme. Et pourtant, quand bien même vous auriez retrouvé cet enfant, comment comptiez-vous sortir avec lui ? Vous n'auriez pu repasser le mur avec un bébé dans les bras.

– J'aurais appelé jusqu'à ce qu'on vienne m'ouvrir, dit le Jack.

Un lourd cliquetis de clés.

– Dans ce cas c'est moi qui serais venu, répondit l'inconnu. Il aurait bien fallu que je vous fasse sortir.

Il choisit une grosse clé sur son anneau.

– Suivez-moi.

Le Jack marchait derrière l'inconnu. Il sortit son couteau de sa poche.

– Alors vous êtes le gardien ?

– Moi ? Mais certainement, pour ainsi dire.

Ils approchaient du portail et, le Jack en était certain, s'éloignaient du bébé. Mais le gardien avait les clés. Un couteau dans le noir, voilà qui suffirait à régler l'affaire, puis il pourrait chercher l'enfant toute la nuit s'il le fallait.

Il leva le couteau.

– S'il y a bien un bébé, dit le gardien sans se retourner, il ne peut se trouver dans le cimetière. Vous vous serez trompé. Les chances sont minces pour qu'un enfant ait pénétré ici, après tout. Il est beaucoup plus probable que vous ayez entendu un oiseau de nuit et vu un chat, peut-être, ou un renard. Cet endroit a été officiellement classé parc naturel, savez-vous, il y a trente ans, vers l'époque du dernier enterrement. À présent réfléchissez bien, et dites-moi si vous êtes *certain* que c'est un enfant que vous avez vu.

Le Jack réfléchit.

L'inconnu déverrouilla la porte latérale.

– Un renard, dit-il. Ils poussent des cris absolument étonnants, non sans ressemblance avec des pleurs humains. Non, votre visite dans ce cimetière n'est qu'une erreur de parcours, monsieur. Quelque part l'enfant que vous cherchez vous attend, mais il n'est point ici.

Et il laissa cette pensée s'installer dans la tête du Jack, pendant un moment, avant d'ouvrir la porte d'un geste large.

– Ravi de vous avoir rencontré, conclut-il. Et je ne doute pas que vous trouverez tout ce qu'il vous faut à l'extérieur.

Le Jack attendit devant le portail du cimetière. L'inconnu qu'il avait pris pour un gardien resta derrière la porte, qu'il referma à clé, et rangea la clé.

– Où allez-vous ? lui demanda le Jack.

– Il y a d'autres portes que celle-ci. Ma voiture est de l'autre côté de la colline. Ne faites pas attention à moi. Vous n'avez même pas besoin de vous rappeler cette conversation.

– Non, reconnut le Jack d'un ton affable. C'est vrai.

Il se rappelait avoir gravi la colline, se souvenait que ce qu'il avait pris pour un enfant était en fait un renard, qu'un gardien obligeant l'avait raccompagné jusqu'à la rue. Il rentra son couteau dans son fourreau, dans le manteau.

– Bien, dit-il. Bonne nuit.

– Bonne nuit à vous, le salua l'inconnu qu'il avait pris pour un gardien.

Le Jack partit pour le pied de la colline, à la poursuite de l'enfant.

Noyé dans l'ombre, l'inconnu regarda le Jack jusqu'à ce qu'il fût hors de vue. Puis il se déplaça dans la nuit et monta, monta jusqu'au replat sous le sommet de la colline, là où se dressait un obélisque et où une pierre plate sertie dans le sol perpétuait la mémoire de Josiah Worthington, brasseur local, politicien puis baronnet, qui avait, voilà presque trois cents ans, acquis le vieux cimetière et les terres alentour pour céder l'ensemble à la ville, concession à perpétuité. Il s'était attribué le meilleur emplacement de la colline – un amphithéâtre naturel avec vue sur toute la cité et au-delà –, et avait fait en sorte que le cimetière demeurât durablement un cimetière, ce dont les habitants lui étaient reconnaissants, quoique pas tout à fait autant qu'ils l'auraient dû, de l'avis même du baronnet Josiah Worthington.

Ce cimetière comptait en tout quelque dix mille âmes, mais la plupart dormaient profondément ou ne s'intéressaient nullement aux petites affaires nocturnes du lieu, et moins de trois cents étaient présentes dans l'amphithéâtre, sous le clair de lune.

L'inconnu les rejoignit, aussi silencieux que la brume elle-même, et assista aux débats dans l'ombre, sans rien dire.

Josiah Worthington avait la parole.

– Ma chère madame, votre obstination est tout à fait, tout à fait... enfin, ne voyez-vous pas le ridicule de la situation ?

– Non, répondit Mrs Owens. Je ne vois pas.

Elle était assise par terre, jambes croisées, et l'enfant vivant dormait sur ses genoux. Elle tenait délicatement sa tête entre ses mains pâles.

– Sauf votre respect, votre honneur, intervint Mr Owens debout à côté d'elle, ce qu'essaie de dire Mrs Owens, c'est qu'elle ne voit point les choses ainsi. Elle n'y voit que son devoir.

Mr Owens avait rencontré Josiah Worthington en chair et en os du temps qu'ils étaient tous deux en vie, il avait même fabriqué plusieurs meubles de qualité pour le manoir Worthington, près d'Inglesham, et le baronnet lui faisait toujours forte impression.

– Son *devoir* ?

L'honorable Josiah Worthington secoua la tête, comme pour en déloger un fil d'araignée.

– Votre *devoir*, madame, s'exerce envers le cimetière, pour le bien commun de ceux qui composent cette population d'esprits désincarnés, de revenants et d'entités diverses, et votre *devoir* est donc de restituer dès que possible la créature à son environnement naturel... qui ne se trouve point ici.

– C'est sa maman qui m'a confié ce garçon, s'obstina Mrs Owens d'un ton sans réplique.

– Chère petite madame...

– Je ne suis pas votre chère petite madame, trancha-t-elle en se levant. À vrai dire, je ne sais même pas pourquoi je reste ici à parler avec tous ces ânes bâtés bêtes à manger du foin que vous êtes, alors que ce petit-là va bientôt se réveiller affamé... et où vais-je lui trouver à manger dans ce cimetière, je vous le demande ?

– Voilà, dit Caius Pompeius avec raideur, précisément le problème. De quoi, en effet, allez-vous le nourrir ? Comment pourriez-vous vous occuper de lui ?

Les yeux de Mrs Owens lancèrent des éclairs.

– Je saurai veiller sur lui. Aussi bien que sa vraie maman. Elle me l'a confié, non ? Regardez : je le tiens dans mes bras. Je le touche.

– Enfin, Betsy, soyez donc raisonnable, gronda la mère Slaughter, une petite vieille perdue sous le bonnet et la cape énormes qu'elle portait de son vivant et dans lesquels on l'avait enterrée. Où logerait-il ?

– Ici même. Nous pourrions le nommer citoyen libre du cimetière.

La bouche de la mère Slaughter forma un minuscule « o ».

– Mais ! fit-elle.

Puis :

– Ça par exemple.

– Et pourquoi pas ? Ce ne serait point la première fois que nous accorderions la libre citoyenneté à un étranger.

– C'est vrai, concéda Caius Pompeius. Mais il n'était pas vivant, *lui*.

Et à ces mots l'inconnu comprit qu'on l'attirait, à son corps défendant, dans la conversation ; il sortit de l'ombre à contre-cœur, il s'en détacha comme un morceau de ténèbres.

– Non, dit-il. Mais je suis d'accord avec Mrs Owens.

– Vraiment, Silas ? s'étonna Josiah Worthington.

– Oui. Pour le meilleur ou pour le pire – et je crois fermement que c'est pour le meilleur –, Mrs Owens et son époux ont pris cet enfant sous leur protection. Il faudra plus que deux bonnes âmes pour l'élever. Il faudra, dit Silas, tout un cimetière.

– Et que faites-vous de la nourriture, et de tout le reste ?

– Je peux sortir du cimetière et y rentrer. Je peux lui apporter à manger.

– C'est bien beau de dire ça, objecta la mère Slaughter. Mais vous allez et venez sans que personne ne sache où vous êtes. Il suffirait que vous vous absentiez une semaine, et le petit pourrait en mourir.

– Vous êtes une femme pleine de sagesse, dit Silas. Je comprends pourquoi on dit tant de bien de vous.

S'il ne pouvait infléchir l'esprit des morts comme il le faisait avec les vivants, rien ne l'empêchait d'employer tous les artifices de la flatterie et de la persuasion, car les morts ne sont insensibles ni à l'une ni à l'autre. Puis il prit une décision.

– Soit. Si Mr et Mrs Owens sont ses parents, je serai son tuteur. Je resterai ici, et si je dois partir je trouverai quelqu'un pour me remplacer, apporter à manger à l'enfant et prendre soin de lui. Nous pourrions occuper la crypte de la chapelle.

– Mais, se récria Josiah Worthington. Mais... Un enfant humain. Un enfant vivant. Enfin. Enfin, enfin ! C'est un cimetière, ici, pas une nursery, bon sang.

– Exactement, dit Silas en hochant la tête. Vous avez parfaitement raison, sir Josiah. Je n'aurais pu mieux dire moi-même. Et c'est pourquoi il est vital que l'enfant soit élevé en perturbant le moins possible la – pardonnez-moi l'expression – la *vie* du cimetière.

Sur ce, il alla rejoindre Mrs Owens d'un pas tranquille et baissa les yeux sur l'enfant endormi dans ses bras. Il haussa un sourcil.

– A-t-il un nom, Mrs Owens ?

– Sa mère ne m'en a rien dit.

– Fort bien. De toute manière son ancien nom ne lui sera plus très utile. Et il y a quelqu'un, au-dehors, qui lui veut du mal. Si nous lui choisissions un nom, hmm ?

Caius Pompeius s'avança pour dévisager l'enfant.

– On dirait un peu mon proconsul, Marcus. Nous pourrions l'appeler Marcus.

– Il ressemble plus à mon jardinier en chef, Stebbins, renchérit Josiah Worthington. Non que je suggère Stebbins comme nom. Ce pauvre diable buvait comme un trou.

– Il a quelque chose de mon neveu Harry, dit la mère Slaughter.

Et l'on put croire alors que tout le cimetière allait s'en mêler : chaque habitant proposait ses comparaisons entre l'enfant et un être depuis longtemps oublié, lorsque Mrs Owens prit la parole.

– Il ne ressemble à personne d'autre qu'à lui-même, dit-elle d'une voix ferme. Il ne ressemble à personne.

– Alors va pour Personne, dit Silas. Nobody. Nobody Owens.

Et là, comme en réaction à son nom, l'enfant ouvrit de grands yeux, bien éveillé. Il regarda autour de lui, s'imprégna des visages des morts, et de la brume, et de la lune. Puis il regarda Silas. Il ne cilla pas. Il avait l'air grave.

– Nobody, non mais qu'est-ce que c'est que ce nom ? éclata la mère Slaughter, scandalisée.

– C'est le sien. Un bon nom, dit Silas. Il nous aidera à le protéger.

– Je ne veux pas d'ennuis, prévint Josiah Worthington.

L'enfant leva les yeux sur lui et là, affamé ou fatigué, ou simplement loin de sa maison, de sa famille, de son monde, il chiffonna son petit visage et se mit à pleurer.

– Laissez-nous, dit Caius Pompeius à Mrs Owens. Nous poursuivrons cette discussion sans vous.

Mrs Owens attendit à l'extérieur de la chapelle mortuaire. Il y avait quarante ans que l'édifice, à savoir une petite église surmontée d'une flèche, avait été déclaré d'intérêt historique. La municipalité avait conclu que sa rénovation, trop coûteuse pour une chapelle dans un cimetière envahi par les mauvaises herbes, n'était plus à l'ordre du jour, si bien qu'on l'avait cadenassée en attendant qu'elle s'écroule. Quoique couverte de lierre, elle était solidement bâtie, et ce n'était pas en ce siècle-ci qu'elle tomberait.

L'enfant s'était endormi dans les bras de Mrs Owens. Elle le berçait doucement en lui murmurant une vieille berceuse, que sa mère lui chantait déjà lorsqu'elle-même était bébé, à l'époque où les hommes avaient commencé à porter des perruques poudrées. La chanson disait :

Dors, dors, mon tout petit
Dors jusqu'au bout de la nuit
Un jour tu verras le monde
Tu verras comme la Terre est ronde.
Danse, danse avec ton amour,
Pose un baiser sur ses lèvres,
Tu trouveras ton nom un jour
Et un trésor dans les ténèbres...

Et Mrs Owens chanta jusque-là avant de s'apercevoir qu'elle avait oublié la fin. Il lui semblait que le dernier vers disait quelque chose comme « jusqu'à la fin du monde lon-la », mais cela venait peut-être d'une tout autre chanson, si bien qu'elle s'arrêta et opta pour *À la claire fontaine* avant d'entonner, de sa chaude voix campagnarde, l'air plus récent de *Cadet Rousselle*. Elle venait de commencer une longue ballade à propos d'un jeune gentilhomme dont la fiancée, sans raison particulière, l'empoisonne avec un plat d'anguilles tachetées, lorsque Silas apparut au coin de la chapelle, un carton dans les bras.

– Et voilà, dame Owens, dit-il. Rien que des bonnes choses pour un garçon en pleine croissance. Nous pouvons garder tout cela dans la crypte, non ?

Le cadenas s'ouvrit dans ses mains et il tira sur la porte en fer. Mrs Owens entra en jetant des regards dubitatifs sur les étagères et sur les vieux bancs de bois appuyés contre un mur. Il y avait des cartons moisis pleins d'anciens registres paroissiaux dans un coin, et dans l'autre coin une porte ouverte sur des toilettes victoriennes à chasse d'eau et sur un lavabo avec un robinet d'eau froide.

L'enfant ouvrit tout grands les yeux.

– Nous n'aurons qu'à ranger la nourriture ici, dit Silas. Il y fait frais, elle se gardera plus longtemps.

Il plongea la main dans le carton et en sortit une banane.

– Et qu'est-ce donc que cela ? demanda Mrs Owens en lorgnant l'objet jaune et noir d'un œil suspicieux.

– C'est une banane, dit Silas. Un fruit, qui vient des tropiques. Je crois qu'il faut retirer l'enveloppe extérieure. Comme ceci.

L'enfant – Nobody – se tortilla dans les bras de Mrs Owens, et elle le posa sur les dalles. Il trotta rapidement jusqu'à Silas, agrippa sa jambe de pantalon et s'y accrocha. Silas lui donna la banane.

Mrs Owens regardait le garçon manger.

– Ba-nane, articula-t-elle d'un air peu convaincu. Jamais entendu parler. Jamais. Quel goût cela peut-il avoir ?

– Je n'en ai pas la moindre idée, répondit Silas, qui ne prenait qu'une sorte de nourriture, et ce n'étaient pas des bananes. Vous pourriez lui installer un lit ici, vous savez.

– Je ne vais pas faire une chose pareille alors qu'Owens et moi avons une tombe ravissante à côté du parterre de marguerites. Il y a toute la place pour un petit là-bas. Et puis, ajouta-t-elle de crainte de froisser Silas en refusant son hospitalité, je ne voudrais pas qu'il vous dérange.

– Il ne me dérangerait pas.

L'enfant avait terminé sa banane. Ce qu'il n'avait pas mangé était écrasé partout sur lui. Il eut un sourire radieux, tout sale avec ses joues en pomme d'api.

– Nanane, gazouilla-t-il gaiement.

– Quel petit garçon intelligent, s'attendrit Mrs Owens. Et comme il s'est arrangé ! Mais dis-moi, petit asticot, il faut faire attention...

Et elle retira les morceaux de banane de ses vêtements et de ses cheveux. Puis :

– À votre avis, que vont-ils décider ?

– Je l'ignore.

– Je ne peux pas renoncer à lui. Pas après ce que j'ai promis à sa maman.

– J'ai été beaucoup de choses en mon temps, dit Silas, mais

je n'ai jamais été mère. Et je n'ai pas l'intention de commencer maintenant. Seulement moi, je peux partir d'ici...

– Moi non, reconnut simplement Mrs Owens. Mes ossements sont ici. Et ceux d'Owens aussi. Je ne partirai jamais.

– Ce doit être agréable, dit Silas, d'avoir sa place quelque part. Un endroit où l'on est chez soi.

Il n'y avait rien de mélancolique dans son expression. Sa voix était plus sèche que les déserts, et il avait parlé comme pour constater un simple fait indiscutable. Mrs Owens ne discuta pas.

– Pensez-vous que nous aurons longtemps à attendre ?

– Pas longtemps, prédit Silas.

Mais il se trompait.

Dans l'amphithéâtre, là-haut sur le flanc de la colline, chaque membre de la communauté avait une opinion et tenait à l'exprimer. Le fait que ce fussent les Owens qui s'étaient engagés dans cette absurdité, et non quelque tête de linotte parmi les derniers arrivés, comptait pour beaucoup, car ils étaient respectables et respectés. Que Silas se fût porté volontaire pour être le tuteur de l'enfant avait également son poids : ceux du cimetière le considéraient avec une révérence teintée de circonspection, existant comme il le faisait à la frontière entre leur monde et celui qu'ils avaient quitté. Mais tout de même, mais tout de même...

Un cimetière en principe n'est pas une démocratie, cependant la mort est la démocratie suprême ; chacun des morts disposait d'une voix et d'une opinion sur le bien-fondé ou non de la présence de l'enfant vivant, et tous étaient bien décidés à se faire entendre cette nuit-là.

C'était la fin de l'automne, l'époque où l'aurore tarde à venir. Bien que le ciel fût sombre encore, on entendait déjà des

33

voitures démarrer plus bas au pied de la colline, et pendant que les vivants commençaient à partir pour le travail dans la nuit brumeuse du petit matin, ceux du cimetière parlaient de l'enfant qui était venu à eux, et de ce qu'il convenait de faire. Trois cents voix. Trois cents opinions. Nehemiah Trot, le poète, venu de la partie nord-ouest toute délabrée du cimetière, avait entrepris de déclamer son opinion – même si aucun des auditeurs n'y comprenait goutte –, lorsqu'un événement survint ; un événement propre à faire taire tous les avis bien arrêtés, un événement sans précédent dans l'histoire du cimetière.

Un gigantesque cheval blanc, de ceux que les gens de chevaux appellent un « gris », gravit à l'amble le flanc de la colline. Le martèlement de ses sabots s'entendit avant qu'on ne le vît, tout comme les craquements des broussailles et des fourrés qu'il écrasait sur son passage, les ronces, le lierre et les ajoncs qui poussaient sur le flanc de la colline. Il était haut comme un cheval de trait, dix-neuf paumes ou plus au garrot. C'était une bête propre à mener au combat un chevalier en armure, mais il ne portait sur son dos nu qu'une femme, vêtue de gris de la tête aux pieds. Sa longue jupe et son châle semblaient tissés dans des toiles d'araignée anciennes.

Son visage était serein et paisible.

Ils la connaissaient, ceux du cimetière, car chacun d'entre nous, à la fin de ses jours, rencontre la Dame au cheval blanc, et nul ne l'oublie.

Le cheval s'arrêta près de l'obélisque. À l'est le ciel blanchissait légèrement, une luminescence nacrée d'avant l'aube qui mettait ceux du cimetière mal à l'aise et leur donnait envie de regagner le confort de leur logis. Pourtant aucun d'entre eux ne bougea. Ils regardaient la Dame au cheval blanc, et tous étaient mi-excités, mi-effrayés. Les morts ne sont pas superstitieux en général, mais ils la regardaient comme un augure romain aurait scruté les cercles de corbeaux sacrés, à la recherche de la sagesse, à la recherche d'un indice.

Et elle leur parla.

D'une voix semblable au carillon de cent minuscules clochettes d'argent, elle prononça ces simples mots :

– Les morts doivent être charitables.

Et elle sourit.

Le cheval, qui arrachait et mastiquait avec satisfaction une touffe d'herbe grasse, cessa alors. La femme toucha son encolure, et il se détourna. Quelques foulées immenses, fracassantes, et quittant le flanc de la colline il partit au galop à travers le ciel. Le tonnerre de ses sabots se mua en roulement lointain d'orage matinal, et il fut bientôt hors de vue.

C'est, en tout cas, ce que racontèrent ceux du cimetière qui se trouvaient sur la colline cette nuit-là.

Le débat était clos, et, sans même un vote à main levée, la décision fut prise. L'enfant Nobody Owens serait nommé citoyen libre du cimetière.

La mère Slaughter et le baronnet Josiah Worthington accompagnèrent Mr Owens dans la crypte de l'ancienne chapelle pour délivrer la nouvelle à sa femme.

Elle ne parut nullement étonnée par le miracle.

– C'est bien, dit-elle. Il y en a qui n'ont point une once de raison dans le crâne. Mais elle, si. Elle ne s'y trompe pas, pour sûr.

Avant que le soleil ne fût levé sur ce matin gris où roulait le tonnerre, l'enfant dormait à poings fermés dans la jolie petite tombe des Owens (car maître Owens était décédé prospère, à la tête de la guilde locale des ébénistes, et ces derniers avaient tenu à lui rendre tous les honneurs dus à son rang).

Silas sortit pour une ultime expédition avant l'aube. Il trouva la haute maison à flanc de colline et il examina les trois corps qu'il y découvrit, étudiant la disposition des plaies ouvertes par le couteau. Une fois satisfait, il sortit dans la nuit matinale en retournant dans sa tête des possibilités déplaisantes et, rentrant au cimetière, gagna la flèche de la chapelle où il dormait et patientait pendant le jour.

Dans la petite ville au pied de la colline, la colère du Jack enflait. C'était une nuit qu'il avait attendue si longtemps, avec tant d'impatience ! C'était l'aboutissement de mois, d'années de travail. Et les affaires de la soirée avaient débuté de manière prometteuse : trois personnes supprimées avant qu'aucune ait pu pousser un cri. Et puis...

Puis tout avait pris un tour exaspérant. Pourquoi était-il donc monté sur la colline alors que l'enfant était si manifestement *descendu* ? Le temps qu'il soit en bas, la piste était froide. Quelqu'un avait dû trouver l'enfant, l'emmener, le cacher. C'était la seule explication.

Un coup de tonnerre éclata, sonore et subit comme un coup de fusil, et la pluie s'abattit à seaux. Le Jack était méthodique, il entreprit de planifier sa prochaine manœuvre : les visites qu'il devrait rendre à certains habitants, à ceux qui seraient ses yeux et ses oreilles dans la ville.

Rien ne l'obligeait à dire à l'assemblée qu'il avait échoué.

Quoi qu'il en fût, se dit-il en s'abritant sous un auvent de la pluie matinale qui roulait comme des larmes, il n'avait pas échoué. Pas encore. Il avait des années devant lui. Il avait tout

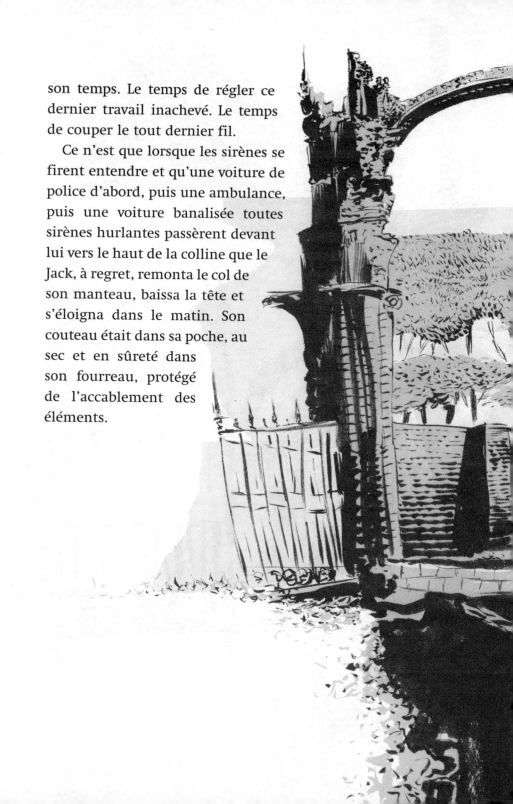

son temps. Le temps de régler ce dernier travail inachevé. Le temps de couper le tout dernier fil.

Ce n'est que lorsque les sirènes se firent entendre et qu'une voiture de police d'abord, puis une ambulance, puis une voiture banalisée toutes sirènes hurlantes passèrent devant lui vers le haut de la colline que le Jack, à regret, remonta le col de son manteau, baissa la tête et s'éloigna dans le matin. Son couteau était dans sa poche, au sec et en sûreté dans son fourreau, protégé de l'accablement des éléments.

CHAPITRE DEUX

Une amie

BOD ÉTAIT UN ENFANT CALME aux yeux gris et graves sous une tignasse de cheveux ébouriffés de la couleur des souris. Il était, la plupart du temps, obéissant. Il apprit à parler, et dès qu'il eut appris il accabla de questions ceux du cimetière. « Que n'ai-je le droit de sortir du cimetière ? » demandait-il,

ou : « Comment puis-je faire ce qu'il vient de faire ? », ou encore : « Qui habite ici ? » Les adultes faisaient de leur mieux pour lui répondre, mais comme leurs explications restaient souvent vagues, ou déroutantes, ou contradictoires, Bod descendait jusqu'à la vieille église pour parler à Silas.

Il restait à attendre au coucher du soleil, juste avant que Silas ne s'éveille.

Il pouvait toujours compter sur son tuteur pour lui expliquer les choses clairement, logiquement, avec la simplicité requise pour que Bod puisse comprendre.

– Si tu n'as pas le droit de sortir – et à propos, de nos jours on ne dit plus *que n'ai-je*, on dit *pourquoi n'ai-je pas* –, c'est parce que nous ne pouvons te protéger que dans le cimetière. C'est ici que tu vis et c'est ici que se trouvent ceux qui t'aiment. L'extérieur serait trop dangereux pour toi. Pour le moment.

– Mais tu peux bien sortir, toi. Tu sors toutes les nuits.

– Je suis infiniment plus vieux que toi, mon garçon. Et je suis en sécurité partout où je vais.

– Moi aussi j'y suis en sécurité.

– J'aimerais que ce soit vrai. Mais tant que tu restes ici, tu n'as rien à craindre.

Ou alors :

– Comment tu pourrais faire cela ? Voyons, certains talents s'acquièrent par l'éducation, d'autres par l'entraînement, d'autres encore avec le temps. Ces talents viendront si tu y travailles. Bientôt tu maîtriseras l'Effacement, le Flottement et la Songerie. Mais d'autres ne sont pas accessibles aux vivants, et pour ceux-là tu devras attendre un peu plus longtemps. Toutefois je ne doute pas que tu les apprendras aussi, en temps voulu.

« Tu as finalement été nommé citoyen libre du cimetière, lui disait Silas, pour que le cimetière puisse prendre soin de toi. Tant que tu es ici, tu peux voir dans le noir. Tu peux parcourir certains chemins interdits aux vivants. Leurs yeux glissent sur toi. Moi aussi, je suis citoyen libre du cimetière, bien que dans mon cas cela ne m'apporte qu'un droit de résidence.

– Je voudrais être comme toi, insistait Bod en faisant la moue.

– Non, répondait Silas fermement. Tu te trompes.

Ou encore :

– Qui repose ici ? Tu sais, Bod, la plupart du temps c'est écrit sur la pierre. As-tu appris à lire ? Connais-tu ton alphabet ?

– Mon quoi ?

Silas secoua la tête, mais ne dit rien. Mr et Mrs Owens n'avaient jamais été très portés sur la lecture de leur vivant, et il n'y avait pas de livres dans le cimetière.

La nuit suivante, Silas apparut devant la tombe douillette des Owens avec trois grands livres sous le bras : deux méthodes de lecture aux couleurs vives (A comme Arbre, B comme Ballon) et un exemplaire du *Chat chapeauté*. Il avait aussi du papier et une boîte de crayons de couleur. Puis il emmena Bod dans le cimetière et, posant les petits doigts du garçon sur les stèles et les pierres tombales les plus neuves et les plus lisibles, il lui apprit à reconnaître les lettres de l'alphabet qui y étaient gravées, en commençant par le clocher pointu du A majuscule.

Silas lui confia une mission – trouver chacune des vingt-six lettres dans le cimetière – que Bod acheva, tout fier, en découvrant la pierre tombale d'Ezekiel Ulmsley, sertie dans le mur de la vieille chapelle. Son tuteur était content de lui.

Chaque jour, Bod emportait son papier et ses crayons dans le cimetière et copiait avec application des noms, des mots et des nombres, et chaque soir, avant que Silas ne s'en allât dans le monde, Bod se faisait expliquer ce qu'il avait écrit et traduire les fragments de latin qui, pour la plupart, laissaient les Owens perplexes.

Une journée ensoleillée : les bourdons exploraient les fleurs sauvages qui poussaient dans l'angle du cimetière, suspendus aux ajoncs et aux campanules, vrombissant sur une note paresseuse et grave, tandis que Bod, couché dans le soleil printanier, observait un scarabée couleur bronze qui errait sur la tombe de Geo Reeder, de sa femme Dorcas et de leur fils Sebastian, *Fidelis ad mortem*. Bod avait recopié leur épitaphe et ne pensait plus qu'à l'insecte, lorsque quelqu'un dit :

– Hé, le garçon ! Qu'est-ce que tu fais ?

Bod leva les yeux. Quelqu'un le regardait de derrière un bosquet d'ajoncs.

– Rien du tout, répondit-il en tirant la langue.

De l'autre côté des ajoncs, le visage se plissa en forme de gargouille, langue tirée, yeux écarquillés, puis redevint celui d'une fille.

– C'était bien, reconnut Bod, impressionné.

– Je suis très bonne en grimaces, affirma la fille. Regarde un peu celle-ci.

Elle poussa son nez vers le haut avec un doigt, creusa la bouche en un large rictus satisfait, plissa les yeux, gonfla les joues.

– Tu sais ce que c'était ?

– Non.

– C'était un cochon, idiot !

– Ah.

Bod réfléchit.

– Tu veux dire comme dans C comme Cochon ?

– Bien sûr, comme ça. Attends.

Elle contourna les ajoncs pour rejoindre Bod, qui se leva. Elle était un peu plus âgée que lui, un peu plus grande, et vêtue de couleurs vives, du jaune, du rose, de l'orange. Bod, dans son linceul gris, se sentit terne et démodé.

– Quel âge as-tu ? demanda la fille. Qu'est-ce que tu fais là ? Tu habites ici ? Comment tu t'appelles ?

– Je ne sais pas, dit Bod.

– Tu ne sais pas comment tu t'appelles ? Bien sûr que si. Tout le monde connaît son nom. Menteur !

– Je sais comment je m'appelle, précisa Bod. Et je sais ce que je fais ici. Mais je ne sais pas l'autre chose que tu as dite.

– Ton âge ?

Bod opina.

– Bon, dit la fille. Quel âge avais-tu à ton dernier anniversaire ?

– Je n'en ai pas eu, avoua Bod. Je n'en ai jamais eu.

– Tout le monde a des anniversaires. Tu veux dire que tu n'as jamais eu de gâteau ni de bougies et tout ça ?

Bod secoua la tête. La fille avait l'air de le plaindre.

– Mon pauvre. Moi j'ai cinq ans. Je parie que toi aussi tu as cinq ans.

Bod acquiesça avec ardeur. Il n'allait pas contredire sa nouvelle amie. Elle le rendait heureux.

Elle s'appelait Scarlett Amber Perkins, lui dit-elle, et elle habitait un appartement sans jardin. Sa mère était assise à lire un magazine sur un banc, au pied de la colline, et lui avait dit de revenir dans une demi-heure, de se défouler, de ne pas faire de bêtises et de ne pas parler aux gens qu'elle ne connaissait pas.

– Tu ne me connais pas, lui fit remarquer Bod.

– Mais si, dit-elle d'un ton décidé. Tu es un petit garçon.

Puis elle ajouta :

– Et tu es mon ami. Alors on se connaît, forcément.

Bod souriait rarement, mais cette fois il fit un sourire immense et ravi.

– Je suis ton ami, dit-il.

– Comment tu t'appelles ?

– Bod. C'est le diminutif de Nobody.

À ces mots, elle éclata de rire.

– Drôle de nom. Qu'est-ce que tu fais, là ?

– J'apprends les lettres. À partir des pierres. Je dois les écrire.

– Je peux le faire avec toi ?

L'espace d'un instant, Bod se sentit sur la défensive – les pierres tombales étaient *à lui*, non ? –, et puis il comprit que c'était bête, et se dit que certaines choses étaient plus amusantes à faire au soleil, en compagnie d'une amie.

– Oui, dit-il.

Ils recopièrent les noms gravés sur les tombes, Scarlett aidant Bod à prononcer les noms et les mots difficiles, Bod expliquant à Scarlett les phrases en latin, s'il les savait déjà, et il leur sembla qu'il était bien trop tôt lorsqu'ils entendirent une voix plus bas sur la colline, qui criait : « Scarlett ! »

La fille repoussa hâtivement les crayons et le papier vers Bod.

– Il faut que je parte, dit-elle.

– On se reverra la prochaine fois. Pas vrai ?

– Où est-ce que tu habites ?

– Ici.

Et Bod resta debout à la regarder dévaler la colline.

Sur le chemin du retour, Scarlett parla à sa mère du garçon appelé Nobody qui vivait dans le cimetière et qui avait joué avec elle ; ce soir-là sa mère raconta l'histoire à son père, qui déclara qu'à sa connaissance les amis imaginaires étaient un phénomène courant à cet âge, qu'il n'y avait pas lieu de s'inquiéter, et qu'ils avaient de la chance d'avoir un parc naturel si près de chez eux.

Après cette première rencontre, ce ne fut plus jamais Scarlett qui vit Bod en premier. Les jours où il ne pleuvait pas, l'un de ses parents l'amenait au cimetière. Le parent restait assis à lire sur le banc pendant que Scarlett s'écartait de l'allée, tache verte ou orange ou rose fluo, et partait en exploration. Puis, sans tarder, elle voyait un petit visage grave et des yeux gris l'observer sous une tignasse couleur souris, et Bod et elle jouaient ensemble : à cache-cache, parfois, ou à l'escalade, ou à rester immobiles pour guetter les lapins derrière la vieille chapelle.

Bod présenta Scarlett à quelques-uns de ses amis. Le fait qu'elle ne pût pas les voir n'avait pas d'importance. Comme ses parents lui avaient déjà fermement affirmé que Bod était imaginaire et qu'il n'y avait aucun mal à cela – pendant quelques jours, sa mère avait même insisté pour mettre un couvert de plus à table pour Bod –, elle ne s'étonnait pas du tout que lui aussi ait des amis imaginaires. Il lui transmettait leurs commentaires.

– Bartelmy dit que ton visage avoist la semblance d'une prune escrasée.

– Lui-même ! Et pourquoi est-ce qu'il parle comme ça ? Il ne veut pas dire une tomate écrabouillée, plutôt ?

– Je crois qu'il n'y avait pas de tomates chez lui. Et c'est juste leur manière de parler à leur époque.

Scarlett était contente. C'était une enfant intelligente et solitaire, dont la mère travaillait pour une université lointaine, enseignant à des gens qu'elle ne rencontrait jamais en personne, notant des dissertations d'anglais envoyées chez elle par ordinateur et renvoyant des messages de conseil ou d'encouragement. Son père enseignait la physique des particules, mais il y avait, comme l'expliqua Scarlett à Bod, trop de gens qui voulaient enseigner la physique des particules et pas assez qui voulaient l'apprendre, c'est pourquoi sa famille devait sans cesse déménager dans différentes villes universitaires, et dans chacune son père espérait un poste définitif qui n'arrivait jamais.

– Qu'est-ce que c'est, la physique des particules ?

Scarlett haussa les épaules.

– Bon alors, dit-elle. Il y a des atomes, qui sont des trucs trop petits pour être vus, et c'est de ça qu'on est faits. Et puis il y a des trucs plus petits que les atomes, et c'est ça la physique des particules.

Bod hocha la tête et en conclut que le père de Scarlett s'intéressait sans doute à des choses imaginaires.

Bod et Scarlett arpentaient le cimetière ensemble tous les après-midi de la semaine pour suivre les noms du doigt et les recopier. Bod expliquait à Scarlett ce qu'il savait sur les habitants des sépultures, des mausolées et des tombeaux, et elle lui racontait des histoires qu'on lui avait lues ou apprises, et parfois elle lui parlait du monde extérieur, des voitures, des autobus, de la télévision et des avions (Bod en avait vu voler très haut dans le ciel, il les avait pris pour de bruyants oiseaux d'argent mais ne s'était encore jamais posé de questions à leur propos). Lui, à son tour, lui rapportait ce qui s'était passé du vivant des gens qui occupaient les tombes : par exemple, la fois où Sebastian Reeder était allé à Londres et avait vu la reine, en réalité une grosse femme à toque de fourrure qui regardait tout le monde méchamment et ne parlait pas un mot d'anglais. Sebastian Reeder ne se rappelait pas de quelle reine il s'agissait, mais il ne pensait pas qu'elle eût été reine très longtemps.

– C'était quand ? demanda Scarlett.

– Il est mort en 1583, c'est marqué sur sa tombe, donc c'était avant.

– Qui est le plus vieux, ici ? Dans tout le cimetière ?

Bod fronça les sourcils.

– Ça doit être Caius Pompeius. Il est arrivé ici cent ans après les premiers Romains. Il m'en a parlé. Il aimait les routes.

– Alors c'est lui le plus vieux ?

– Je crois.

– Est-ce qu'on peut se faire une cabane dans une de ces maisons en pierre ?

– On ne peut pas entrer. C'est fermé à clé. Elles sont toutes fermées.

– Et toi, tu peux entrer ?

– Bien sûr.

– Et pourquoi pas moi ?

– À cause du cimetière, expliqua-t-il. Je suis citoyen libre du cimetière. Il me laisse aller partout.

– Je veux aller dans la maison en pierre pour faire une cabane.

– Tu ne peux pas.

– T'es méchant.

– Non.

– Vilain méchant.

– Non.

Scarlett enfonça les mains dans les poches de son anorak et descendit la colline sans lui dire au revoir, convaincue que Bod lui cachait quelque chose, et sentant dans le même temps qu'elle avait été injuste, ce qui augmentait encore sa colère.

Ce soir-là, au dîner, elle demanda à son père et à sa mère s'il y avait des habitants dans le pays avant l'arrivée des Romains.

– Où as-tu entendu parler des Romains ? s'étonna son père.

– Tout le monde est au courant, répondit Scarlett avec un dédain souverain. Alors ?

– Il y avait des Celtes, expliqua sa mère. Ils étaient là en premier. Ils remontent à avant les Romains. C'est le peuple que les Romains ont conquis.

Sur le banc à côté de la vieille chapelle, Bod avait une conversation du même ordre.

– Le plus vieux ? dit Silas. Franchement, Bod, je ne sais pas. Le plus vieux du cimetière que j'aie rencontré, c'est Caius Pompeius. Mais il y avait des gens ici avant l'arrivée des Romains. Beaucoup de gens, installés depuis très longtemps. Et tes lettres, ça avance ?

– Bien, je crois. Quand est-ce que j'apprendrai à écrire en attaché ?

Silas se tut.

– Je ne doute pas, dit-il après un moment de réflexion, qu'il y ait, parmi tous les talents inhumés ici, au moins une poignée de professeurs. Je mènerai l'enquête.

49

Bod frissonna de joie. Il imaginait un avenir où il saurait tout lire, où toutes les histoires pourraient être ouvertes et découvertes.

Lorsque Silas eut quitté le cimetière pour vaquer à ses affaires, Bod se rendit au saule qui poussait à côté de la vieille chapelle et appela Caius Pompeius.

Le vieux Romain sortit de sa tombe en bâillant.

– Ah. Oui. L'enfant vivant, dit-il. Comment vas-tu, enfant vivant ?

– Je vais très bien, monsieur.

– Tant mieux. Je suis heureux de l'apprendre.

Les cheveux du vieux Romain étaient pâles dans le clair de lune, et il portait la toge dans laquelle on l'avait mis en terre, avec, par-dessous, un épais gilet de flanelle et un caleçon long, car ce pays était froid, au bout du monde, et le seul endroit encore plus froid était l'Hibernia, au nord, où les hommes étaient plus animaux qu'humains et couverts de fourrure orange, et où ils étaient trop sauvages pour être conquis même par les Romains, si bien qu'ils seraient bientôt isolés dans leur perpétuel hiver.

– Êtes-vous le plus vieux ? lui demanda Bod.

– Le plus vieux du cimetière ? Oui, c'est moi.

– Alors vous avez été le premier enterré ici ?

Une hésitation.

– Presque le premier, dit Caius Pompeius. Avant les Celtes, il y avait d'autres gens sur cette île. L'un d'entre eux est enterré ici.

– Ah.

Bod réfléchit pendant un moment.

– Où est sa tombe ?

Caius pointa le doigt vers le sommet de la colline.

– Il est tout en haut ?

Caius secoua la tête.

– Où, alors ?

Le vieux Romain se baissa pour ébouriffer les cheveux de Bod.

– Dans la colline, dit-il. À l'intérieur. Ce sont mes amis qui m'ont porté jusqu'ici, suivis à leur tour par les officiels locaux et les mimes arborant les visages en cire de ma femme, emportée par une fièvre à Camulodonum, et de mon père, tué dans une escarmouche frontalière en Gaule. Trois cents ans après ma mort, un fermier qui cherchait des pâtures pour ses moutons découvrit le rocher qui couvrait l'entrée, le fit rouler sur le côté et descendit, pensant trouver peut-être un trésor. Il ressortit un peu plus tard, et ses cheveux bruns étaient devenus blancs comme neige...

– Qu'avait-il vu ?

Caius ne dit rien, puis :

– Le rocher a été remis en place et, avec le temps, ils ont oublié. Et puis il y a deux cents ans, en creusant le caveau Frobisher, ils l'ont retrouvé. Le jeune homme qui trouva l'endroit rêvait de fortune, si bien qu'il n'en parla à personne et se cacha derrière le cercueil d'Ephraïm Pettyfer, et une nuit il descendit sans se faire voir, ou du moins le croyait-il.

– Ses cheveux étaient-ils blancs quand il est remonté ?

– Il n'est pas remonté.

– Hum. Oh. Mais alors, qui est là-dessous ?

Caius secoua la tête.

– Je ne sais pas, jeune Owens. Mais je le sentais, à l'époque où cet endroit était vide. Je sentais déjà quelque chose qui attendait, au plus profond de la colline.

– Qu'est-ce que ça attendait ?

– Tout ce que je sentais, dit Caius Pompeius, c'était l'attente.

Scarlett tenait un grand livre d'images, assise à côté de sa mère sur le banc vert près du portail, et elle lisait son livre pendant que sa mère étudiait une revue pédagogique. Elle profitait du soleil printanier et s'efforçait d'ignorer le petit garçon qui lui faisait signe derrière un monument couvert de lierre ; mais soudain, alors qu'elle avait résolu de ne plus regarder le monument, le garçon surgit – littéralement, tel un diable de sa boîte – de derrière une pierre tombale (Joji G. Shoji, † 1921, *J'étais un étranger et vous m'avez accueilli*). Il lui fit de grands gestes frénétiques. Elle fit celle qui ne le voyait pas.

Finalement, elle posa son livre sur le banc.

– Maman ? Je vais me promener.

– Reste dans l'allée, ma chérie.

Elle y resta jusqu'à ce qu'elle eût tourné le coin, et elle vit Bod qui lui adressait de grands signes des bras plus haut sur la colline. Elle lui fit une grimace.

– J'ai appris des choses, dit Scarlett.

– Moi aussi, dit Bod.

– Il y avait des gens avant les Romains. Il y a très longtemps. Ils vivaient là, enfin quand ils mouraient on les enterrait dans ces collines, avec des trésors et tout. On appelait ça des tumulus.

– Ah bon. Tout s'explique. Tu veux venir en voir un ?

– Maintenant ?

Scarlett n'avait pas l'air convaincu.

– Tu ne sais pas vraiment où il y en a un, si ? Et tu sais que je ne peux pas toujours te suivre là où tu vas.

Elle l'avait vu passer à travers les murs, comme une ombre.

Pour toute réponse, il brandit une grosse clé en fer rouillé.

– J'ai trouvé ça dans la chapelle, dit-il. Elle doit ouvrir la plupart des portes là-haut. C'est la même clé qui servait pour toutes. Ça faisait moins de travail.

Elle escalada la colline à ses côtés.

– Tu dis la vérité ?

Il acquiesça, un sourire satisfait dansant au coin des lèvres.

– Allez viens.

C'était une parfaite journée de printemps, l'atmosphère était vibrante de chants d'oiseaux et de bourdonnements d'insectes. Les marguerites s'agitaient dans la brise, et ici et là sur la colline quelques tulipes précoces se balançaient. Un poudroiement de myosotis et de grosses touffes de primevères jaunes ponctuaient la verdure de la pente autour des enfants qui montaient vers le petit mausolée des Frobisher.

Il était ancien et de conception simple, étroite maison de pierre oubliée avec une grille en guise de porte. Bod l'ouvrit avec sa clé et ils entrèrent.

– C'est un trou, expliqua Bod. Ou une porte. Derrière l'un des cercueils.

Ils le trouvèrent derrière un cercueil posé au sol : il y avait juste la place d'y ramper.

– Là-dessous. On descend là-dessous.

Scarlett se surprit soudain à apprécier nettement moins l'aventure.

– On ne voit rien là-dedans, dit-elle. Il fait tout noir.

– Je n'ai pas besoin de lumière. Pas tant que je suis dans le cimetière.

– Mais moi si, insista Scarlett. C'est tout noir.

Bod réfléchit à ce qu'il pourrait dire de rassurant, comme par exemple « il n'y a rien de méchant là-dedans », mais comme les histoires de cheveux blanchis et de gens jamais remontés l'empêchaient de l'affirmer en toute conscience, il préféra rester prudent.

– Je vais descendre. Attends-moi ici.

Scarlett fronça les sourcils.

– Tu ne dois pas me quitter, dit-elle.

– Je vais descendre, je verrai qui est là, et je reviendrai tout te raconter.

Il se tourna vers l'ouverture, se baissa et y pénétra péniblement à quatre pattes. Il se retrouva dans un endroit assez grand pour qu'il y tienne debout, et vit des marches taillées dans la pierre.

– Je vais prendre l'escalier, maintenant.

– Est-ce qu'il descend loin ?

– Je crois.

– Si tu me tiens par la main et que tu me dis où mettre les pieds, je peux venir avec toi. Si tu fais attention à moi.

– Bien sûr, dit Bod, et avant même qu'il eût fini de parler, la fille passait à quatre pattes par le trou.

– Tu peux te lever, poursuivit-il.

Il la prit par la main.

– L'escalier est juste là. Si tu avances un pied, tu le trouveras. Là. Je passe devant.

– Tu y vois vraiment ? demanda-t-elle.

– Il fait sombre. Mais j'y vois.

Il commença à guider Scarlett dans l'escalier, à s'enfoncer dans la colline et à lui décrire ce qu'il voyait en chemin.

– Il y a des marches qui descendent. Elles sont en pierre. Et il y a de la pierre tout autour de nous. Quelqu'un a fait une peinture sur le mur.

– Quel genre de peinture ?

– Une grosse V comme Vache poilue, je crois. Avec des cornes. Et puis quelque chose qui ressemble plus à une sorte de gros nœud. C'est un peu gravé dans la pierre aussi, pas seulement peint, tu vois ?

Et il lui prit les doigts pour les poser sur les entrelacs gravés.

– Je le sens ! dit-elle.

– Maintenant, les marches sont plus larges. On arrive dans une sorte de salle, là, mais ça descend toujours. Ne bouge pas. Voilà, maintenant je suis entre toi et la pièce. Laisse ta main gauche sur le mur.

Ils continuèrent à descendre.

– Encore une marche et on arrive sur le sol en rocher, dit Bod. Ce n'est pas très plat.

La pièce était petite. Il y avait un bloc de pierre au sol, et dans un coin une saillie rocheuse basse, sur laquelle étaient posés de menus objets. Il y avait des os par terre, des os vraiment très vieux, et malgré tout Bod distingua, en contrebas de l'endroit où les marches débouchaient en haut de la pièce, un cadavre recroquevillé, vêtu des restes d'un long manteau marron : le jeune homme qui rêvait de fortune, conclut-il. Il avait dû glisser et tomber dans le noir.

Un son commença à s'élever tout autour d'eux, un glissement râpeux, tel un serpent ondulant dans les feuilles mortes. Scarlett agrippa plus fort la main de Bod.

– Qu'est-ce que c'est ? Tu vois quelque chose ?

– Non.

Scarlett émit un bruit entre le hoquet et le gémissement et Bod vit quelque chose, et il sut sans avoir à le demander qu'elle le voyait aussi.

Il y avait une lumière au bout de la pièce, et dans la lumière un homme s'avança, s'avança dans la roche, et Bod entendit Scarlett réprimer un hurlement.

L'homme était plutôt bien conservé, mais il avait tout de même l'air mort depuis longtemps. Sa peau était peinte (pensa Bod) ou tatouée (pensa Scarlett) de dessins et de motifs violets. À son cou pendait un collier de longues dents tranchantes.

– Je suis le maître de ces lieux ! dit le personnage, dans des termes si antiques et gutturaux que c'étaient à peine des mots. Je garde ces lieux contre quiconque les profane !

Ses yeux étaient énormes dans sa tête. Bod comprit que c'était parce qu'ils étaient cernés d'anneaux peints en violet, ce qui lui donnait l'air d'un hibou.

– Qui êtes-vous ? demanda Bod.

Il serra fort la main de Scarlett en le disant.

L'Homme Indigo ne semblait pas avoir entendu la question. Il les regardait avec férocité.

– Quittez ces lieux ! répéta-t-il avec des mots que Bod entendit dans sa tête, des mots qui étaient aussi un grondement rauque et grave.

– Il va nous faire du mal ? s'enquit Scarlett.

– Je ne crois pas, la rassura Bod.

Puis, à l'Homme Indigo, il dit comme on le lui avait appris :

– Je suis citoyen libre de ce cimetière et je peux aller partout où je le veux.

Cela n'entraîna aucune réaction chez l'Homme Indigo, ce qui dérouta Bod encore plus, car cette déclaration avait déjà calmé jusqu'aux plus irascibles des habitants du cimetière.

– Scarlett, demanda-t-il, est-ce que tu le vois, *toi* ?

– Bien sûr que je le vois. C'est un grand bonhomme tatoué qui fait peur et qui veut nous tuer. Bod, fais-le partir !

Bod regarda la dépouille du jeune homme au manteau marron. Il y avait une lampe à côté de lui, brisée sur le sol rocheux.

– Il s'est sauvé, dit Bod à voix haute. Il s'est sauvé parce qu'il avait peur. Et il a glissé ou trébuché sur les marches, et il est tombé.

– Qui ça ?

– L'homme qui est par terre.

Scarlett avait une voix irritée à présent, déroutée et effrayée aussi.

– Quel homme par terre ? Je n'ai vu que le bonhomme tatoué.

À cet instant, comme pour s'assurer qu'ils avaient bien remarqué sa présence, l'Homme Indigo renversa la tête en arrière et poussa une série de hurlements assourdissants, un hululement à pleine gorge qui incita Scarlett à agripper la main de Bod si fort que ses ongles lui entrèrent dans la chair.

Bod n'avait plus peur, cependant.

– Pardon d'avoir dit qu'ils étaient imaginaires, s'excusa Scarlett. J'y crois, maintenant. Ils sont pour de vrai.

L'Homme Indigo leva quelque chose au-dessus de sa tête. Cela ressemblait à une lame de pierre effilée.

– Quiconque fait intrusion ici doit mourir ! gronda-t-il de sa voix gutturale.

Bod pensa à l'homme dont les cheveux avaient blanchi après qu'il eut découvert la chambre, au fait qu'il ne soit jamais redescendu ici et n'ait jamais parlé de ce qu'il avait vu.

– Au contraire, dit-il. Je crois que tu as raison. Je crois qu'il l'est, celui-ci.

– Qu'il est quoi ?

– Imaginaire.

– Ne sois pas bête, rétorqua Scarlett. Je le vois.

– Oui. Et justement, toi tu ne vois pas les morts.

Bod promena son regard dans la pièce.

– Vous pouvez arrêter, maintenant, dit-il. On sait que c'est pour de faux.

– Je vais vous dévorer le foie ! mugit l'Homme Indigo.

– Mais non, s'impatienta Scarlett en poussant un énorme soupir. Bod a raison.

Puis elle ajouta :

– Je pense que c'est peut-être un épouvantail.

– Qu'est-ce que c'est, un épouvantail ?

– C'est une chose que les fermiers mettent dans les champs pour épouvanter les corbeaux.

– Ah bon, pourquoi ?

Bod aimait bien les corbeaux. Il les trouvait drôles, et il appréciait qu'ils aident le cimetière à rester propre.

– Je ne sais pas vraiment. Je demanderai à maman. Mais j'en ai vu un du train une fois et j'ai demandé ce que c'était. Les corbeaux croient que c'est une vraie personne, mais c'est pas vrai. C'est juste une chose fabriquée qui a l'air d'une personne. C'est juste pour faire peur aux corbeaux.

Bod regarda autour de lui dans la pièce.

– Qui que vous soyez, dit-il, ça ne marche pas. Ça ne nous fait pas peur. On sait que c'est pour de faux. Alors arrêtez.

L'Homme Indigo s'arrêta. Il s'approcha du bloc de pierre et se coucha dessus. Et puis il disparut.

Pour Scarlett, la pièce fut de nouveau engloutie dans les ténèbres. Mais dans les ténèbres, elle entendit encore ce bruit qui s'enroulait autour d'eux, de plus en plus fort, comme si quelque chose tournait en rond dans la pièce.

Quelque chose dit : Nous sommes la Vouivre.

Les petits cheveux que Bod avait dans le cou commencèrent à le picoter. La voix qui résonnait dans sa tête était quelque chose de très vieux et de très sec, comme le raclement d'une branche morte contre la fenêtre de la chapelle, et il lui semblait qu'il y en avait plus d'une, qu'elles parlaient à l'unisson.

– Tu as entendu ? demanda-t-il à Scarlett.

– Je n'ai rien entendu, à part un bruit tout glissant. Ça m'a fait un drôle d'effet. Ça me piquait dans le ventre. Comme s'il allait se passer quelque chose d'horrible.

– Il ne va rien se passer d'horrible, dit Bod.

Puis, à l'intention de la pièce, il éleva la voix :

– Qu'êtes-vous ?

Nous sommes la Vouivre. Nous gardons et protégeons.

– Que protégez-vous ?

Le lieu du repos du Maître. Ceci est le plus saint des lieux saints, et il est gardé par la Vouivre.

– Vous ne pouvez pas nous toucher. Vous pouvez faire peur, c'est tout.

Les voix tortueuses se firent virulentes. La peur est une arme de la Vouivre.

Bod regarda la saillie rocheuse.

– C'est ça, les trésors de votre maître ? Une vieille broche, une coupe et un petit couteau en pierre ? Ça ne paie pas de mine.

LA VOUIVRE GARDE LES TRÉSORS. LA BROCHE, LE CRATÈRE, LE COUTELAS. NOUS LES GARDONS POUR LE MAÎTRE, POUR SON RETOUR. IL REVIENDRA. IL REVIENT TOUJOURS.

– Combien êtes-vous ?

Mais la Vouivre ne répondit rien. Bod avait l'impression que sa tête était remplie de toiles d'araignée, il la secoua pour tenter de l'éclaircir. Puis il serra la main de Scarlett.

– On ferait mieux de s'en aller, dit-il.

Il la fit passer devant le mort au manteau marron – et franchement, pensa Bod, s'il n'avait pris peur et n'était tombé, l'homme aurait été déçu. Les trésors d'il y a dix mille ans n'étaient pas comme ceux d'aujourd'hui. Bod aida prudemment Scarlett à remonter les marches, à travers la colline, jusqu'à l'édifice noir et saillant du mausolée Frobisher.

Le soleil de fin de printemps s'insinuait avec un éclat violent dans les fissures de la maçonnerie et par les barreaux de la grille, et Scarlett cligna des yeux et les couvrit de sa main sous cette lumière soudaine. Les oiseaux chantaient dans les taillis, un bourdon passa en vrombissant, tout était incroyablement normal.

Bod poussa la grille pour l'ouvrir, puis referma à clé derrière lui.

Les vêtements colorés de Scarlett étaient couverts de débris et de toiles d'araignée, et la peau mate de son visage et de ses mains était blanchie par la poussière.

Plus bas sur la colline, quelqu'un – un bon nombre de personnes, même – criait. Criait fort. Criait frénétiquement.

On appela : « Scarlett ? Scarlett Perkins ? », Scarlett dit :

« Oui ? Je suis là », et sans leur laisser le temps, à Bod et elle, de se parler de ce qu'ils avaient vu ni d'évoquer l'Homme Indigo, une femme en veste jaune fluo marquée POLICE dans le dos apparut, exigeant de savoir si Scarlett était indemne, où elle était allée et si on avait tenté de la kidnapper ; puis la femme parla dans une radio pour faire savoir que l'enfant était retrouvée.

Bod redescendit la colline en flottant à leurs côtés. La porte de la chapelle était ouverte, et à l'intérieur les deux parents de Scarlett attendaient, sa mère en larmes, son père parlant d'un air inquiet dans son téléphone portable, accompagné d'une autre femme policière. Personne ne vit Bod, qui attendait dans un coin.

Les gens demandaient sans relâche à Scarlett ce qui lui était arrivé, et elle répondit le plus honnêtement possible, leur parla d'un garçon appelé Nobody qui l'avait emmenée tout au fond d'une colline où un homme aux tatouages violets était apparu dans le noir, mais en réalité c'était un épouvantail. Ils lui donnèrent une barre chocolatée, lui essuyèrent le visage, lui demandèrent si l'homme tatoué avait une moto, et le père et la mère de Scarlett, une fois soulagés et rassurés pour elle, s'en voulurent et lui en voulurent, et chacun accusa l'autre d'avoir laissé leur petite fille jouer dans un cimetière, même si c'était un parc naturel, et observa que le monde était très dangereux de nos jours, et que si l'on ne gardait pas les yeux sur son enfant à chaque seconde on ne pouvait pas imaginer dans quelles horreurs elle risquait d'être plongée. Surtout une enfant comme Scarlett.

Sa mère se mit à sangloter, ce qui fit pleurer Scarlett, et l'une des femmes de la police se disputa avec son père qui tentait de lui expliquer que, en tant que contribuable, il lui payait son salaire, ce à quoi elle rétorqua qu'elle aussi payait des impôts et réglait probablement son salaire *à lui* ; pendant ce temps, Bod resta assis dans l'ombre dans le coin de la chapelle, invisible aux yeux de tous, même de Scarlett, à observer et écouter jusqu'à ce qu'il n'en puisse plus.

Le crépuscule était tombé sur le cimetière et Silas monta vers l'amphithéâtre retrouver Bod, qui contemplait la ville en contrebas. Il resta debout à côté de l'enfant sans rien dire, ce qui était bien dans ses manières.

– Ce n'est pas sa faute, plaida Bod. C'est la mienne. Et maintenant elle a des ennuis.

– Où l'as-tu emmenée ? demanda Silas.

– Au milieu de la colline, pour voir la plus vieille des tombes. Mais il n'y a personne là-dedans. Juste une espèce de serpent qui s'appelle la Vouivre et qui fait peur aux gens.

– Fascinant.

Ils redescendirent la colline ensemble, virent des gens refermer la vieille chapelle et regardèrent les policiers, Scarlett et ses parents s'éloigner dans la nuit.

– Miss Borrows va t'apprendre à écrire en attaché, dit Silas. As-tu lu *Le Chat chapeauté* ?

– Oui. Ça fait longtemps. Tu peux m'apporter encore des livres ?

– Je pense.

– Tu crois que je la reverrai un jour ?

– La fille ? J'en doute fort.

Mais Silas se trompait. Trois semaines plus tard, par un après-midi de grisaille, Scarlett vint au cimetière, accompagnée de ses deux parents.

Ils insistèrent pour qu'elle reste à tout instant sous leurs yeux, même s'ils s'attardaient un peu derrière elle. Sa mère faisait une réflexion de temps en temps pour souligner à quel point tout cela était morbide et comme c'était bien qu'ils laissent bientôt ces histoires derrière eux pour toujours.

– Bonjour, dit Bod lorsque les parents de Scarlett se furent mis à parler entre eux.

– Coucou, fit Scarlett à voix très basse.

– Je ne pensais pas te revoir.

– Je leur ai dit que je ne partirais pas avec eux s'ils ne me ramenaient pas ici une dernière fois.

– Partir où ?

– En Écosse. Il y a une université là-bas. Où papa pourra enseigner la physique des particules.

Ils marchèrent ensemble dans l'allée, petite fille en anorak orange vif et petit garçon en linceul gris.

– C'est loin, l'Écosse ? demanda Bod.

– Oui.

– Ah.

– J'espérais bien que tu serais là. Pour qu'on se dise au revoir.

– Je suis toujours là.

– Mais tu n'es pas mort, n'est-ce pas, Nobody Owens ?

– Bien sûr que non.

– Alors tu ne peux pas rester ici toute ta vie, pas vrai ? Un jour tu grandiras et tu devras aller vivre dans le monde, au-dehors.

Il secoua la tête.

– Je ne suis pas en sécurité là-bas.

– D'après qui ?

– Silas. Ma famille. Tout le monde.

Elle garda le silence.

Son père l'appela.

– Scarlett ! Allez viens, chérie. C'est l'heure de partir. Tu as eu ta dernière visite au cimetière. On rentre, maintenant.

– Tu es courageux, dit Scarlett à Bod. Tu es la personne la plus courageuse que je connaisse, et tu es mon ami. Ça m'est égal si tu es vraiment imaginaire.

Puis elle s'enfuit en dévalant l'allée qu'ils venaient d'emprunter, vers ses parents et vers le monde.

CHAPITRE TROIS

Les Chiens de Dieu

DANS TOUT CIMETIÈRE, une tombe appartient aux goules. Arpentez n'importe quel cimetière le temps qu'il faudra et vous la trouverez : souillée et gonflée d'humidité, la pierre fendue ou brisée, cernée d'herbes en bataille ou de plantes fétides et, lorsque vous l'atteindrez, un air d'abandon. Elle sera peut-être plus froide que les autres sépultures, aussi, et le nom sur la stèle sera dans la plupart des cas illisible. S'il y a une statue sur la tombe elle sera décapitée, ou couverte de champignons et de lichens au point de ressembler elle-même à une moisissure. Si une seule tombe, dans un cimetière, semble avoir été vandalisée par des minables, c'est la porte des goules. Si cette tombe vous donne envie d'être ailleurs, c'est la porte des goules.

Il y en avait une dans le cimetière de Bod.

Il y en a une dans tout cimetière.

Silas partait.

Bod avait été contrarié de l'apprendre. Là, il n'était plus contrarié. Il était furieux.

– Mais *pourquoi* ? demanda-t-il.

– Je te l'ai dit. J'ai besoin de trouver certaines informations. Pour ce faire, il faut que je voyage. Pour voyager, il faut que je parte d'ici. Nous avons déjà discuté de tout cela.

– Qu'est-ce qui peut être assez important pour t'obliger à partir ?

Du haut de ses six ans, Bod s'efforçait d'imaginer une chose capable de pousser Silas à vouloir le quitter, sans succès.

– C'est pas juste.

Son tuteur demeurait imperturbable.

– Ce n'est ni juste ni injuste, Nobody Owens. C'est ainsi.

Bod ne se laissait pas faire.

– Tu dois t'occuper de moi. Tu as *promis*.

– En tant que tuteur j'ai des responsabilités envers toi, oui. Fort heureusement, je ne suis pas le seul individu au monde à accepter de les endosser.

– Tu vas où, d'abord ?

– Ailleurs. Loin. J'ai des choses à découvrir que je ne puis découvrir ici.

Bod râla de dépit et s'éloigna en tapant du pied dans des cailloux imaginaires. Sur la face nord-ouest du cimetière, une végétation enchevêtrée avait tout envahi, bien trop fournie pour être domptée par le jardinier des Amis du cimetière. Il s'y rendit à pas lents, réveilla une famille d'enfants victoriens qui étaient tous morts avant leur dixième anniversaire, et ensemble ils jouèrent à cache-cache au clair de lune, dans la jungle des lianes de lierre. Bod s'efforça de faire comme si Silas ne partait pas, comme si tout était immuable, mais lorsque le jeu prit fin et qu'il regagna en courant la vieille chapelle, il vit deux choses qui le firent changer d'avis.

La première était un sac. C'était, Bod le sut à l'instant où il posa les yeux dessus, le sac de Silas. Il avait au moins cent cinquante ans et c'était une splendeur, en cuir noir à parements de cuivre et poignée noire, le genre de sac qui aurait pu appartenir à un médecin ou à un croque-mort de l'ère victorienne et renfermer tous leurs instruments. Bod n'avait jamais vu le sac de Silas, il ignorait même que Silas en eût un. Mais ce genre de sac ne pouvait être qu'à lui. Bod essaya de regarder discrètement à l'intérieur, mais il était fermé par un gros cadenas de cuivre. Il était trop lourd pour que Bod pût le soulever.

C'était la première chose.

La seconde se trouvait sur le banc à côté de la chapelle.

– Bod, dit Silas. Je te présente Miss Lupescu.

Miss Lupescu n'était pas jolie. Elle avait les traits pincés et l'air désapprobateur. Ses cheveux étaient gris, bien que son visage semblât trop jeune pour des cheveux gris. Ses dents de devant étaient légèrement de travers. Elle portait un grand imperméable, et avait au cou une cravate d'homme.

– Bonjour, Miss Lupescu.

Miss Lupescu ne répondit rien. Elle renifla. Puis elle regarda Silas et dit :

– Alors. Voilà donc le garçon.

Elle se leva de son siège et tourna autour de Bod, les narines frémissantes, comme pour le flairer. Lorsqu'elle eut achevé un tour complet, elle ajouta :

– Tu viendras me voir dès ton réveil, et avant d'aller dormir. J'ai loué chambre dans maison par là-bas. (Elle montra du

doigt un toit tout juste visible de là où ils se trouvaient.)
Toutefois, je passerai mon temps dans ce cimetière. Je suis ici
en tant qu'historienne, pour mener recherches sur tombes
anciennes. Tu comprends, Boy ? *Da* ?

– Bod, dit Bod. C'est Bod. Pas Boy.

– Le diminutif de Nobody. Un nom idiot. D'ailleurs, Bod, c'est
nom d'animal de compagnie. Un surnom. Je ne l'approuve pas.
Je t'appellerai « Boy ». Tu m'appelleras « Miss Lupescu ».

Bod leva un regard suppliant sur Silas, mais ne lut aucune
pitié sur son visage. Silas ramassa son sac et dit :

– Tu seras en de bonnes mains avec Miss Lupescu, Bod. Je
suis sûr que vous allez vous entendre.

– Pas du tout ! protesta Bod. Elle est horrible !

– C'est très grossier, ce que tu viens de dire. Je pense que tu
devrais t'excuser, tu ne crois pas ?

Bod n'était pas d'accord, mais Silas le regardait, son sac noir
à la main, sur le point de partir pour on ne savait combien de
temps, si bien qu'il céda.

– Pardon, Miss Lupescu.

Tout d'abord elle ne répondit rien. Elle se contenta de renifler. Puis elle parla.

– Je suis venue de loin pour veiller sur toi, Boy. J'espère que
tu en vaux la peine.

Bod ne pouvait pas imaginer d'embrasser Silas : il lui tendit donc la main, et Silas s'inclina pour la serrer avec douceur,
faisant disparaître la petite main sale dans son immense main
pâle. Puis, soulevant son sac de cuir noir comme s'il ne pesait
rien, il descendit l'allée et sortit du cimetière.

Bod en parla à ses parents.

– Silas est parti.

– Il reviendra, dit gaiement Mr Owens. Ne te mets pas martel en tête pour cela, Bod. Il reviendra aussi sûrement qu'une fausse pièce, comme on dit.

– À ta naissance, ajouta Mrs Owens, il nous a promis que s'il devait s'absenter il trouverait quelqu'un pour t'apporter à manger et garder un œil sur toi, et il l'a fait. On peut compter sur lui.

Silas apportait de la nourriture à Bod, il est vrai, et la lui laissait chaque nuit dans la crypte ; mais c'était, de l'avis de Bod, la moindre des choses qu'il avait faites pour lui. Il lui donnait des conseils, avisés, raisonnés et infailliblement justes ; il était plus savant que les gens du cimetière, car ses excursions nocturnes à l'extérieur lui permettaient de décrire un monde actuel, et non dépassé depuis des siècles ; immuable et fiable, il avait été présent chaque nuit de la vie de Bod, qui peinait à imaginer la petite église vidée de son seul habitant ; et par-dessus tout, avec lui, Bod se sentait en sécurité.

Miss Lupescu ne considérait pas, elle non plus, que son travail consistât simplement à apporter à manger à Bod. C'est pourtant ce qu'elle fit, entre autres.

– Qu'est-ce que c'est ? lui demanda Bod, horrifié.

– De bonnes choses, dit Miss Lupescu.

Ils étaient dans la crypte. Elle avait posé deux boîtes en plastique sur la table et souleva les couvercles. Elle désigna la première.

– C'est soupe-ragoût betteraves et orge.

Elle montra la seconde.

– C'est salade. Maintenant tu manges les deux. J'ai fait pour toi.

Bod leva les yeux sur elle pour voir si c'était une blague.

La nourriture de Silas était presque toujours en sachets, achetée dans le genre d'endroits où l'on vend à manger tard le soir sans poser de questions. Personne ne lui avait jamais apporté à manger dans une boîte en plastique fermée par un couvercle.

– Ça sent très mauvais, dit-il.

– Si tu ne manges pas soupe-ragoût vite, ce sera plus horrible. Ce sera froid. Mange maintenant.

Bod avait faim. Il empoigna une cuillère en plastique, la plongea dans le ragoût rouge violacé et mangea. Cette nourriture gluante était nouvelle pour lui, mais il parvint à l'avaler.

– Maintenant, la salade ! annonça Miss Lupescu en faisant sauter le couvercle de la seconde boîte.

Elle se composait de gros morceaux d'oignon cru, de betterave et de tomate, le tout sous une épaisse sauce vinaigrée. Bod mit un morceau de betterave dans sa bouche et commença à mâcher. Il sentit sa salive s'accumuler et comprit que s'il avalait il rendrait tout.

– Je ne peux pas manger ça.

– C'est bon pour toi.

– Ça me donne envie de vomir.

Ils se regardèrent fixement, le petit garçon aux cheveux de souris ébouriffés, la femme pâle et pincée dont pas un cheveu d'argent ne dépassait.

– Tu manges encore une bouchée, insista Miss Lupescu.

– Je ne peux pas.

– Tu manges encore une bouchée maintenant, ou tu restes ici jusqu'à ce que tu aies tout terminé.

Bod piqua dans un morceau de tomate vinaigrée, le mâcha et déglutit péniblement. Miss Lupescu replaça les couvercles sur les boîtes, qu'elle rangea dans des sacs en plastique.

– À présent, les leçons, dit-elle.

On était en plein été. La nuit complète ne tomberait pas avant minuit ou presque. Il n'y avait pas de leçons en plein été : ses heures de veille, Bod les passait à jouer, à explorer ou à escalader dans un chaud crépuscule sans fin.

– Des leçons ?

– Ton tuteur a pensé qu'il serait bon que je t'apprenne des choses.

– J'ai déjà des professeurs. Letitia Borrows me donne des cours d'écriture et de vocabulaire, et Mr Pennyworth m'enseigne son « Système complet pour l'éducation des jeunes gentilshommes avec supplément à l'intention des post-mortem ». Je fais de la géographie et tout. Je n'ai pas besoin de leçons en plus.

– Alors tu sais tout, hein, Boy ? Six ans, et ça sait déjà tout.

– Je n'ai pas dit ça.

Miss Lupescu croisa les bras.

– Parle-moi des goules.

Bod s'efforça de se rappeler ce que Silas lui avait raconté sur les goules au fil des ans.

– Il faut les éviter.

– Et c'est tout ce que tu sais ? *Da* ? Pourquoi faut-il les éviter ? D'où viennent-elles ? Où vont-elles ? Pourquoi ne faut-il pas rester près d'une porte des goules ? Alors, Boy ?

Bod haussa les épaules et secoua la tête.

– Cite-moi les différentes catégories de personnes, dit Miss Lupescu. Tout de suite.

Bod réfléchit un instant.

– Les vivants. Euh. Les morts.

Il s'arrêta.

– ... Les chats ?

– Tu es ignorant, Boy. C'est mal. Et tu te contentes de ton ignorance. C'est pire. Répète après moi : il y a les vivants et les morts, il y a les diurnes et les nocturnes, il y a les goules et les arpenteurs de brume, il y a les grands chasseurs et les Chiens de Dieu. Enfin, il y a les solitaires.

– Vous êtes quoi, vous ? demanda Bod.

– Moi, répondit-elle d'un air sévère, je suis Miss Lupescu.

– Et Silas ?

Elle hésita. Puis elle dit :

– C'est un solitaire.

Bod endura la leçon. Quand Silas lui apprenait des choses, c'était intéressant. La plupart du temps, il ne s'apercevait même pas qu'il avançait. Miss Lupescu enseignait au moyen de listes, dont Bod ne voyait pas l'intérêt. Il resta dans la crypte en se languissant de sortir dans ce crépuscule d'été, sous la lune fantôme.

À la fin de la leçon, d'une humeur massacrante, il s'enfuit. Il chercha des camarades de jeu, mais ne trouva personne et ne vit rien d'autre qu'un gros chien gris qui rôdait entre les tombes, toujours à distance de lui, glissant entre les stèles et traversant les ombres.

Au fil de la semaine, les choses empirèrent.

Miss Lupescu continuait d'apporter à Bod des plats préparés par ses soins : boulettes noyées dans la graisse ; soupe épaisse rouge violacé avec une grosse cuillerée de crème aigre ; petites patates à l'eau, froides ; saucisses froides saturées d'ail ; œufs durs baignant dans un liquide gris peu ragoûtant. Il mangeait le moins possible. Les leçons se poursuivirent : deux jours durant, elle ne lui enseigna rien d'autre que les manières d'appeler à l'aide dans toutes les langues du monde, et s'il oubliait ou se trompait, elle lui donnait un petit coup de stylo sur les doigts. Le troisième jour, elle lui envoyait les questions en rafale.

– Français ?

– *Au secours.*

– Morse ?

– S - O - S. Trois points, trois traits, trois points.

– Maigre Bête de la nuit ?

– C'est idiot. Je ne me rappelle même pas ce que c'est, une Maigre Bête de la nuit.

– Leurs ailes sont glabres, elles volent bas et vite. Elles ne viennent pas dans ce monde-ci, mais elles hantent le ciel rouge au-dessus de la route de Ghölheim.

– Ça ne me servira jamais à rien de savoir ça.

La bouche de Miss Lupescu se pinça de plus belle. Pour seule réponse, elle redemanda :

– Maigre Bête de la nuit ?

Bod fit le bruit de gorge qu'elle lui avait enseigné : une plainte stridente, semblable au cri de l'aigle. Elle renifla.

– Passable.

Boy avait terriblement hâte que Silas revienne.

– Il y a parfois un gros chien gris dans le cimetière, dit-il. Il est arrivé en même temps que vous. Il est à vous ?

Miss Lupescu rajusta sa cravate.

– Non.

– C'est fini ?

– Pour aujourd'hui. Tu liras ce soir les listes que je t'ai données et tu les apprendras par cœur pour demain.

Les listes étaient imprimées à l'encre rose pâle sur du papier blanc, et elles sentaient le vieux. Bod emporta la dernière en haut de la colline et s'efforça de lire les mots, mais son attention ne cessait de dériver. Il finit par la plier et la coincer sous une pierre.

Personne ne voulut jouer avec lui cette nuit-là. Personne ne voulait jouer ni parler, ni courir, ni escalader sous l'énorme lune d'été.

Il repartit vers la tombe des Owens pour se plaindre à ses parents, mais Mrs Owens ne voulut pas entendre un mot contre Miss Lupescu, pour la simple raison – injuste, de l'avis de Bod – que c'était Silas qui l'avait choisie. Quant à Mr Owens, il se contenta de hausser les épaules et se mit à lui raconter l'époque où il était apprenti dans un atelier d'ébénisterie, et où il aurait bien aimé apprendre toutes ces choses tellement utiles... ce que Bod trouva encore pire.

– N'as-tu pas des leçons à apprendre, d'ailleurs ? lui demanda Mrs Owens, et Bod serra les poings sans répondre.

Bod ruminait toute cette injustice et errait dans le cimetière en donnant des coups de pied dans les cailloux. Il repéra le chien gris sombre et l'appela dans l'espoir qu'il vienne jouer avec lui, mais le molosse gardait ses distances et Bod, énervé, lui jeta une poignée de boue, qui alla s'écraser sur une tombe toute proche en envoyant de la terre partout. Le gros chien fixa sur Bod un regard plein de reproche, puis s'éloigna dans l'ombre et disparut.

Le garçon redescendit la colline par le sud-ouest en évitant la vieille chapelle : il ne tenait pas à voir l'endroit où Silas n'était pas. Il s'arrêta à côté d'une tombe dont l'aspect s'accordait parfaitement avec ses sentiments : elle se trouvait sous un chêne frappé par la foudre, qui n'était plus qu'un tronc noir, comme une serre d'oiseau acérée surgissant de la colline ; la tombe elle-même était tachée d'humidité et fissurée, sous une stèle d'où pendait un ange décapité dont la robe ressemblait à un énorme et immonde champignon d'écorce.

Bod s'assit sur une touffe d'herbe pour s'apitoyer sur son sort et détester tout le monde. Il haïssait même Silas d'être parti et de l'avoir quitté. Puis il ferma les yeux, se roula en boule dans l'herbe et s'enfonça dans un sommeil sans rêves.

Dans la rue en bas, montant vers la colline, s'en venaient le duc de Westminster, monsieur le député Archibald Fitzhugh et l'évêque de Bath and Wells, sautant et glissant d'une ombre à l'autre, maigres et tannés, tout tendons et cartilages, dépenaillés et déguenillés, cabriolant et rebondissant et se faufilant, franchissant les poubelles à saute-mouton, furtifs dans l'ombre des haies.

Ils étaient petits, comme des personnes de taille normale qui auraient rétréci au soleil ; ils échangeaient des phrases pleines de sous-entendus, telles que : « Si Votre Grâce sait mieux que nous où nous sommes, je lui saurais gré de le dire. Sinon, elle serait bien inspirée de fermer son grand gobe-mouches... », ou « Tout ce que je dis, Excellence, c'est que je le sais bougrement bien, qu'il y a un cimetière près d'ici, je l'ai reniflé », ou encore « Si vous l'aviez senti, dame, je l'aurais senti aussi, car pour sûr j'ai plus de flair que vous, Votre Grâce. »

Le tout en courbant l'échine pour se couler dans les jardins de ce quartier résidentiel. Ils en contournèrent un – « Psssst ! Des chiens ! » siffla monsieur le député Archibald Fitzhugh – en passant par le mur d'enceinte, trottinant sur l'arête comme des rats aussi gros qu'un enfant. Ils descendirent dans la grand-rue, puis gravirent la route qui montait sur la colline.

Enfin ils atteignirent le mur du cimetière, qu'ils escaladèrent tels des écureuils dans un arbre, et reniflèrent.

– Gare au cabot, dit le duc de Westminster.

– Où ça ? Aucune idée. Quelque part par ici. Ça ne sent pas le clébard ordinaire, pour sûr, observa l'évêque de Bath and Wells.

– J'en connais un qui ne sentait pas non plus ce cimetière, persifla monsieur le député Archibald Fitzhugh. N'est-ce pas ? Ce n'est qu'un chien, allons.

Tous trois sautèrent du mur, gagnèrent le sol et partirent en courant, usant de leurs bras autant que de leurs jambes pour se propulser à travers le cimetière jusqu'à la porte des goules, sous l'arbre foudroyé.

Et arrivés à la porte, sous le clair de lune, ils s'arrêtèrent.

– Qu'est-ce donc que ça ? s'étonna l'évêque de Bath and Wells.

– Sapristi ! s'exclama le duc de Westminster.

À ce moment, Bod s'éveilla.

Les trois visages qui le fixaient auraient pu appartenir à des humains momifiés, tout décharnés et desséchés, sauf que leurs traits étaient mobiles et animés : bouches souriant de toutes leurs dents effilées et gâtées ; yeux brillants comme des billes ; doigts griffus, agités et tambourinants.

– Qui êtes-vous ? demanda Bod.

– *Nous*, déclara l'une des créatures – qui n'étaient, Bod s'en rendit compte, pas beaucoup plus grandes que lui – on est des gens importants, nous. Lui, c'est le duc de Westminster.

Le plus grand s'inclina en disant : « Enchanté. »

– ... et ça, c'est l'évêque de Bath and Wells...

Le personnage, qui découvrit ses dents aiguisées et agita entre eux deux une langue pointue d'une longueur improbable, ne ressemblait pas à l'idée que Bod se faisait d'un évêque : sa peau était marbrée comme un cheval pie et il avait une grosse tache sur un œil, qui lui donnait presque l'air d'un pirate.

– ... et moué j'ai l'honneur d'être eu-m'sieur l'député Hartchibald Fitzhugh. À vot' service.

Les trois créatures s'inclinèrent de concert.

– Alors, mon garçon, que fais-tu là, hum ? s'enquit l'évêque de Bath and Wells. Et pas de carabistouilles, n'oublie pas que tu t'adresses à un prélat.

– Racontez, Votre Seigneurie, l'encouragèrent les deux autres.

Alors Bod leur raconta. Il leur expliqua que personne ne l'aimait ni ne voulait jouer avec lui, que personne ne tenait à lui ni ne se souciait de lui, et que même son tuteur l'avait abandonné.

– Saperlotte, fit le duc de Westminster en se grattant le nez (une petite chose toute sèche presque tout en narines). Il faut que tu trouves un endroit où tu seras apprécié.

– Ça n'existe pas, rétorqua Bod. Et je n'ai pas le droit de sortir du cimetière.

– Y te faut tout un monde rempli d'amis et de p'tits camarades, dit l'évêque de Bath and Wells en tortillant sa longue langue. Une cité de délices, de joie et de magie, où tu seras aimé et non rejeté.

– La femme qui s'occupe de moi, précisa Bod, elle fait une cuisine dégoûtante. De la soupe aux œufs durs, ce genre de choses.

– La cuisine ! s'écria monsieur le député Archibald Fitzhugh. Là où *nous* qu'on va, la cuisine est la meilleure du monde entier. J'en ai des gargouillis dans l'estomac et les babines qui frétillent rien que d'y penser.

– Je peux venir avec vous ? demanda Bod.

– Venir avec nous ? répéta le duc de Westminster d'un air outré.

– Soyez donc pas comme ça, Vot' Grâce, plaida l'évêque de Bath and Wells. À vot' bon cœur. 'Gadez donc ce p'tit loupiot. Y n'a pas fait un bon repas depuis je n'sais combien d'temps.

– Je vote pour l'emmener, renchérit monsieur le député Archibald Fitzhugh. Il y a du bon miam-miam chez nous.

Il se tapa sur le ventre pour montrer comme la nourriture était bonne.

– Alors, en route pour l'aventure ? demanda le duc de Westminster. À moins que tu ne préfères gâcher le reste de ta vie *ici* ?

Et de ses doigts osseux il montra le cimetière et la nuit.

Bod pensa à Miss Lupescu, à sa cuisine infecte, à ses listes, à sa bouche pincée.

– En route, dit-il.

Ses trois nouveaux amis avaient beau être de sa taille, ils étaient bien plus forts que n'importe quel enfant, et Bod se retrouva soulevé par l'évêque de Bath and Wells et tenu haut au-dessus de sa tête, cependant que le duc de Westminster empoignait une touffe d'herbes galeuses, criait quelque chose comme « *Skagh ! Thegh ! Khavagah !* », et tirait. La pierre plate qui couvrait la tombe pivota comme une trappe et s'ouvrit sur des ténèbres profondes.

– Allez vite, souffla le duc, et l'évêque de Bath and Wells jeta Bod dans le trou noir avant de sauter à sa suite, suivi de monsieur le député Archibald Fitzhugh puis, d'un bond agile, du duc de Westminster qui, aussitôt entré, s'écria « *Wegh Khârados !* » pour refermer la porte des goules ; la pierre retomba à grand fracas au-dessus d'eux.

81

Bod tombait comme une pierre, dégringolait dans l'obscurité comme un éclat de marbre, trop ébahi pour avoir peur, en se demandant ce que pouvait bien être ce trou sous la tombe, lorsque deux mains fermes l'attrapèrent sous les bras et le projetèrent en avant dans le noir complet.

Il y avait des années que Bod n'avait pas fait l'expérience de l'obscurité totale. Au cimetière il voyait comme voyaient les morts, et nulle tombe ni crypte n'était réellement opaque à ses yeux. À présent, plongé dans les ténèbres, il sentait qu'il avançait par à-coups et poussées brusques, et le vent sifflait à ses oreilles. C'était terrifiant, mais c'était grisant aussi.

Puis il y eut de la lumière, et tout changea.

Le ciel était rouge, mais pas du rouge chaleureux d'un coucher de soleil. C'était un rouge agressif, virulent, de la couleur d'une plaie infectée. Le soleil, petit, était comme vieux et lointain. L'air était froid, et ils descendaient à toute vitesse le long d'un mur. Des pierres tombales et des statues pointaient à l'horizontale sur ce mur, qui était comme un gigantesque cimetière renversé sur le flanc, et, tels trois chimpanzés ratatinés en complets noirs loqueteux boutonnés dans le dos, le duc de Westminster, l'évêque de Bath and Wells et monsieur le député Archibald Fitzhugh se balançaient de statue en stèle, tenant Bod suspendu entre eux dans leur course et se le renvoyant sans jamais le rater, et le rattrapant toujours avec aisance sans même regarder ce qu'ils faisaient.

Bod essaya de lever la tête pour apercevoir la tombe par laquelle ils avaient pénétré dans ce monde étrange, mais il ne vit que des sépultures.

Il se demanda si chacune des tombes qu'ils dépassaient servait d'entrée à des gens comme ceux qui le transportaient.

– Où allons-nous ? demanda-t-il.

Mais sa voix fut balayée par le vent.

Ils allaient de plus en plus vite. Droit devant eux, Bod vit une statue pivoter vers le haut, et deux autres créatures, tout à fait semblables à celles qui l'emportaient, furent catapultées dans ce monde au ciel écarlate. L'une était vêtue d'une grande robe soyeuse et dépenaillée qui avait dû un jour être blanche, l'autre d'un complet gris, taché et trop grand pour elle, aux manches déchiquetées en lambeaux noirâtres. À la vue de Bod et de ses trois nouveaux amis, elles fondirent sur eux, plongeant de vingt pieds sans difficulté.

Le duc de Westminster, poussant un gloussement rauque, fit semblant d'avoir peur, et Bod et les trois autres dévalèrent le mur de tombes, toujours se balançant, poursuivis par les deux nouvelles créatures. Aucune d'elles ne donnait signe de fatigue ou d'essoufflement, sous ce ciel rouge, sous le regard fixe de ce soleil épuisé tel un œil mort, mais elles finirent par s'arrêter auprès d'une gigantesque statue dont toute la face semblait dévorée par une tumeur fongoïde. Bod fut présenté au 33e président des États-Unis et à l'empereur de Chine.

– Voici maître Bod, annonça l'évêque de Bath and Wells. Il va devenir l'un des nôtres.

– Il est à la recherche d'un bon repas, précisa monsieur le député Archibald Fitzhugh.

– Eh bien, la bonne chère est garantie à ceux qui sont des nôtres, jeune homme, dit l'empereur de Chine.

– Ouaip, ajouta le 33e président des États-Unis.

– Moi, devenir des vôtres ? s'étonna Bod. Vous voulez dire que je vais me transformer en vous ?

– Vif comme l'éclair, malin comme un singe, il faut se lever tard pour lui en conter, à ce garçon, se rengorgea l'évêque de Bath and Wells. Absolument. L'un des nôtres. Fort, rapide, indomptable comme nous.

– Des dents assez fortes pour broyer tous les os, la langue assez serpentine pour lécher la moelle la plus profonde ou dépecer un gros bonhomme, renchérit l'empereur de Chine.

– Prompt à glisser d'ombre en ombre, jamais remarqué, jamais soupçonné. Libre comme l'air, vif comme la pensée, froid comme le givre, dur comme la pierre, dangereux comme... comme *nous*, conclut le duc de Westminster.

Bob regarda les créatures.

– Mais si je ne veux *pas* être comme vous ? demanda-t-il.

– Si tu ne veux *pas* ? Mais bien sûr que tu *veux* ! Qu'y a-t-il de mieux ? Je doute qu'il se trouve une âme dans l'univers qui ne veuille être *absolument* comme nous.

– Nous avons la plus belle des villes...

– Ghölheim, grogna le 33e président des États-Unis.

– La plus belle vie, la meilleure chère...

– Imagine un peu, s'emporta l'évêque de Bath and Wells, la saveur de la divine humeur noire collectée dans un cercueil de plomb... Ou l'effet que cela fait d'être plus important que rois et reines, que les présidents, les Premiers ministres et les héros, d'en être *certain*, aussi vrai que les hommes importent plus que les choux de Bruxelles...

– Mais vous êtes *quoi* ? demanda Bod.

– Des goules, dit l'évêque de Bath and Wells. Eh bien dis-moi, j'en connais un qui n'a rien suivi, hein ? Nous sommes des goules.

– Regardez !

Au-dessous d'eux, toute une troupe de ces petites créatures

bondissait, courait, sautillait, plongeant vers le chemin en contrebas, et sans avoir le temps d'ajouter un mot, Bod fut empoigné par une paire de mains osseuses et enlevé dans les airs, propulsé par embardées et par bonds en avant, entraîné par les créatures qui fonçaient rejoindre leurs semblables.

Le mur de tombes s'achevait et il y avait là une route, rien d'autre qu'une route, un chemin bien tracé à travers une plaine désolée, un désert de pierres et d'os, serpentant vers une ville haut perchée sur une immense colline de roche rouge, à des lieues de là.

Bod leva les yeux vers la ville et fut frappé d'horreur : une émotion le submergea, un mélange de répulsion et de peur, de dégoût et de répugnance, avec une pointe de stupeur.

Les goules ne bâtissent rien. Ce sont des parasites et des charognards, des dépeceuses de carcasses. La ville de Ghôlheim est une chose qu'elles ont trouvée, il y a longtemps, mais qu'elles n'ont pas construite. Nul ne sait plus (à supposer qu'un humain l'ait jamais su) quelle sorte de créatures ont élevé ces édifices, ont criblé la roche de tunnels et de tours, mais il est certain que personne, hormis le peuple des goules, n'eût souhaité y rester ni même approcher de ce lieu.

Même depuis le chemin au-dessous de Ghôlheim, même à des lieues de distance, Bod voyait que les angles étaient faux, que les murs avaient des pentes absurdes, que c'était l'incarnation de tous les cauchemars qu'il eût jamais endurés, comme une énorme bouche hérissée de dents gâtées. Cette ville n'avait été bâtie que pour être abandonnée, toutes les terreurs, les folies et les répulsions des créatures qui l'avaient fondée se dressaient dans sa pierre. Le peuple des goules l'avait trouvée, s'y était plu à merveille et s'y était senti chez lui.

Les goules se déplacent rapidement. Elles fourmillaient au long du chemin, à travers le désert, plus vite que le vol d'un vautour, et Bod était emporté avec elles, tenu loin au-dessus des têtes par deux robustes bras de goule, jeté de l'une à l'autre, pris de nausée, pris de peur et de désarroi, et se sentant idiot.

Au-dessus d'eux, dans l'aigre ciel rouge, des choses planaient en rond sur des ailes noires immenses.

– Attention, prévint l'évêque de Westminster. Cachez-le. Faudrait pas que les Maigres Bêtes de la nuit viennent nous le piquer. Satanées voleuses.

– Fi ! À bas les voleuses ! s'écria l'empereur de Chine.

Les Maigres Bêtes de la nuit, dans le ciel rouge au-dessus de Ghölheim... Bod prit une profonde inspiration et cria, exactement comme le lui avait appris Miss Lupescu. Il poussa une plainte semblable au cri de l'aigle, du fond de la gorge.

L'un des fauves ailés descendit vers lui, décrivit des cercles bas, et Bod appela de nouveau, jusqu'à ce que des mains dures se plaquent sur sa bouche pour étouffer son cri.

– Bonne idée de les appeler, dit monsieur le député Archibald Fitzhugh, mais crois-moi, elles sont immangeables tant qu'elles n'ont pas faisandé au moins deux bonnes semaines, et elles n'apportent que des ennuis. On n'est pas copains, elles et nous, hein !

La Maigre Bête de la nuit remonta dans l'air sec du désert pour aller rejoindre ses compagnes, et Bod sentit tout espoir s'évanouir.

Les goules poursuivaient leur course vers la ville sur le rocher, et Bod, jeté sans ménagement sur les épaules puantes du duc de Westminster, était toujours entraîné avec elles.

Le soleil mort se coucha, et deux lunes se levèrent, l'une

vaste, blanche et crevassée, qui semblait, à cet instant, occuper la moitié de l'horizon, et une autre plus petite, du vert bleuâtre des veines de moisi dans le fromage, et l'apparition de cette lune fut fêtée par les goules. Elles mirent fin à leur course et installèrent un campement à l'écart de la route.

L'un des nouveaux membres de la clique – probablement, pensait Bod, celui qu'on lui avait présenté comme « le célèbre écrivain Victor Hugo » – ouvrit un grand sac qui se révéla plein de bois à brûler, dont certains morceaux portaient encore des charnières ou des poignées de laiton, ainsi qu'un briquet en métal, et il eut tôt fait d'allumer un feu autour duquel toutes les goules vinrent s'asseoir et se reposer. Elles regardaient d'en bas la lune bleu-verdâtre et se disputaient les meilleures places autour du feu en échangeant des injures, parfois un coup de griffe ou de dents.

– Nous allons bientôt dormir, et nous repartirons pour Ghölheim au coucher de la lune, déclara le duc de Westminster. Il n'y en a plus que pour neuf ou dix heures de course. Nous devrions arriver pour le prochain lever de lune. Et puis nous donnerons un bal, hein ? Tu vas devenir l'un des nôtres, ça se fête.

– Ça ne fait pas mal, le rassura monsieur le député Archibald Fitzhugh. Tu ne t'en apercevras même pas. Et après, pense comme tu seras heureux.

Tous se mirent ensuite à dire combien il était beau et merveilleux d'être une goule, et à conter tout ce qu'ils avaient broyé et englouti sous leurs dents puissantes. Ils étaient insensibles à la maladie, précisa l'un d'eux. Mais oui, de quoi que fût mort leur dîner, ils pouvaient le dévorer sans souci. Ils évoquèrent les lieux qu'ils fréquentaient, principalement des catacombes et des charniers de pestiférés (« Les charniers de pestiférés, on y mange bien », commenta l'empereur de Chine, et tout le monde fut d'accord). Ils racontèrent à Bod d'où ils tenaient leurs noms et lui expliquèrent que lui-même, une fois transformé en goule anonyme, serait à son tour baptisé comme les autres.

– Mais je ne veux pas devenir l'un des vôtres, protesta Bod.

– D'une manière ou d'une autre, répondit joyeusement l'évêque de Bath and Wells, tu le deviendras. L'autre manière est plus salissante, elle implique d'être digéré, et tu n'aurais pas vraiment le temps d'en profiter.

– Mais ce n'est pas un bon sujet de conversation, dit l'empereur de Chine. Mieux vaut être une goule. Nous, on n'a peur de rien !

Et toutes les goules, autour du feu de bois de cercueil, mugirent à ces mots, et grondèrent et chantèrent et proclamèrent leur grande sagesse, et leur grande puissance, et leur grand bonheur de n'avoir peur de rien.

Il y eut un bruit alors, venu du désert, venu de très loin, un hurlement distant, et les goules baragouinèrent entre elles et se blottirent plus près des flammes.

– Qu'est-ce que c'était ? demanda Bod.

Les goules secouèrent la tête.

– Juste une chose dans le désert, trancha l'une d'entre elles. Taisez-vous ! Elle va nous entendre !

Et toutes les goules se turent un petit moment, jusqu'à ce qu'elles eussent oublié la chose dans le désert, puis entonnèrent des chants de goules, emplis de mots putrides et de sentiments pis encore, leurs préférés étant de simples listes des parties de corps en décomposition qu'elles aimaient à dévorer, et dans quel ordre.

– Je veux rentrer chez moi, dit Bod lorsque le dernier morceau, dans la chanson, eut été consommé. Je n'aime pas être ici.

– Ne t'en fais donc pas, lui répondit le duc de Westminster. Vois-tu, petiot, je te promets que dès que tu seras des nôtres, tu ne te rappelleras même plus avoir eu un chez-toi.

– Je n'ai aucun souvenir de ce que j'étais avant d'être une goule, confirma le célèbre écrivain Victor Hugo.

– Moi non plus, ajouta l'empereur de Chine, tout fier.

– Pareil, fit le 33e président des États-Unis.

– Tu appartiendras à un cercle très fermé, celui des créatures les plus malignes, les plus fortes, les plus courageuses qui soient, fanfaronna l'évêque de Bath and Wells.

Bod n'était pas convaincu de la bravoure ni de la sagesse des goules. Mais elles étaient fortes, et d'une rapidité surhumaine, et il se trouvait au milieu de toute une bande d'entre elles. Toute évasion était impossible. Elles l'auraient rattrapé avant qu'il ait parcouru vingt mètres.

Loin dans la nuit, quelque chose hurla de nouveau, et les goules se rapprochèrent du feu. Bod les entendait renifler et jurer. Il ferma les yeux, malheureux et perclus de mal du pays : il ne voulait pas devenir une goule. Il se demandait comment il pourrait s'endormir dans un tel état d'inquiétude et de désespoir ; et puis, presque par surprise, pendant deux ou trois heures, il dormit.

Une voix le réveilla – contrariée, forte, proche. Quelqu'un disait : « Et alors, où qu'y sont ? Hein ? » Ouvrant les yeux, il vit l'évêque de Bath and Wells crier après l'empereur de Chine. Apparemment, deux membres de leur groupe avaient disparu dans la nuit, s'étaient évanouis, comme ça, sans que personne ne pût l'expliquer. Les goules restantes étaient à cran. Elles levèrent le camp à toute vitesse, et le 33ᵉ président des États-Unis souleva Bod pour le poser comme un ballot sur son épaule.

Les goules dévalèrent à la hâte les falaises rocheuses pour rejoindre la route, sous un ciel couleur de mauvais sang, et se mirent en chemin vers Ghölheim. Elles se montraient nettement moins exubérantes, ce matin. Elles avaient l'air – du moins d'après Bod, ballotté à leurs côtés – de fuir quelque chose.

Vers la mi-journée, sous l'œil mort du soleil, les goules s'arrêtèrent et se blottirent les unes contre les autres. Devant elles, haut dans le ciel, décrivant des cercles dans l'air chaud, les Maigres Bêtes de la nuit étaient là, par dizaines, à planer sur les courants thermiques.

Les goules se divisèrent en deux factions : celles qui n'accordaient aucune importance à la disparition de leurs camarades, et celles qui pensaient que quelque chose, probablement les Maigres Bêtes de la nuit, leur en voulait. Elles échouèrent à se mettre d'accord, si ce n'est un consensus général pour s'armer de pierres et les jeter aux Maigres Bêtes si elles descendaient, et elles remplirent les poches de leurs complets et de leurs robes de cailloux ramassés sur le sol du désert.

Quelque chose hurla, quelque part sur leur gauche dans le désert, et les goules échangèrent des regards. C'était plus fort que la nuit précédente, et plus proche, un profond hurlement de loup.

– Vous avez entendu ça ? demanda Son Excellence le maire de Londres.

– Naon, fit le 33ᵉ président des États-Unis.

– Moi non plus, renchérit monsieur le député Archibald Fitzhugh.

Le hurlement revint.

– Il faut rentrer chez nous, dit le duc de Westminster en soupesant une grosse pierre.

La cauchemardesque cité de Ghölheim était perchée sur un
haut affleurement rocheux droit devant eux, et les créatures
couraient à longues enjambées sur les routes qui y menaient.

– Attention, en voilà ! cria l'évêque de Bath and Wells.
Lapidez-les, ces sales bêtes !

À ce moment-là, Bod voyait tout la tête en bas, toujours ballotté sur le dos du 33e président des États-Unis, le visage couvert de poussière sableuse soulevée de la route. Mais il entendit
des clameurs, semblables au cri de l'aigle, et une fois de plus il
appela à l'aide dans le langage des Maigres Bêtes de la nuit.
Personne n'essaya de l'en empêcher cette fois, mais il n'était pas
sûr d'être entendu par-dessus les cris des Maigres Bêtes et les
jurons vociférants des goules qui jetaient leurs cailloux en l'air.

Bod perçut de nouveau le hurlement : il venait maintenant
de leur droite.

– Ces satanées bestioles, il y en a des dizaines, maugréa le
duc de Westminster d'un air lugubre.

Le 33e président des États-Unis passa Bod au célèbre écrivain
Victor Hugo, qui fourra le garçon dans son grand sac et le prit
sur son épaule. Bod était soulagé que le sac ne sentît rien
d'autre que le vieux bois.

– Elles battent en retraite ! piailla une goule. Regardez-les
s'enfuir !

– Ne vous en faites pas, dit une voix que Bod attribua à
l'évêque de Bath and Wells, près du sac. Ces absurdités cesse-
ront quand nous arriverons à Ghölheim. C'est impénétrable,
Ghölheim.

Bod n'aurait su dire si la lutte avec les Maigres Bêtes avait fait encore des morts ou des blessés parmi les goules. Il soupçonnait, à entendre les imprécations de l'évêque de Bath and Wells, qu'il y avait eu d'autres disparitions.

– Vite ! cria quelqu'un qui était sans doute le duc de Westminster.

Et les goules partirent en courant.

Bod, dans le sac, était en fort mauvaise posture : il battait douloureusement contre le dos du célèbre écrivain Victor Hugo et allait parfois heurter le sol. Comme si le sac n'était pas assez inconfortable, il y avait encore là-dedans plusieurs morceaux de bois, sans parler des vis et des clous pointus tombés des cercueils servant à faire le feu. Une vis, juste sous sa main, lui entrait dans la paume.

Bien que secoué et ballotté, cogné et remué à chaque pas que faisait son ravisseur, Bod parvint à attraper la vis de sa main droite. Il en tâta la pointe, piquante au toucher. Il avait un espoir, au plus profond de lui-même. Puis il enfonça la vis dans la toile du sac derrière lui, fit traverser la pointe, la retira, et perça un nouveau trou un peu au-dessous du premier.

En arrière, il entendit hurler une fois de plus, et il lui vint soudain à l'esprit qu'une chose capable de terrifier des goules devait être encore plus épouvantable que tout ce qu'il pouvait imaginer. Il cessa un instant d'enfoncer la vis : s'il allait tomber du sac dans les mâchoires d'un monstre féroce ? S'il mourait, se dit-il, au moins mourrait-il en étant lui-même, avec tous ses souvenirs, en sachant qui étaient ses parents, qui était Silas, et même qui était Miss Lupescu.

Ça, c'était bien.

Il se remit à attaquer la grosse toile à l'aide de sa vis de laiton, qu'il enfonça et poussa jusqu'à percer encore un trou.

– Venez, mes amis, s'écria l'évêque de Bath et Wells. En haut de ces marches nous serons chez nous, tous hors de danger, à Ghölheim.

– Hourra, Votre Grâce ! clama quelqu'un d'autre, sans doute monsieur le député Archibald Fitzhugh.

Ses ravisseurs se déplaçaient différemment à présent. Ce n'était plus une progression continue, mais plutôt une séquence de mouvements, vers le haut et en avant, vers le haut et en avant.

Bod poussait sur la toile du sac, s'efforçant de percer un trou assez grand pour y voir. Il regarda au-dehors. Au-dessus, le morne ciel rouge, au-dessous...

... il voyait le sol du désert, mais des centaines de pieds plus bas à présent. Des marches s'étiraient au-dessous d'eux, mais des marches pour géants, et un mur de roche noire s'élevait à sa droite. Ghölheim, que Bod ne pouvait pas voir de là où il était, se dressait certainement au-dessus d'eux. À sa gauche, un précipice. Il faudrait, conclut-il, qu'il tombe bien droit sur les marches, en espérant que les goules, dans leur impatience d'arriver à l'abri chez elles, ne remarqueraient pas son évasion. Il vit des Maigres Bêtes de la nuit très haut dans le ciel rouge, hésitantes, volant en cercles.

Il constata avec bonheur qu'il n'y avait pas d'autres goules derrière lui : le célèbre écrivain Victor Hugo fermait la marche, et personne ne risquait d'alerter les créatures sur le trou qui grandissait dans le sac. Ni de voir Bod s'il en sortait.

Mais il y avait autre chose...

Bod fut rejeté sur le côté, à distance du trou. Mais il avait vu quelque chose d'énorme et de gris, derrière eux sur les marches, qui les poursuivait. Il entendit un grognement féroce.

Mr Owens avait une expression pour évoquer deux choses plus pénibles l'une que l'autre : « Je suis pris entre le marteau et l'enclume », disait-il. Boy s'était toujours demandé ce que cela voulait dire, n'ayant jamais vu, de toute sa vie passée au cimetière, ni marteau ni enclume.

Je suis pris entre les goules et le monstre, se dit-il.

Et au moment où il le pensait, des dents pointues mordirent dans la toile du sac et tirèrent dessus jusqu'à ce qu'elle se déchire le long des trous percés par Bod, qui dégringola sur l'escalier de pierre où un gigantesque animal gris, semblable à un chien mais bien plus gros, grognait, bavait et le dominait de sa hauteur, un animal aux yeux flamboyants, aux crocs blancs et aux pattes énormes. Haletant, il regardait fixement Bod.

Devant, les goules s'étaient arrêtées.

– Sapristi ! s'exclama le duc de Westminster. Ce molosse a attrapé le petit bougre !

– Qu'il le garde, commenta l'empereur de Chine. Courons !

– Yahh ! fit le 33e président des États-Unis.

Les goules se carapatèrent dans l'escalier. Bod était certain, à présent, qu'il avait été taillé par des géants, car chacune des marches était plus haute que lui. Dans leur fuite, les goules ne s'arrêtèrent que pour se retourner et adresser des signes grossiers à la bête, et peut-être bien à Bod aussi.

La bête ne bougea pas de sa place.

Elle va me dévorer, pensa Bod avec amertume. *Bravo, Bod.*

Et il songea à sa maison dans le cimetière, et il n'arrivait plus à se rappeler pourquoi il était parti. Chien monstrueux ou pas, il fallait qu'il rentre chez lui. Il était attendu, là-bas.

Il passa devant la bête, sauta sur la marche suivante, quatre pieds plus bas, tomba de toute sa hauteur, atterrit sur sa cheville qui se tordit sous lui, douloureusement, et il s'abattit lourdement sur la roche.

Il entendait la bête qui courait, qui sautait vers lui, et tenta de fuir en rampant, de se remettre sur pied, mais sa cheville était hors d'usage, à présent, gourde et endolorie, et sans avoir le temps de s'arrêter il tomba encore. Il tomba de la marche, à l'opposé du mur de pierre, dans le vide, dans le précipice, et commença une dégringolade cauchemardesque sur des distances qu'il ne pouvait même pas imaginer...

Dans sa chute, il eut la quasi-certitude d'entendre une voix venue de la direction de la bête grise. Et elle disait, avec l'accent de Miss Lupescu : « Oh, Bod ! »

C'était, comme toutes les fois où il avait rêvé qu'il tombait, une chute affolée et effrénée, un piqué vers le sol tout en bas. Bod avait l'impression de n'avoir de place dans la tête que pour une seule grosse pensée, si bien que les phrases « Ce gros chien était en fait Miss Lupescu » et « Je vais m'écraser par terre et *plaf* » se battaient pour occuper son esprit.

Quelque chose vint s'enrouler autour de lui, tombant à la même allure que lui, puis il y eut un bruyant battement d'ailes de cuir, et tout ralentit. Le sol ne semblait plus se rapprocher à la même vitesse.

Les ailes battirent plus fort. Ils remontèrent quelque peu, et la seule pensée de Bod était à présent : « Je vole ! » Et c'était vrai. Il tourna la tête. Il y avait au-dessus de lui une tête marron foncé, parfaitement chauve, avec des yeux profonds qui ressemblaient à des blocs brillants de verre noir.

Bod émit le bruit grinçant qui signifie « à l'aide » dans le langage des Maigres Bêtes de la nuit, et la Maigre Bête sourit et poussa un hululement grave en retour. Elle avait l'air content.

Un piqué, un freinage, et ils touchèrent le sol du désert avec un choc sourd. Bod tenta de se mettre debout et sa cheville le trahit de nouveau, l'envoya trébucher dans le sable. Le vent soufflait fort, et le sable fin du désert lui piquait la peau.

La Maigre Bête de la nuit s'accroupit à côté de lui, ses ailes de cuir repliées dans le dos. Bod, ayant grandi dans un cimetière, était habitué aux images d'individus ailés, mais les anges des pierres tombales ne ressemblaient en rien à cela.

Et voici qu'arrivait, bondissant vers eux sur le sol du désert dans l'ombre de Ghôlheim, une gigantesque bête grise, comme un énorme chien.

Le chien parla, de la voix de Miss Lupescu.

– C'est la troisième fois, dit-elle, que les Maigres Bêtes de la nuit te sauvent la vie, Bod. La première, c'est lorsque tu as appelé à l'aide, et qu'elles t'ont entendu. Elles m'ont transmis le message, m'ont expliqué où tu étais. La deuxième, autour du feu la nuit dernière, pendant que tu dormais : en tournant en rond dans le noir, elles ont entendu deux goules parler entre elles, dire que tu leur portais la poisse et qu'elles devraient te fracasser le crâne à coups de pierres et te cacher quelque part pour te retrouver plus tard, quand tu te serais bien décomposé, et qu'alors elles te mangeraient. Les Maigres Bêtes ont réglé la question en silence. Et maintenant, ceci.

– Miss Lupescu ?

La grosse tête canine se baissa vers lui, et pendant un instant de démence, saisi de terreur, il crut qu'elle allait le mordre ; mais sa langue lui lécha la joue, affectueusement.

– Tu t'es fait mal à la cheville ?

– Oui. Je ne peux pas m'appuyer dessus.

– On va te mettre sur mon dos, dit l'énorme bête grise qui était Miss Lupescu.

Elle prononça quelque chose dans la langue grinçante de la Maigre Bête de la nuit, et celle-ci s'approcha pour soulever Bod tandis qu'il passait ses bras autour du cou de Miss Lupescu.

– Accroche-toi à ma fourrrure. Tiens-toi bien. À présent, avant de partir, dis : ...

Et elle émit un grincement aigu.

– Qu'est-ce que ça veut dire ?

– Merci. Ou au revoir. Les deux.

Bod grinça de son mieux, et la Maigre Bête de la nuit eut un petit rire amusé. Puis elle fit un bruit semblable, et elle déploya ses grandes ailes de cuir, elle courut dans le vent du désert en battant puissamment des ailes, et le vent l'attrapa et l'enleva dans les airs, tel un cerf-volant qui prend son essor.

– Maintenant, dit la bête qui était Miss Lupescu, tiens-toi bien.

Et elle se mit à courir.

– Est-ce qu'on va au mur de tombes ?

– Aux portes des goules ? Non. Elles sont pour les goules. Je suis un Chien de Dieu. J'ai mon propre chemin pour entrer en Enfer et en sortir.

Et il sembla à Bod qu'elle courait encore plus vite.

La lune immense se leva, la lune plus petite couleur de moisi aussi, et elles furent rejointes par une lune couleur de rubis, et sous les lunes le loup gris galopait d'une foulée régulière, à travers le désert d'ossements. Elle s'arrêta près d'un édifice d'argile effondré, semblable à une énorme ruche, bâti à côté d'un ruisselet qui sourdait en bouillonnant de la roche du désert, se déversait dans une vasque minuscule et disparaissait de nouveau. Le loup gris baissa la tête pour boire, et Bod, puisant de l'eau dans ses mains en coupe, avala une douzaine de toutes petites gorgées.

– Voici la frontière, annonça le loup gris qui était Miss Lupescu, et Bod leva les yeux.

Les trois lunes avaient disparu. Il voyait à présent la Voie lactée, la voyait comme jamais il ne l'avait vue auparavant, linceul scintillant en travers de la voûte céleste. Le ciel était empli d'étoiles.

– C'est beau, dit Bod.

– Lorsque nous serons rentrés chez nous, proposa Miss Lupescu, je t'apprendrai le nom des étoiles et des constellations.

– Ça me plairait bien, avoua Bod.

Il se hissa de nouveau sur l'énorme dos gris, enfouit son visage dans la fourrure et s'accrocha, et il lui sembla qu'à peine quelques courts instants plus tard on le portait – maladroitement, comme une femme adulte peut porter un garçon de six ans – à travers le cimetière, vers la tombe des Owens.

– Il s'est blessé à la cheville, était en train de dire Miss Lupescu.

– Pauvre petit, se lamenta dame Owens en lui prenant le garçon et en le serrant dans ses bras compétents, quoique sans substance. Je ne puis dire que je ne me sois point inquiétée, ce serait mentir. Mais il est de retour, et c'est tout ce qui compte.

Et puis il fut parfaitement bien, sous la terre, à une bonne place, la tête sur son oreiller à lui, et une douce obscurité d'épuisement l'emporta.

La cheville gauche de Bod était enflée et violacée. Le docteur Trefusis (1870-1936, *Qu'il renaisse dans la gloire*) l'examina et diagnostiqua une simple foulure. Miss Lupescu revint d'une expédition à la pharmacie avec un bandage de cheville serré, et le baronnet Josiah Worthington, qui s'était fait enterrer avec sa canne d'ébène, insista pour la prêter à Bod, qui s'amusa comme un fou à s'appuyer dessus en faisant semblant d'avoir cent ans.

Bod gravit la colline en boitant et retira de sous une pierre une feuille de papier pliée.

Les Chiens de Dieu, lut-il. C'était imprimé à l'encre violette, et c'était le début d'une liste.

Ceux que les hommes appellent loups-garous ou lycanthropes se nomment eux-mêmes les Chiens de Dieu, car selon eux leur transformation est un don de leur créateur, et ils s'acquittent de ce don par la ténacité, car ils sont prêts à poursuivre les infâmes jusqu'aux portes de l'Enfer.

Bod hocha la tête.

Pas seulement les infâmes, pensa-t-il.

Il lut le reste de la liste en s'efforçant de la mémoriser de son mieux, puis descendit à la chapelle, où Miss Lupescu l'attendait avec une petite tourte à la viande et un énorme cornet de frites acheté à la baraque du pied de la colline, ainsi qu'une nouvelle liasse de listes dupliquées à l'encre violette.

Tous deux partagèrent les frites et, une fois ou deux même, Miss Lupescu sourit.

Silas revint à la fin du mois. Il portait son sac noir de la main gauche et tendit la droite avec raideur. Mais c'était Silas, et Bod était heureux de le voir, et le fut même encore plus lorsque Silas lui offrit un cadeau, une petite réplique du pont du Golden Gate, à San Francisco.

Il était presque minuit, et la nuit n'était pas encore complètement noire. Tous trois étaient assis au sommet de la colline, les lumières de la ville scintillant au-dessous d'eux.

— Je suis sûr que tout s'est bien passé en mon absence, dit Silas.

– J'ai appris beaucoup de choses, répondit Bod, qui tenait toujours son pont à la main.

Il pointa le doigt vers le ciel nocturne.

– C'est Orion le chasseur, là, avec sa ceinture de trois étoiles. Et ça, c'est le Taureau.

– Très bien, dit Silas.

– Et toi ? lui demanda Bod. Tu as appris des choses, quand tu étais loin ?

– Oh oui.

Mais il refusa d'en dire plus.

– Moi aussi, intervint Miss Lupescu d'un air guindé. Moi aussi j'ai appris des choses.

– Tant mieux, dit Silas.

Une chouette hulula dans les branches d'un chêne.

– Vous savez, poursuivit-il, j'ai entendu des rumeurs pendant mon absence, comme quoi il y a quelques semaines vous seriez tous les deux allés un peu plus loin que là où je peux vous suivre. En principe je recommanderais la prudence, mais, contrairement à d'autres, les goules ont la mémoire courte.

– Tout va bien, affirma Bod. Miss Lupescu me surveillait. Je n'ai jamais été en danger.

Miss Lupescu regarda Bod et ses yeux brillèrent, puis elle regarda Silas.

– Il y a tant de choses à savoir, observa-t-elle. Peut-être je reviens l'année prochaine, pendant l'été aussi, pour donner encore leçons à ce garçon.

Silas regarda Miss Lupescu, haussa imperceptiblement un sourcil. Puis il regarda Bod.

– Ça me plairait bien, dit Bod.

CHAPITRE QUATRE

La tombe de la sorcière

IL Y AVAIT UNE SORCIÈRE enterrée à la lisière du cimetière, chacun le savait. Aussi loin que Bod pût s'en souvenir, Mrs Owens lui avait toujours défendu de s'approcher de ce coin du monde.

– Pourquoi ? demandait-il.

– Ce n'est point sain pour un être vivant, arguait Mrs Owens. C'est tout humide par là-bas. Tu attraperais la mort.

Mr Owens, de son côté, était plus évasif et moins imaginatif.

– Ce n'est pas un endroit où aller, se contentait-il de dire.

Le cimetière proprement dit s'arrêtait au pied du versant ouest de la colline, au-dessous du vieux pommier, là où courait une grille à barreaux de fer brunis par la rouille et à petites pointes de flèche corrodées, mais il y avait un terrain vague au-delà, un fouillis d'orties et de mauvaises herbes, de ronciers et de débris d'automne ; Bod, qui dans l'ensemble était obéissant, ne se glissait pas entre les barreaux, mais il descendait là-bas pour observer à travers la clôture. Il savait qu'on ne lui disait pas tout, et c'était agaçant.

Bod remonta la colline, jusqu'à la petite chapelle près de l'entrée du cimetière, et attendit la tombée de la nuit. Alors que le crépuscule glissait lentement du gris au violet, il y eut un bruit dans la flèche, comme un froufroutement de lourd velours, et Silas, quittant son lit de repos dans le beffroi, descendit en rampant la tête la première le long de la flèche.

– Qu'y a-t-il tout au bout du cimetière ? lui demanda Bod. Derrière Harrison Westwood, boulanger de cette paroisse, et ses épouses Marion et Joan ?

– Pourquoi cette question ? s'enquit son tuteur en époussetant son costume noir du bout de ses doigts d'ivoire.

Bod haussa les épaules.

– Comme ça.

– C'est une parcelle de terre non consacrée, dit Silas. Tu sais ce que cela veut dire ?

– Pas vraiment.

Silas traversa l'allée, sans faire bouger une feuille morte, et s'assit sur le banc à côté de Bod.

– Dans certains peuples, dit-il de sa voix de soie, on pense que toute terre est sacrée. Qu'elle était sacrée avant notre venue, et qu'elle le sera après. Mais ici, dans ton pays, on a béni les églises et les terres réservées à l'inhumation des morts, afin de les rendre saintes. Et à côté du terrain sacré on a laissé de la terre non consacrée, le cimetière des pauvres, pour y enterrer les criminels et les suicidés, ou encore les infidèles.

– Alors les gens qui sont sous terre de l'autre côté de la barrière sont des méchants ?

Silas haussa un seul de ses sourcils parfaits.

– Hmm ? Oh non, pas du tout. Voyons, il y a un moment que je ne suis pas allé par là-bas. Mais je ne me rappelle personne de particulièrement mauvais. N'oublie pas que jadis, on pouvait être pendu pour avoir volé un shilling. En outre, il y

a toujours des gens pour trouver leur vie insupportable, au point de croire que le mieux qu'ils aient à faire est de hâter leur transition vers un autre plan de l'existence.

– Ils se tuent, tu veux dire ?

Bod avait une huitaine d'années, les yeux curieux et bien ouverts, et il n'était pas idiot.

– Absolument.

– Et ça marche ? Ils sont plus heureux une fois morts ?

– Parfois. La plupart du temps, non. C'est comme les gens qui s'imaginent qu'ils seront plus heureux en allant vivre ailleurs, mais qui apprennent que ça ne marche pas comme ça. Où que l'on aille, on s'emmène avec soi. Si tu vois ce que je veux dire.

– Plus ou moins.

Silas se pencha pour ébouriffer les cheveux du garçon.

– Et la sorcière ? demanda Bod.

– Oui. Exactement. Les suicidés, les criminels et les sorcières. Ceux qui sont morts sans recevoir les derniers sacrements.

Silas se leva, ombre de minuit dans le crépuscule.

– On parle, on parle, et je n'ai pas encore pris mon petit déjeuner. Quant à toi, tu vas être en retard pour tes leçons.

Dans le cimetière entre chien et loup, il y eut une implosion muette, un bruissement d'obscurité veloutée, et Silas disparut.

La lune avait commencé à se lever lorsque Bod atteignit le mausolée de Mr Pennyworth, où Thomes Pennyworth (*ci-gît iceluy, affuré de renaiftre dans la gloyre*) l'attendait déjà, et pas de très bonne humeur.

– Vous êtes en retard, grogna-t-il.

– Pardon, Mr Pennyworth.

Pennyworth eut un claquement de langue désapprobateur.

La semaine précédente, il avait enseigné à Bod les éléments et les humeurs, que Bod confondait sans cesse. Il s'attendait à une interrogation, mais au lieu de cela Mr Pennyworth lui dit :

– Je crois qu'il est temps de consacrer quelques séances à des expériences pratiques. Après tout, le temps passe.

– C'est vrai ?

– Je le crains, jeune maître Owens. Bien, où en êtes-vous avec l'Effacement ?

Bod avait espéré qu'il ne lui poserait pas cette question.

– Pas mal, dit-il. Enfin. Vous voyez, quoi.

– Non, maître Owens. Je ne vois pas. Faites-moi donc une petite démonstration.

Bod se sentit accablé. Il inspira un grand coup et fit de son mieux, les yeux mi-clos, pour essayer de disparaître.

Mr Pennyworth ne fut pas ravi de sa prestation.

– Nul. Vous n'y êtes pas. Vous n'y êtes pas du tout. Flotter et s'effacer, mon garçon, ainsi que font les morts. Flotter entre les ombres. S'effacer de la conscience. Essayez encore.

Bod essaya plus fort.

– On vous voit comme le nez au milieu de la figure, s'énerva Mr Pennyworth. Et votre nez est particulièrement visible. Tout comme le reste de votre visage, jeune homme. Tout comme vous. Au nom de tous les saints, videz votre esprit. Maintenant. Vous êtes un chemin désert. Vous être une porte ouverte sur le néant. Vous n'êtes rien. Les yeux ne vous voient pas. Les âmes ne vous perçoivent pas. Là où vous êtes, il n'y a rien ni personne.

Bod fit encore un effort. Il ferma les yeux et s'imagina disparaître dans la maçonnerie tachée du mur du mausolée, devenir une ombre dans la nuit et rien de plus. Il éternua.

– Lamentable, soupira Mr Pennyworth. Absolument lamentable. Je vais devoir en toucher un mot à votre tuteur, je crois bien. (Il secoua la tête.) Bien. Les humeurs. Récitez-les-moi.

– Euh... Sanguine. Colérique. Flegmatique. Et l'autre. Euh, Mélancolique, je crois.

Et ainsi de suite, jusqu'au cours de grammaire et composition avec Miss Letitia Borrows, vieille fille de cette paroisse (*Quy jamais ne fit de tort à quiconque en aucun jour de sa vie. Lecteur, puisses-tu en dire autant*). Bod aimait bien Miss Borrows et sa petite crypte douillette, sans compter qu'il était très facile de détourner son attention.

– Il paraît qu'il y a une sorcière en terre non conscr... non consacrée, dit-il.

– Oui, mon chéri. Mais il ne faut pas aller là-bas.

– Pourquoi ?

Miss Borrows sourit, du sourire candide des morts.

– Ces gens ne sont pas fréquentables.

– Mais ça fait bien partie du cimetière, n'est-ce pas ? Je veux dire, j'ai le droit d'y aller si je veux ?

– Mais, insista Miss Borrows, ce ne serait pas très conseillé.

Bod était obéissant, mais curieux ; donc, lorsque les cours furent terminés pour la nuit, il passa derrière le monument de Harrison Westwood (boulanger) et sa famille – un ange au bras cassé –, mais ne descendit pas au cimetière des pauvres. Il choisit plutôt de remonter vers l'endroit où un pique-nique, une trentaine d'années plus tôt, avait laissé un souvenir sous la forme d'un gros pommier.

Il y avait certaines leçons que Bod avait bien comprises. Des années auparavant, sous ce même arbre, il avait fait une ventrée de pommes vertes, acides, aux pépins encore blancs, et l'avait regretté pendant des jours, l'estomac douloureux et perclus de crampes, tandis que Mrs Owens le sermonnait sur ce qu'il ne fallait pas manger. Maintenant il attendait toujours que les pommes soient mûres avant de les croquer, et n'en prenait jamais plus de deux ou trois par nuit. Il avait terminé la dernière la semaine précédente, mais il aimait ce pommier car c'était un bon endroit pour réfléchir.

Il grimpa le long du tronc jusqu'à son poste d'observation favori, une fourche entre deux branches, et regarda au-dessous de lui le cimetière des pauvres, une étendue hérissée de plantes sauvages et de hautes herbes au clair de lune. Il se demandait si la sorcière était une vieille aux dents de fer dans une chaumière montée sur des pattes de poulet, ou si elle était maigre avec un nez crochu et un balai pour monture.

Son estomac gargouilla et il se rendit compte qu'il commençait à avoir faim. Il regretta d'avoir dévoré toutes les pommes de l'arbre. De ne pas en avoir laissé une...

Levant les yeux, il crut voir quelque chose. Il regarda une fois, regarda deux fois, pour être bien sûr : une pomme, rouge et mûre.

Bod n'était pas peu fier de ses talents de grimpeur. Il se hissa vers le haut, branche par branche, en imaginant qu'il était Silas s'élevant à toute vitesse le long d'un mur de brique lisse. La pomme, dont le rouge était presque noir dans le clair de lune, pendait juste hors d'atteinte. Bod avança lentement sur la branche jusqu'à se retrouver au-dessous. Puis il tendit le bras en l'air, et le bout de ses doigts effleura la pomme parfaite.

Il ne devait jamais la goûter.

Un craquement, aussi fort qu'un coup de fusil de chasse, et la branche céda sous lui.

Un éclair de douleur, tranchant comme la glace, de la couleur d'un tonnerre lent, le fit revenir à lui parmi les herbes sauvages en cette nuit d'été.

Le sol sous lui semblait plutôt mou et curieusement tiède. Il appuya une main par terre et sentit quelque chose comme de la fourrure chaude. Il avait atterri sur le tas de compost, là où le jardinier du cimetière jetait l'herbe coupée par la tondeuse, ce qui avait amorti sa chute. Il avait tout de même une douleur à la poitrine, et sa jambe lui faisait mal comme s'il avait atterri dessus et se l'était tordue.

Bod gémit.

– Tout doux, mon grand, tout doux, fit une voix derrière lui. D'où est-ce que tu sors ? Tombé du ciel comme un météore. C'est des manières, ça ?

– J'étais dans le pommier.

– Ah. Montre-moi ta jambe. Cassée comme la branche de l'arbre, je parie.

Des doigts frais palpèrent sa jambe gauche.

– Rien de cassé. Tordu, oui, peut-être foulé. Tu as une chance du Diable, mon garçon, d'être tombé dans le compost. C'est pas la fin du monde.

– Ah, tant mieux, dit Bod. Mais ça fait mal, quand même.

Il tordit le cou pour regarder en l'air et en arrière. Elle était plus vieille que lui, mais pas adulte, et elle n'était ni avenante ni hostile. Méfiante, principalement. Elle avait un visage intelligent et vraiment pas beau du tout.

– Je m'appelle Bod.

– Le gars vivant ?

Bod opina.

– Je me disais bien que ça devait être toi. On a entendu parler de toi, même ici, au cimetière des pauvres. C'est quoi, ton nom ?

– Owens. Nobody Owens. Bod, pour faire court.

– Bien le bonjour, jeune maître Bod.

Bod la dévisagea de la tête aux pieds. Elle portait une simple robe blanche toute droite. Ses cheveux étaient ternes et longs, et son visage faisait penser à celui d'un lutin : une trace de sourire en biais semblait toujours s'y attarder, quoi que fît le reste de sa face.

– Tu es une suicidée ? lui demanda-t-il. Tu as volé un shilling ?

– Jamais rien volé du tout. Pas même un mouchoir. Enfin bref, enchaîna-t-elle avec désinvolture, les suicidés sont partout par là, de l'autre côté de cette aubépine, et les gibiers de potence dans le roncier, tous les deux. L'un était faussaire, l'autre voleur de grand chemin, à ce qu'y prétend, quoique si tu veux mon avis c'était rien de plus qu'un vil détrousseur et un maraudeur.

– Ah, dit Bod.

Puis, pris d'un soupçon, il ajouta d'un ton prudent :

– Il paraît qu'une sorcière est enterrée ici.

Elle hocha la tête.

– Noyée et brûlée et enterrée ici, qu'elle est, sans qu'y ait seulement une pierre pour marquer l'endroit.

– On t'a noyée *et* brûlée ?

Elle s'installa à côté de lui sur le tas d'herbe coupée et prit sa jambe douloureuse entre ses mains glacées.

– Y sont venus à ma petite chaumière à l'aube, j'étais même pas réveillée, et v'là qu'y me traînent sur la place du village. Sorcière ! qu'y me crient, bien gras et roses et récurés de bon matin, comme autant de pourceaux bien étrillés pour le jour du marché. Un par un y se lèvent sous le ciel et y me racontent des histoires de lait tourné et de chevaux boiteux, et finalement dame Jemima se lève, c'était la plus grasse, la plus rose et la mieux récurée d'entre tous, et v'là qu'elle me raconte comment Solomon Porrit fait semblant de n'pas la voir et préfère aller traîner du côté du lavoir comme une guêpe autour d'un pot de miel, et que c'est ma magie qui l'a rendu comme ça, qu'elle dit, et qu'y faut désenvoûter ce pauvre gars. Alors y m'attachent sur la chaise à sorcières et y la plongent dans la mare aux canards en disant que si je suis une sorcière je n'me noierai pas ni n'en aurai cure, mais que si j'en suis pas une je l'sentirai passer. Et le père de dame Jemima leur donne à chacun une pièce d'argent pour qu'y tiennent la chaise sous l'eau verte et putride un bon moment, histoire de voir si j'vais boire la tasse.

– Et vous l'avez bue ?

– Oh oui. M'en suis pris plein les poumons.

– Ah. Donc en fin de compte vous n'étiez pas une sorcière.

La fille le fixa de ses yeux de spectre en boutons de bottine, avec un sourire en coin. Elle ressemblait toujours à un lutin, mais à un joli lutin maintenant, et Bod se dit qu'elle n'avait sûrement pas eu besoin de magie pour attirer Solomon Porrit, pas avec un tel sourire.

– N'importe quoi. Bien sûr que si, j'étais une sorcière. Ils l'ont su quand y m'ont détachée de la chaise et m'ont allongée sur la place, pratiquement morte et couverte de lentilles d'eau et de vase puante. J'ai fait les yeux blancs, et je les ai tous

maudits jusqu'au dernier en pleine place du village ce
là, histoire qu'aucun ne repose jamais en paix dans un tombeau. Ça m'a étonnée de voir comme ça me venait facilement, de les maudire. C'était comme danser, quand tes pieds battent la mesure sur une musique nouvelle que tes oreilles n'ont jamais entendue et que ta tête ne connaît pas, et qu'ils dansent jusqu'à l'aube.

Elle se leva et virevolta, et lança des ruades, et ses pieds nus décochaient des éclairs dans le clair de lune.

– C'est comme ça que je les ai maudits, de mon dernier souffle tout gargouillant d'eau de la mare. Et pis j'ai expiré. Ils ont brûlé mon corps en place publique jusqu'à ce que je n'sois plus qu'un bout de charbon tout noir, et y m'ont jetée dans un trou au cimetière des pauvres sans même une pierre pour marquer mon nom.

C'est seulement alors qu'elle se tut, l'air un instant mélancolique.

– Et eux, ils sont enterrés au cimetière, donc ? demanda Bod.

– Pas un seul, dit la fille, une étincelle dans les yeux. Le samedi après qu'y m'ont noyée et grillée, on a livré un tapis à maître Porringer, spécialement de Londres, un bien beau tapis que c'était. Mais à la vérité, il y avait plus que de la grosse laine et du beau tissage dans ce tapis, car il portait la peste dans ses boucles, et dès le lundi cinq d'entre eux crachaient du sang, et leur peau était devenue aussi noire que la mienne quand on m'a tirée du feu. Une semaine plus tard presque tout le village était emporté, et on a jeté les corps tous ensemble dans une fosse creusée à l'écart de la ville, qui a été rebouchée après.

– Tout le village a été tué ?

Elle haussa les épaules.

– Tous ceux qui m'ont regardée me noyer et brûler. Comment va ta jambe, maintenant ?

– Mieux. Merci.

Bod se leva, lentement, et descendit du tas d'herbe en clopinant. Il s'appuya aux barreaux de fer.

– Alors tu étais déjà une sorcière ? demanda-t-il. Je veux dire, avant de les maudire tous ?

– Comme s'y fallait de la sorcellerie, maugréa-t-elle en reniflant, pour que Solomon Porrit vienne rôder autour de ma chaumière.

Ce qui, pensa Bod sans le dire, ne répondait pas à la question, pas du tout.

– Comment tu t'appelles ?

– J'ai pas de pierre tombale, dit-elle en abaissant les coins de la bouche. Je pourrais être n'importe qui. Pas vrai ?

– Mais tu as bien un nom.

– Liza Hempstock, pour vous servir, fit-elle d'un ton aigre. C'est pas trop demander, tout de même. Un petit quelque chose pour marquer ma tombe. Je suis juste là, tu vois ? Y a rien que des orties pour montrer où que je repose.

Et elle eut l'air si triste, l'espace d'un instant, que Bod eut envie de la serrer dans ses bras. C'est alors qu'il eut une idée, en se faufilant entre les barreaux de la clôture. Il trouverait une pierre tombale à Liza Hempstock, avec son nom dessus. Il la ferait sourire.

Comme il commençait à remonter en traînant la patte, il se retourna pour lui faire au revoir de la main, mais elle avait déjà disparu.

Il y avait, dans le cimetière, des fragments de pierres tombales et de statues brisées appartenant à d'autres, mais cela ne conviendrait pas du tout, Bod le savait bien, à la sorcière aux yeux gris du cimetière des pauvres. Il allait devoir trouver beaucoup mieux. Il résolut de ne parler à personne de son projet, au motif, pas entièrement faux, qu'on lui aurait interdit de le mener à bien.

Pendant les quelques jours qui suivirent, sa tête s'emplit de stratagèmes tous plus extravagants et compliqués les uns que les autres. Mr Pennyworth s'arrachait les cheveux.

– Je crois bien, constata-t-il en grattant sa moustache poussiéreuse, que vous êtes de plus en plus mauvais. Vous ne vous Effacez point. Vous êtes *flagrant*, mon garçon. Il est impossible de ne pas vous voir. Vous pourriez arriver en compagnie d'un lion violet, d'un éléphant vert et d'une licorne écarlate chevauchée par le roi d'Angleterre en tenue d'apparat, m'est avis que ce serait encore vous et vous seul que l'on regarderait avec des yeux ronds, et que les autres ne seraient que broutilles à côté de vous.

Bod se contenta de le fixer du regard sans rien dire. Il se demandait s'il existait des boutiques spéciales, dans les lieux fréquentés par les vivants, où l'on ne vendait que des pierres tombales, et si oui comment il pourrait s'en procurer une ; l'Effacement était le cadet de ses soucis.

Il profita de la disposition de Miss Borrows à se laisser distraire de la grammaire et de la composition pour la questionner sur l'argent : comment cela fonctionnait au juste, comment on l'utilisait pour obtenir ce que l'on voulait. Bod possédait un certain nombre de pièces ramassées au fil des ans (il avait appris que le meilleur moyen pour cela était de se rendre là où des amoureux avaient profité de l'herbe du cimetière pour se câliner, s'enlacer, s'embrasser et se rouler par terre ; il dénichait souvent des pièces métalliques au sol après leur passage), et il se dit qu'il pourrait enfin leur trouver là une utilité.

– Combien coûte une pierre tombale ? demanda-t-il à Miss Borrows.

– De mon temps, c'était quinze guinées. Je ne sais pas quels peuvent être les prix d'aujourd'hui. Plus, j'imagine. Beaucoup, beaucoup plus.

Bod disposait de deux livres et cinquante-trois pence. Il était presque sûr que cela ne suffirait pas.

Quatre années, presque la moitié d'une vie, s'étaient écoulées depuis sa visite à la tombe de l'Homme Indigo, mais il n'avait pas oublié le chemin. Il gravit la colline jusqu'au sommet, plus haut que toute la ville, plus haut que la cime du pommier, plus haut même que la flèche de l'église en ruine, là où le mausolée Frobisher se dressait comme une dent pourrie. Il s'y glissa, passa derrière le cercueil et descendit, plus bas, encore plus bas, toujours plus bas, descendit les toutes petites marches de pierre taillées au cœur de la colline, et il les descendit jusqu'à la chambre de pierre. Il faisait noir dans cette tombe, noir comme dans une mine de plomb, mais Bod voyait comme voient les morts et la pièce lui abandonnait ses secrets.

La Vouivre était lovée autour du tumulus. Il la sentait. Elle était telle que dans son souvenir : quelque chose d'invisible, tout en volutes de fumée, haine et cupidité. Cette fois cependant, il n'avait pas peur d'elle.

TREMBLE, susurra la Vouivre. CAR NOUS GARDONS CE QUI EST PRÉCIEUX ET QUI JAMAIS NE SE PERD.

– Je n'ai pas peur de vous, dit Bod, vous vous rappelez ? Et j'ai quelque chose à prendre ici.

RIEN NE SORT JAMAIS D'ICI, répondit la chose enroulée dans les ténèbres. LE COUTELAS, LA BROCHE, LE CRATÈRE. LA VOUIVRE LES GARDE DANS LE NOIR. NOUS ATTENDONS.

– Excusez-moi, demanda Bod, mais c'est votre tombe, ici ?

LE MAÎTRE NOUS INSTALLE DANS LA PLAINE POUR GARDER, IL ENTERRE NOS CRÂNES SOUS CETTE PIERRE, NOUS LAISSE ICI CONNAISSANT NOTRE MISSION. NOUS GARDONS LES TRÉSORS JUSQU'AU RETOUR DU MAÎTRE.

– À mon avis, il vous a complètement oubliée. Je suis sûr qu'il est mort lui-même depuis des siècles.

NOUS SOMMES LA VOUIVRE. NOUS GARDONS.

Bod se demanda jusqu'à quelle époque il fallait remonter pour que la tombe la plus profondément enterrée dans la colline se trouvât sur une plaine ; il savait en tout cas que cela devait faire vraiment très longtemps. Il sentait la Vouivre étirer des vagues de frayeur autour de lui, telles les vrilles d'une plante carnivore. Il commençait à se sentir gourd et gelé, comme si quelque vipère arctique, les crochets plantés dans son cœur, injectait dans tout son corps un venin glacé.

Il fit un pas en avant pour se retrouver tout contre la saillie rocheuse, se baissa, et referma les doigts sur la froideur de la broche.

SHHH ! chuinta la Vouivre. NOUS GARDONS CELA POUR LE MAÎTRE.

– Ça ne le dérangera pas.

Il recula d'un pas et regagna les marches de pierre en évitant les restes humains et animaux desséchés au sol.

La Vouivre tordit rageusement ses anneaux, enserrant la petite pièce telle une fumée spectrale. Puis elle se calma. IL REVIENDRA, dit-elle de sa triple voix entremêlée. IL REVIENT TOUJOURS.

117

Bod remonta aussi vite qu'il le put les marches de pierre creusées dans la colline. À un moment il s'imagina que quelque chose était à ses trousses, mais lorsqu'il émergea tout en haut dans le mausolée Frobisher et respira la fraîcheur de l'aurore, rien ne bougeait ni ne le suivait.

Bod s'installa au grand air, au sommet de la colline, la broche à la main. D'abord il la crut toute noire, mais plus tard, au lever du soleil, il vit que la pierre sertie dans le métal obscur était striée de tourbillons rouges. Elle était grosse comme un œuf de merle, et Bod y plongea le regard en se demandant si quelque chose bougeait au cœur de cette pierre, il s'absorba de tous ses yeux et de toute son âme dans ce monde écarlate. Plus petit, il aurait eu envie de la porter à sa bouche.

La pierre était sertie dans une boucle de métal noir, retenue par des sortes de griffes, avec autre chose qui rampait tout autour. L'autre chose avait presque l'air d'un serpent, sauf qu'elle avait trop de têtes. Bod se demanda si c'était à cela que ressemblait la Vouivre à la lumière du jour.

Il descendit la colline en flânant, emprunta tous les raccourcis qu'il connaissait, traversa le fouillis de lierre qui recouvrait le caveau familial des Bartleby (à l'intérieur, il les entendit qui grommelaient en allant se coucher), et plus loin, passa par-dessus la clôture pour pénétrer dans le cimetière des pauvres.

– Liza ! Liza ! appela-t-il en regardant tout autour de lui.

– Bien le bonjour, jeune malotru, fit la voix de Liza.

Bod ne la voyait pas, mais il y avait une ombre de trop sous l'aubépine, et à son approche cette ombre volatile fit place à quelque chose de translucide et de nacré dans la lumière du petit matin. Quelque chose de féminin. Avec des yeux gris.

– Je devrais dormir à l'heure qu'il est, dit-elle. Qu'est-ce que c'est que ces manières ?

– Ta pierre tombale. Je voulais savoir ce que tu voulais dessus.

– Mon nom. Elle doit porter mon nom, avec un grand E comme Elizabeth, pareil que la vieille reine qu'est morte quand je suis née, et un grand Hache comme Hempstock. À part ça tout m'est égal, j'ai jamais vraiment appris les lettres.

– Et pour les dates ?

– Guillaume eu-l'Conquérant, mille soixante-six, récita-t-elle au hasard, dans le souffle du vent de l'aube, dans le buisson d'aubépine. Et un grand E si ça n'te dérange pas. Et un grand Hache.

– Tu avais un travail ? lui demanda Bod. Quand tu ne faisais pas la sorcière, je veux dire.

– J'lavais du linge, dit la morte.

Puis le soleil matinal inonda le terrain vague, et Bod se retrouva seul.

Il était neuf heures, l'heure où tout le monde dort. Bod était bien décidé à rester debout. Il avait, après tout, une mission à accomplir. Il avait huit ans, et le monde au-delà du cimetière ne lui faisait pas peur.

Des vêtements. Il lui fallait des vêtements. Il était conscient que sa tenue habituelle, le linceul gris, ne ferait pas l'affaire. C'était bon pour le cimetière, c'était assorti aux pierres et aux ombres. Mais s'il s'en allait défier le monde derrière le mur d'enceinte, il devrait se fondre dans la population.

Il y avait quelques vêtements dans la crypte sous l'église en ruine, mais Bod se refusait à y descendre, même en plein jour. S'il était tout prêt à se justifier face au sieur et à la dame Owens, il ne concevait pas de s'ouvrir à Silas ; à l'idée de voir dans ses yeux sombres de la colère ou pis, de la déception, la honte l'envahissait.

Une cabane de jardinier se dressait tout au bout du cimetière, petite construction verte qui sentait le cambouis et où la vieille tondeuse prenait la rouille, délaissée, en compagnie d'un assortiment de vieux outils de jardin. La cabane était abandonnée depuis le départ en retraite du dernier jardinier, avant la naissance de Bod, et l'entretien du cimetière était désormais assuré en partie par la municipalité (qui envoyait quelqu'un tondre l'herbe et nettoyer les allées une fois par mois, d'avril à septembre) et en partie par les bénévoles de l'association des Amis du cimetière.

Un énorme cadenas accroché à la porte gardait le contenu de la cabane, mais Bod avait depuis longtemps découvert la planche mal fixée à l'arrière. Il entrait parfois pour s'absorber dans ses pensées, lorsqu'il avait envie d'être seul.

Depuis qu'il venait là, une veste de travail marron avait toujours été suspendue derrière la porte, oubliée ou abandonnée des années plus tôt, ainsi qu'un blue-jean de jardinage taché de vert. Le jean était bien trop grand pour lui, mais il roula le bas des jambes jusqu'à ce que ses pieds dépassent, puis se fit une ceinture avec de la ficelle qu'il noua autour de sa taille. Il y avait des bottes dans un coin et il essaya de les enfiler, mais elles étaient si grandes et si encroûtées de boue et de ciment qu'il pouvait à peine lever les pieds et que s'il faisait un pas, elles restaient clouées au sol de la cabane. Il poussa la veste au-dehors par le trou entre les planches, sortit en s'aplatissant, puis l'enfila. En remontant les manches, estima-t-il, elle ne lui allait pas si mal. Elle avait de larges poches, il y fourra les mains et se sentit tout à fait chic.

Bod descendit jusqu'au grand portail du cimetière et regarda à travers les barreaux. Un autobus brinquebalant passa dans la rue ; il y avait des voitures, du bruit, des boutiques. Derrière lui, un ombrage vert et frais, couvert d'arbres et tapissé de lierre : c'était chez lui.

Le cœur tambourinant, Bod sortit dans le monde.

Abanazer Bolger en avait vu, dans sa vie, des drôles de types ; avec une boutique comme la sienne, vous en auriez vu aussi. L'échoppe, située dans le dédale des ruelles de la vieille ville – un peu antiquaire, un peu bric-à-brac, un peu mont-de-piété (et Abanazer lui-même ne savait plus très bien ce qu'il en était) – attirait les individus louches et les gens bizarres, certains désireux d'acheter, d'autres dans le besoin de vendre. Abanazer Bolger procédait sans factures, à l'achat comme à la vente, et faisait de meilleures affaires encore sous le manteau, dans son arrière-boutique, acceptant des objets de provenance douteuse pour ensuite les fourguer tranquillement. Son affaire était un iceberg. Seule la petite boutique poussiéreuse était visible en surface. Le reste était occulte, exactement comme il le voulait.

Abanazer Bolger arborait des lunettes à verres épais et une perpétuelle expression de léger dégoût, comme s'il venait de se rendre compte que le lait de son thé était tourné et ne pouvait se défaire du goût aigre dans sa bouche. Cette expression lui rendait de grands services lorsqu'on essayait de lui vendre quelque chose.

– Honnêtement, disait-il de son air revêche, ça ne vaut pas grand-chose. Je vais vous en donner ce que je peux, quand même, pour la valeur sentimentale.

Vous aviez de la chance si vous en obteniez à peu près ce que vous en attendiez.

Une affaire comme celle d'Abanazer Bolger avait beau attirer des gens bizarres, l'enfant qui entra ce matin-là était l'un des plus étranges qu'il eût jamais vus de toute sa vie, pourtant passée à dévaliser des gens bizarres. On lui donnait sept ans environ, et il semblait vêtu des hardes de son grand-père. Il sentait l'étable. Il avait les cheveux longs et mal peignés, et le visage d'une gravité extrême. Ses mains étaient enfoncées dans les poches d'une veste marron poussiéreuse, mais sans même les voir Abanazer sut que la droite serrait quelque chose avec une force extrême, protectrice.

– Excusez-moi, dit le garçon.

– Bonjour bonjour, mon petit bonhomme, fit Abanazer Bolger avec méfiance.

Les gosses, pensa-t-il. *Soit ils ont chapardé quelque chose, soit ils essaient de vendre leurs jouets.* Dans un cas comme dans l'autre, sa réponse était généralement non. On achetait des objets volés à un gamin, et on se retrouvait illico face à un adulte furibond qui vous accusait d'avoir donné à Johnny ou Mathilda une piécette contre son alliance. C'était bien trop de soucis pour la peine qu'on se donnait, ces gosses.

– J'ai besoin de quelque chose pour une amie, dit l'enfant. Et j'ai pensé que vous pourriez m'acheter ce que j'ai.

– Je n'achète pas à des mioches, le rembarra Abanazer Bolger.

Bod sortit la main de sa poche et posa la broche sur le comptoir malpropre. Bolger y jeta un œil, puis il la regarda. Il prit un lorgnon sur le comptoir et se le vissa sur l'œil. Il retira ses lunettes.

– Où as-tu trouvé ça ? demanda-t-il.

– Vous voulez bien me l'acheter ?

– Tu l'as volée. Tu l'as chipée dans un musée ou ailleurs, pas vrai ?

– Non, protesta fermement Bod. Vous l'achetez, ou faut-il que j'aille trouver quelqu'un d'autre ?

L'humeur revêche d'Abanazer Bolger s'envola. Soudain, il était tout affable. Il sourit largement.

– Excuse-moi. C'est qu'on ne voit pas souvent des pièces comme celle-ci. Pas dans une boutique comme la mienne. Pas en dehors des musées. Mais j'aimerais bien l'avoir, pour sûr. Je sais ce qu'on va faire. Si on s'installait avec du thé et des gâteaux – j'ai une boîte de biscuits au chocolat dans l'arrière-boutique – pour discuter de ce que ça vaut ? Hein ?

Bod fut soulagé que l'homme se montre finalement aimable.

– Il me faut de quoi acheter une pierre, expliqua-t-il. Une pierre tombale pour une amie. Enfin ce n'est pas vraiment mon amie. C'est juste quelqu'un que je connais. Je crois qu'elle m'a aidé à guérir de la jambe, vous comprenez ?

Abanazer Bolger, n'écoutant que d'une oreille les jacasseries de l'enfant, l'entraîna derrière le comptoir et ouvrit la porte de la remise, un petit espace sans fenêtre dont chaque centimètre était occupé par des cartons empilés en hautes tours vacillantes, tous remplis de bric-à-brac. Il y avait un coffre-fort dans le coin, vieux et massif. Et aussi une boîte pleine de violons, un monceau d'animaux empaillés, des chaises sans siège, des livres et des estampes.

Un petit bureau était installé près de la porte, et Abanazer tira l'unique chaise pour s'y asseoir, laissant Bod debout. Il farfouilla dans un tiroir où Bod aperçut une bouteille de whisky à moitié bue, sortit une boîte de biscuits au chocolat presque vide, et en proposa un à l'enfant ; il alluma la lampe du bureau, regarda de nouveau la broche, les tourbillons rouge et orange de la pierre, examina la bande de métal noir qui la cerclait, réprimant un petit frisson à la vue des têtes de l'espèce de serpent.

– Elle est vieille, dit-il. Elle n'a – *pas de prix*, pensa-t-il – sans doute pas grande valeur, mais va savoir.

Bod se décomposa. Abanazer Bolger s'efforça de prendre un air rassurant.

– Je dois juste m'assurer qu'elle n'est pas volée, tout de même, avant de pouvoir te donner le premier penny. L'as-tu prise dans la commode de ta maman ? Chipée dans un musée ? Tu peux me le dire. Je ne te ferai pas d'ennuis. J'ai juste besoin de savoir.

Bod secoua la tête. Il grignotait son biscuit.

– Où l'as-tu trouvée ?

Abanazer Bolger n'avait pas envie de reposer la broche, mais il la repoussa vers le garçon à travers la table.

– Si tu ne peux pas me le dire, tu n'as plus qu'à la reprendre. La confiance doit passer dans les deux sens, après tout. Charmé d'avoir parlé affaires avec toi. Désolé de ne pas pouvoir aller plus loin.

Bod eut l'air soucieux.

– Je l'ai trouvée dans une vieille tombe. Mais je ne peux pas dire où.

Il s'arrêta, car l'avidité et l'excitation toutes nues avaient remplacé l'amabilité sur le visage d'Abanazer Bolger.

– Et il y en a d'autres comme celle-ci, là-bas ?

– Si vous n'en voulez pas, je trouverai quelqu'un d'autre. Merci pour le biscuit.

– Tu es pressé, hein ? lui demanda Bolger. Papa et maman t'attendent, je suppose ?

Le garçon secoua la tête, puis regretta de ne pas avoir dit oui.

– Personne ne t'attend. C'est bien. (Abanazer Bolger referma les mains sur la broche.) Maintenant, tu vas me dire exactement où tu as trouvé ça. Hein ?

– Je ne m'en souviens plus.

– C'est trop tard pour ça. Tu n'as qu'à y réfléchir un petit moment. Ensuite, quand tu auras réfléchi, on va bavarder un peu, et tu me diras tout.

Il se leva et sortit de la pièce en refermant la porte derrière lui. Il la verrouilla avec une grosse clé en fer.

Il ouvrit la main, regarda la broche et sourit, d'un sourire avide.

Une clochette tinta, *ding*, au-dessus de la porte de la boutique pour l'avertir que quelqu'un était entré ; il leva les yeux d'un air coupable, mais il n'y avait personne. La porte était légèrement entrouverte, toutefois, et Bolger la referma, puis, pour faire bonne mesure, retourna l'écriteau de la vitrine du côté marqué *Fermé*. Il poussa le verrou. Il ne voulait pas de fouineurs pour aujourd'hui.

La journée d'automne était passée du soleil à la grisaille, et une pluie légère s'écoulait en crépitant le long de la vitrine crasseuse.

Abanazer Bolger décrocha le téléphone du comptoir et enfonça les touches d'un doigt qui tremblait à peine.

– Un filon, Tom, dit-il. Amène-toi ici, et en vitesse.

Bod comprit qu'il était piégé en entendant tourner la clé dans la serrure. Il tira sur la porte, mais elle était bien fermée. Il se sentit idiot de s'être laissé attirer à l'intérieur, s'en voulut de n'avoir pas écouté sa première impulsion, qui était de s'éloigner le plus possible de l'homme revêche. Il avait désobéi à toutes les règles du cimetière, et tout était allé de travers. Que dirait Silas ? Et les Owens ? Il sentit monter la panique et la réprima, repoussant l'inquiétude tout au fond de lui. Tout allait bien se passer. Il le savait. Bien sûr, il fallait qu'il sorte de là...

Il inspecta la pièce où il était enfermé. Ce n'était guère qu'un débarras équipé d'un bureau. La seule issue était la porte.

Il ouvrit le tiroir du bureau et n'y trouva rien, à part des petits pots de peinture (qui servaient à redonner de l'éclat aux antiquités) et un pinceau. Il se demanda s'il serait capable de jeter de la peinture au visage de l'homme pour l'aveugler le temps de s'échapper. Il souleva le couvercle d'un pot et y trempa le doigt.

– Qu'est-ce que tu fabriques ? fit une voix tout près de son oreille.

– Rien, dit Bod en revissant le couvercle du pot de peinture, qu'il laissa tomber dans l'une des énormes poches de sa veste.

Liza Hempstock le regardait, dubitative.

– Pourquoi t'es là-dedans ? lui demanda-t-elle. Et c'est qui, le gros plein de soupe là-bas ?

– La boutique est à lui. J'essayais de lui vendre quelque chose.

– Pourquoi ?

– Pas tes oignons.

Elle renifla.

– Bon, dit-elle, tu ferais mieux de rentrer au cimetière.

– Je ne peux pas. Il m'a enfermé.

– Mais si, pardi. Passe à travers le mur et...

Il secoua la tête.

– Je ne peux pas. Je ne peux le faire qu'à la maison, parce

qu'on m'a accordé la libre citoyenneté du cimetière quand j'étais bébé.

Il leva les yeux vers elle, sous la lumière électrique. Elle était difficile à voir réellement, mais Bod avait parlé à des morts toute sa vie.

– Et d'abord, qu'est-ce que tu fais là ? lui demanda-t-il. Qu'est-ce que tu fais en dehors du cimetière ? C'est le jour. Et tu n'es pas comme Silas. Tu es censée rester dans le cimetière.

– Il y a des règles pour les gens des cimetières, mais pas pour ceux qui sont enterrés en terre non consacrée. Personne ne me dit, à moi, ce que je dois faire ni où je dois aller. (Elle fixa sur la porte un regard furieux.) Je n'aime pas ce bonhomme. Je vais voir ce qu'il fabrique.

Un battement de cils, et Bod fut de nouveau seul dans la pièce. Il entendit un roulement de tonnerre dans le lointain.

Dans le sombre capharnaüm de Bolger Antiquités, Abanazer Bolger leva la tête, soupçonneux, certain d'être observé, puis comprit que c'était absurde.

Le garçon est enfermé dans la pièce, se dit-il. *La porte d'entrée est fermée à clé.*

Il frottait la boucle de métal qui enserrait la pierre aux serpents avec la douceur et le soin d'un archéologue sur un chantier de fouilles, retirant le noir pour révéler l'argent miroitant en dessous.

Il commençait à regretter d'avoir appelé Tom Hustings, quoique ce dernier fût grand, fort et doué pour faire peur. Il commençait aussi à regretter de devoir vendre la broche quand il en aurait terminé. Elle était exceptionnelle. Plus elle brillait sous la toute petite lampe de son comptoir, plus il voulait qu'elle soit à lui, et à lui seulement.

127

Il y en avait d'autres là d'où elle venait, cependant. L'enfant lui dirait tout. L'enfant l'y mènerait.

L'enfant...

Une idée le frappa. Il reposa la broche, à regret, et ouvrit un tiroir derrière le comptoir, d'où il sortit une boîte à biscuits en fer-blanc remplie d'enveloppes, de cartes, de morceaux de papier.

Il y plongea la main et en retira un carton à peine plus grand qu'une carte de visite. Il était cerné d'un liseré noir. Ni nom ni adresse n'y étaient imprimés, toutefois. Rien qu'un mot, écrit à la main au centre, dans une encre qui avait viré au brun : *Jack.*

Au revers de la carte, Abanazer Bolger avait griffonné au crayon, de sa petite écriture précise, des instructions pour lui-même, en guise d'aide-mémoire, même s'il ne risquait pas d'oublier l'usage de cette carte ni le moyen de convoquer le Jack. Non, pas de le convoquer. De l'*inviter.* On ne convoquait pas un tel homme.

Un coup frappé à la porte de la boutique.

Bolger jeta la carte sur le comptoir, alla à la porte et scruta l'après-midi mouillé au-dehors.

– Dépêche, cria Tom Hustings. Il fait un temps de chien. Épouvantable. Je me fais tremper.

Bolger déverrouilla la porte et Tom Hustings se précipita à l'intérieur, l'imperméable et les cheveux dégoulinants.

– Alors, qu'est-ce que c'est, cette chose tellement importante que tu ne peux pas en parler au téléphone ?

– Notre fortune, dit Abanazer Bolger en prenant son air revêche. Voilà ce que c'est.

Hustings retira son imperméable et le suspendit derrière la porte de la boutique.

– Qu'est-ce qu'il y a ? Un beau lot tombé d'un camion ?

– Un trésor. De deux sortes.

Il fit passer son ami derrière le comptoir et lui montra la broche sous la petite lampe.

– Elle est ancienne, non ?

– De l'époque païenne, confirma Abanazer. Plus tôt, même. L'époque des druides. Avant la venue des Romains. On appelle ça une pierre guivrée. J'en ai vu dans des musées. Jamais vu un travail du métal comme celui-ci, ni aussi fin. Elle a dû appartenir à un roi. Le petit gars qui l'a trouvée dit qu'elle vient d'une tombe... Imagine un tumulus rempli de trucs comme ça.

– Ça vaudrait peut-être le coup de faire ça dans les règles, observa Hustings, pensif. De déclarer qu'on a trouvé un trésor. Ils sont obligés de nous la payer au prix du marché, et on pourrait exiger qu'ils lui donnent notre nom. Le legs Hustings-Bolger.

– Bolger-Hustings, le corrigea machinalement Abanazer.

Puis il ajouta :

– Il y a quelques types dont j'ai entendu parler, des gens vraiment riches, qui nous en donneraient plus que le prix du marché s'ils pouvaient la tenir comme tu le fais – car Tom Hustings palpait la broche, avec douceur, comme un homme caressant un chaton –, et sans poser de questions.

Il tendit la main et, à contrecœur, Tom Hustings lui rendit la broche.

– Tu parlais de deux sortes de trésor, dit ce dernier. C'est quoi, l'autre ?

Abanazer ramassa la carte au liseré noir et la tendit à son ami pour qu'il l'examine.

– Tu sais ce que c'est ?

Hustings secoua la tête. Abanazer reposa la carte sur le comptoir.

– Y a comme qui dirait des gens qui en cherchent d'autres.

– Et alors ?

– D'après ce que j'ai entendu, les autres, ça serait un garçon.

– Des garçons, y en a partout, dit Tom Hustings. Ça galope dans tous les coins. Ça fait rien que des bêtises. J'peux pas les supporter. Et donc, y a comme qui dirait des gens qui cherchent un garçon en particulier ?

– Ce petit gars m'a tout l'air d'avoir l'âge. Il est habillé... bon, tu verras comment il est habillé. Et il a trouvé ça. Ça se pourrait bien que ce soit lui.

– Et si c'est lui ?

Abanazer Bolger reprit la carte, par les bords, et la fit bouger d'avant en arrière, lentement, comme s'il passait la bordure dans une flamme imaginaire.

– Une chandelle pour trouver ta chambrette... commença-t-il.

– ... et une hache pour te couper la tête[1], enchaîna Tom Hustings d'un air préoccupé. Mais réfléchis un peu. Si on appelle le Jack, on perd le garçon. Et si on perd le garçon, on perd le trésor.

Et les deux hommes échangèrent des arguments, soupesant les avantages et inconvénients respectifs de dénoncer le garçon et de chercher le trésor, qui dans leurs têtes avait pris les proportions d'une gigantesque caverne regorgeant d'objets précieux, et tandis qu'ils débattaient, Abanazer sortit de sous le comptoir une bouteille d'eau-de-vie de prunelle et leur

---

1. Paroles d'une comptine anglaise.

en versa à tous les deux une généreuse rasade, « histoire de fêter ça ».

Liza se lassa vite de leur discussion, qui avançait, reculait et tournait en rond comme un moulin à vent sans aboutir à rien ; elle regagna donc la remise, où elle trouva Bod debout au milieu de la pièce, les yeux fermés, les sourcils froncés, les poings serrés et le visage crispé comme s'il avait une rage de dents, presque violet à force de retenir son souffle.

– Qu'est-ce que tu fais donc à présent ? lui demanda-t-elle, impassible.

Il ouvrit les yeux et se détendit.

– J'essaie de m'Effacer, lui expliqua-t-il.

Liza renifla.

– Essaie encore.

Ce qu'il fit, retenant sa respiration encore plus longtemps cette fois.

– Arrête, lui dit-elle. Tu vas éclater.

Bod reprit son souffle, puis soupira.

– Ça ne marche pas. Je ferais peut-être mieux de l'assommer d'un coup de caillou et de partir en courant.

Comme il n'y avait pas de caillou, il s'empara d'un presse-papiers en verre coloré et le soupesa dans sa main, en se demandant s'il serait capable de le lancer assez fort pour arrêter Abanazer Bolger.

– Y sont deux là-bas maintenant, dit Liza. Et si c'est pas l'un qui t'attrape, ce sera l'autre. À ce qu'y disent, y veulent que tu leur montres où que t'as eu la broche, fouiller la tombe, et prendre le trésor.

Elle ne lui parla pas de leur autre discussion ni de la carte au liseré noir. Elle secoua la tête.

131

– Pourquoi que t'es allé faire une bêtise pareille ? Tu connais la règle, faut pas sortir du cimetière. T'as bien cherché les ennuis.

Bod se sentit insignifiant et très bête.

– Je voulais te trouver une pierre tombale, avoua-t-il d'une petite voix. Et j'ai pensé que ça devait coûter cher. Alors j'ai essayé de lui vendre la broche, pour t'en acheter une.

Elle ne répondit rien.

– Tu es fâchée ?

Elle secoua la tête.

– C'est la première fois en cinq cents ans qu'on fait quelque chose de gentil pour moi, dit-elle avec l'ombre d'un sourire de lutin. Je vais pas me fâcher !

Puis elle ajouta :

– Tu fais quoi quand t'essaies de t'Effacer ?

– Ce que m'a enseigné Mr Pennyworth. *Je suis une porte ouverte sur le vide. Je suis un chemin désert. Je ne suis rien. Les yeux ne me voient pas, les regards glissent sur moi.* Mais ça ne marche jamais.

– C'est parce que t'es vivant, commenta Liza en reniflant. Y a des trucs qui marchent pour nous autres les morts, vu qu'on aurait plutôt du mal à se faire remarquer, et qui marcheront jamais pour vous.

Elle serra les bras autour de son corps en se balançant d'avant en arrière, comme si elle débattait intérieurement de quelque chose.

– C'est pour moi que tu t'es mis dans ce pétrin... Viens ici, Nobody Owens.

Il fit un pas vers elle, dans cette pièce minuscule, et elle posa ses mains froides sur son front. Elles lui firent l'effet d'un foulard en soie mouillé contre sa peau.

– Allons, dit-elle. Je dois pouvoir faire quelque chose pour toi. Et sur ce, elle se mit à marmonner pour elle-même des mots que Bod ne distinguait pas. Puis elle déclama, haut et fort :

Sois vent, rêve, cendre et néant
Sois nuit, noir, âme et souhait
Et glisse, et flotte, et vois sans être vu,
Ici, là-bas, ni un ni autre, entre deux.

Quelque chose d'immense le toucha, le frôla de la tête aux pieds, et il frissonna. Ses petits poils se hérissèrent et sa peau se couvrit de chair de poule. Quelque chose avait changé.

– Qu'est-ce que tu as fait ? demanda-t-il.

– Juste un coup de main. Je suis peut-être une morte, mais une morte qui est aussi une sorcière, rappelle-toi. Et ça ne s'oublie pas.

– Mais...

– Chut ! Ils reviennent.

La clé fourragea dans la serrure de la remise.

– Alors, mon petit bonhomme, fit une voix que Bod n'avait pas encore entendue clairement. Je suis sûr qu'on va tous devenir de grands amis.

Et sur ces mots, Tom Hustings poussa la porte. Puis il resta sur le seuil à regarder autour de lui, l'air perplexe. C'était un grand et gros homme, au poil roux comme un renard et au nez rougi par l'alcool.

– Ici. Abanazer ? Tu ne m'as pas dit qu'il était ici ?

– Ben si, répondit Bolger derrière lui.

– Mais je ne le vois nulle part.

La tête de Bolger apparut derrière celle de l'homme rubicond et il scruta la pièce.

– Il se cache, dit-il en regardant droit à travers Bod. Ça ne sert à rien de te cacher, clama-t-il d'une voix forte. Je te vois là-bas. Allez, sors de là.

Les deux hommes entrèrent dans la petite pièce, et Bod resta parfaitement immobile entre eux en pensant aux leçons de Mr Pennyworth. Il ne réagit pas, ne bougea pas. Il laissa leurs regards glisser sur lui sans le voir.

– Tu vas regretter de ne pas être sorti quand je t'ai appelé, gronda Bolger en fermant la porte. Bon, dit-il à Tom Hustings, tu bloques la sortie pour l'empêcher de passer.

Et sur ce, il fit le tour de la pièce, inspecta tous les recoins, se baissa maladroitement pour regarder derrière le bureau. Il passa juste devant Bod et ouvrit le tiroir.

– Là, je te vois ! cria-t-il. Allez, sors !

Liza pouffa de rire.

– Qu'est-ce que c'était ? demanda Tom Hustings en tournant sur lui-même.

– J'ai rien entendu, grommela Abanazer Bolger.

Liza gloussa de nouveau. Puis elle joignit les lèvres et, en soufflant, fit un bruit qui commença comme un sifflement puis résonna comme le vent dans le lointain. Les ampoules de la petite pièce clignotèrent et grésillèrent, puis s'éteignirent.

– Saloperies de fusibles, râla Bolger. Viens. On perd notre temps.

La clé cliqueta dans la serrure, et Liza et Bod se retrouvèrent seuls dans la pièce.

– Il s'est enfui, constata Abanazer Bolger. (Bod l'entendait à travers la porte, à présent.) Une pièce comme celle-là. Il n'avait pas où se cacher. On l'aurait vu.

– Le Jack ne va pas être content.

– Et qui le lui dira ?

Un silence.

– Dis donc. Tom Hustings. Où est passée la broche ?

– Hmm ? Quoi, ça ? La voilà. Je la gardais en sûreté.

– En sûreté ? Dans ta poche ? Drôle d'endroit pour la garder en sûreté, si tu veux mon avis. On dirait plutôt que tu allais te barrer avec... comme si tu comptais te garder ma broche pour toi tout seul.

– Ta broche, Abanazer ? *Ta* broche ? Notre broche, tu veux dire.

– Ben voyons, notre broche. Je ne me rappelle pas que tu aies été là quand le garçon me l'a donnée.

– Ce garçon que tu n'as même pas su garder au chaud pour le Jack, tu veux dire ? Tu imagines ce qu'il fera quand il apprendra que *tu* avais le garçon qu'il cherche, et que *tu* l'as laissé filer ?

– C'est sans doute pas le même. Y a tellement de garçons dans le monde, quelles sont les chances pour que ce soit celui qu'il cherche ? L'est sorti par la porte de derrière dès que j'ai eu le dos tourné, je parie.

Puis il ajouta, d'une voix mielleuse et haut perchée :

– T'en fais pas pour le Jack, Tom Hustings. C'était un autre garçon, j'en suis sûr. C'est ma vieille tête qui me joue des tours. Et on n'a presque plus d'eau-de-vie de prunelle... Un bon scotch, ça te dirait ? J'ai du whisky dans l'arrière-boutique. Attends-moi ici une minute.

La porte de la remise fut déverrouillée et Abanazer entra,

135

une canne et une torche électrique dans les mains, le visage encore plus renfrogné qu'avant.

– Si tu es encore ici, dit-il dans un chuchotement hargneux, ne pense même pas à t'échapper. Je t'ai dénoncé à la police, voilà ce que j'ai fait.

Il farfouilla dans un tiroir et en sortit la bouteille de whisky à moitié pleine, puis un minuscule flacon noir.

– C'est ma broche, à moi tout seul, marmonna-t-il avant d'aboyer : J'arrive, Tom !

Il envoya des regards furieux dans toute la pièce obscure, regardant à travers Bod, puis sortit de la remise en tenant le whisky devant lui. Il referma à clé.

– Voilà, fit sa voix de l'autre côté de la porte. Tends-moi donc ton verre, Tom. Un bon coup de scotch, ça fait de vous un homme. Tu me dis stop.

Silence.

– Quel infâme tord-boyaux ! Tu bois pas ?

– L'eau-de-vie de prunelle m'est tombée sur l'estomac. J'attends un peu que ça passe.

Puis :

– Dis donc... Tom ! Qu'est-ce que t'as fait de ma broche ?

– Alors c'est *ta* broche, maintenant ! Holà... Qu'est-ce que... T'as versé quelque chose dans mon verre, espèce d'ordure !

– Et alors ? J'ai bien vu sur ta figure ce que tu mijotais, Tom Hustings. Voleur.

Ensuite il y eut des cris, et plusieurs grands fracas, et des chocs sonores, comme si on renversait des meubles lourds et massifs...

... puis le silence.

– Allez vite, dit Liza. On va te sortir d'ici.

– Mais c'est fermé à clé. (Il la regarda.) Tu peux faire quelque chose ?

– Moi ? J'ai pas les pouvoirs magiques pour te sortir d'une pièce fermée, mon gars.

Bod s'accroupit pour regarder par le trou de la serrure. Il était bouché ; la clé y était enfoncée. Bod réfléchit, puis il sourit, juste un instant, et pendant cet instant son visage s'illumina comme une ampoule électrique. Il prit dans un carton une feuille de papier journal froissée, l'aplatit de son mieux, et la glissa sous la porte en ne laissant dépasser qu'un coin de son côté.

– À quoi tu joues ? lui demanda Liza avec impatience.

– Il me faudrait quelque chose comme un crayon. Mais en plus fin... Ah, voilà.

Et il prit un pinceau fin sur le bureau, poussa le bout sans poils dans la serrure, le remua, poussa encore.

Il y eut un bruit sourd lorsque la clé fut éjectée et qu'elle tomba de la serrure sur le papier journal. Bod tira la feuille à lui, avec la clé dessus.

Liza éclata d'un rire ravi.

– Bien trouvé, jeune homme, dit-elle. Ça, c'est ce que j'appelle de la sagesse.

Bod glissa la clé dans la serrure, la tourna, et ouvrit la porte de la remise.

Il y avait deux hommes au sol, au milieu de la boutique d'antiquaire encombrée. Et en effet, des meubles étaient tombés ; l'endroit était un chaos d'horloges et de chaises brisées, et au milieu s'étendait la masse de Tom Hustings, écroulée sur la silhouette plus petite d'Abanazer Bolger. Aucun des deux ne bougeait.

– Ils sont morts ? demanda Bod.

137

– Ce serait trop beau, répondit Liza.

Par terre, à côté des hommes, il y avait une broche en argent miroitant ; une pierre rayée d'écarlate et d'orange, tenue en place par des griffes et des têtes de serpent, et les têtes de serpent exprimaient le triomphe, l'avarice et la satisfaction.

Bod laissa tomber la broche dans sa poche, où elle alla rejoindre le lourd presse-papiers en verre, le pinceau et le petit pot de peinture.

– Prends ça aussi, lui dit Liza.

Bod regarda la carte au liseré noir dont une face portait le mot *Jack* écrit à la main. Elle le perturbait. Elle lui rappelait quelque chose, remuait de vieux souvenirs, quelque chose de dangereux.

– Je n'en veux pas.

– Mais tu ne peux pas la leur laisser. Ils s'en serviraient pour te faire du mal.

– Je n'en veux pas, insista Bod. Elle est malfaisante. Brûle-la.

– Non ! s'étrangla Liza. Ne fais pas ça. Faut pas faire ça.

– Alors je la donnerai à Silas.

Et Bod glissa la petite carte dans une enveloppe pour la toucher le moins possible, et il plaça l'enveloppe dans la poche intérieure de sa vieille veste de jardinier, près de son cœur.

À plus de trois cents kilomètres de là, le Jack, tiré de son sommeil, huma l'air. Il descendit l'escalier.

– Qu'y a-t-il ? lui demanda sa grand-mère qui remuait le contenu d'une grande marmite en fer sur un fourneau. Qu'est-ce qui te prend, encore ?

– Je ne sais pas. Il se passe quelque chose. Quelque chose... d'intéressant.

Puis il se passa la langue sur les lèvres.

– Ça sent bon, dit-il. Très, très bon.

Un éclair illumina la rue pavée.

Bod se hâtait de traverser la vieille ville, sous la pluie, toujours vers le haut et vers le cimetière. Le jour gris s'était mué en début de nuit pendant qu'il était dans la remise, et il ne fut pas surpris de voir une ombre bien connue tournoyer sous les réverbères. Bod hésita, et une palpitation de velours noir comme la nuit prit forme humaine.

Silas se tenait face à lui, bras croisés. Il le rejoignit à grandes enjambées, impatient.

– Eh bien ? demanda-t-il.

– Pardon, Silas.

– Tu me déçois, Bod, dit Silas en secouant la tête. Je te cherche depuis mon réveil. Tu sens les ennuis à trois kilomètres. Et tu sais que tu n'as pas le droit de sortir jusqu'ici, dans le monde des vivants.

– Je sais. Pardon.

Les gouttes de pluie, sur le visage de l'enfant, roulaient comme des larmes.

– Avant tout, nous devons te ramener en sécurité.

Silas se baissa pour enfouir l'enfant vivant dans les plis de sa grande cape, et Bod sentit le sol s'éloigner sous ses pieds.

– Silas, dit-il.

Silas ne répondit pas.

– J'ai eu un peu peur. Mais je savais que tu viendrais me chercher si ça tournait trop mal. Et Liza était là. Elle m'a bien aidé.

– Liza ?

La voix de Silas était cassante.

– La sorcière. Celle du cimetière des pauvres.

– Et tu dis qu'elle t'a aidé ?

– Oui. Surtout pour m'Effacer. Je crois que je sais le faire, maintenant.

Silas grogna.

– Tu me raconteras cela quand nous serons rentrés.

Et Bod garda le silence jusqu'à ce qu'ils se soient posés à côté de la chapelle. Ils entrèrent, pénétrèrent dans la nef déserte, alors que la pluie redoublait et soulevait des éclaboussures dans les flaques qui couvraient la terre.

Bod sortit l'enveloppe contenant la carte au liseré noir.

– Hum, dit-il. J'ai pensé que tu devrais prendre ça. Enfin c'est Liza, en fait.

Silas l'observa. Puis il l'ouvrit, en sortit le carton, l'examina, le retourna, et lut la note qu'Abanazer Bolger s'était écrite à lui-même, de son écriture en pattes de mouche, pour expliquer précisément le mode d'emploi de la carte.

– Raconte-moi tout.

Bod lui rapporta tout ce qu'il se rappelait de la journée. Et à la fin, Silas secoua la tête, lentement, d'un air pensif.

– Je vais avoir des ennuis ? demanda Bod.

– Nobody Owens, dit Silas. Tu vas en effet avoir de gros ennuis. Toutefois, j'estime qu'il convient de laisser tes parents t'administrer les châtiments et reproches qu'ils jugeront adéquats. En attendant, j'aurai besoin d'éliminer ceci.

La carte au liseré noir fut happée dans les plis de la cape de velours, puis, fidèle aux usages de ses semblables, Silas disparut.

Bod remonta la veste par-dessus sa tête et grimpa par les allées glissantes jusqu'au sommet de la colline, jusqu'au mausolée Frobisher. Il poussa de côté le cercueil d'Ephraïm Pettyfer et descendit, plus bas, encore plus bas et toujours plus bas.

Il reposa la broche près de la coupe et du couteau.

– La voilà, dit-il. Bien astiquée. Toute belle.

ELLE REVIENT, dit la Vouivre avec une pointe de satisfaction dans sa voix de fumée sinueuse. ELLE REVIENT TOUJOURS.

La nuit avait été longue.

Bod passa, d'un pas endormi et relativement léger, devant la petite tombe de la demoiselle merveilleusement nommée Liberty Blatte (*Ce qu'elle a dépensé pour toujours est perdu, ce qu'elle a donné à jamais elle gardera, Toi qui lis ceci sois charitable*), devant le dernier repos de Harrison Westwood boulanger de cette paroisse et ses épouses Marion et Joan, et rejoignit le cimetière des pauvres. Mr et Mrs Owens étaient morts plusieurs siècles avant qu'il fût établi que battre les enfants était mal, et Mr Owens avait, à regret, accompli ce qu'il considérait comme son devoir, c'est pourquoi le derrière de Bod lui faisait un mal de chien. Mais c'était l'inquiétude sur le visage de Mrs Owens qui lui avait fait le plus mal, bien plus que tous les coups du monde.

Il atteignit la grille de fer qui délimitait le cimetière des pauvres et se glissa entre les barreaux.

– Hé ho ! appela-t-il.

Aucune réponse. Pas même une ombre de trop dans le buisson d'aubépines.

– J'espère que je ne t'ai pas attiré d'ennuis, dit-il.

Rien.

Il avait remis le jean à sa place dans la cabane de jardinier

– il était plus à l'aise dans son simple linceul gris –, mais il avait gardé la veste. Il aimait bien les poches.

En allant ranger le jean il avait pris une petite faux accrochée au mur de la cabane, dont il se servit pour s'attaquer au coin couvert d'orties du cimetière des pauvres : il envoya valser les mauvaises herbes, taillada et éventra jusqu'à ne laisser que des tiges piquantes au ras du sol.

Il sortit de sa poche le gros presse-papiers en verre, empli d'une multitude de couleurs vives, ainsi que le pot de peinture et le pinceau.

Il trempa le pinceau dans la peinture et traça soigneusement, en marron, sur la surface du presse-papiers, ces lettres :

E.H.

Et au-dessous il écrivit :

Ça ne s'oublie pas

L'heure du coucher approchait, et pour quelque temps encore il serait sage de ne pas arriver en retard pour aller au lit.

Il posa le presse-papiers sur le sol qui avait été un coin couvert d'orties, le plaça à l'endroit où il estimait que devait se trouver la tête, et, ne s'arrêtant qu'un instant pour contempler son ouvrage, repassa entre les barreaux ; il fonça, d'un pas nettement moins léger, vers le haut de la colline.

– Pas mal, fit une voix mutine dans le cimetière des pauvres, derrière lui. Pas mal du tout.

Mais lorsqu'il se retourna pour regarder, il n'y avait personne.

CHAPITRE CINQ

Danse macabre

QUELQUE CHOSE SE TRAMAIT, Bod en était certain. C'était là, dans l'air vif de l'hiver, les étoiles, dans le vent, dans le noir. C'était là dans le rythme des nuits longues et des jours fugaces.

Dame Owens le poussa hors de la petite tombe des Owens.

– Allez ouste, dit-elle. Je suis très occupée.

Bod regarda sa mère.

– Mais il fait froid, dehors.

– J'espère bien, puisque c'est l'hiver. Tout est normal, au moins. Et maintenant, ajouta-t-elle plus pour elle que pour Bod, les chaussures. Et cette robe, misère... Il lui faudrait un ourlet. Et les toiles d'araignée... il y en a partout, grands dieux. Allez, ouste, redit-elle à Bod. J'ai une foule de choses à faire, ne reste donc pas dans mes jambes.

Et ensuite, elle se chanta à elle-même un refrain que Bod n'avait jamais entendu :

Seigneurs, manants, tous vont danser,
La Danse macabre est annoncée.

– Qu'est-ce que c'est ? demanda Bod.

Mais ce n'était pas ce qu'il fallait dire, car dame Owens eut

l'air plus sombre qu'un nuage d'orage, et Bod se dépêcha de sortir de la tombe avant qu'elle pût exprimer plus vigoureusement son mécontentement.

Il faisait froid dans le cimetière, froid et noir, et les étoiles brillaient déjà. Dans la Promenade égyptienne couverte de lierre, Bod tomba sur la mère Slaughter qui scrutait la verdure.

– Tes yeux sont meilleurs que les miens, jeune homme, dit-elle. Vois-tu les fleurs ?

– Des fleurs ? En plein hiver ?

– Ne me regarde pas avec cette tête, jeune homme. Toutes choses s'épanouissent en leur temps. Elles bourgeonnent et fleurissent, fleurissent et se flétrissent.

Elle s'enfonça plus profondément dans sa cape et son bonnet, puis elle chantonna :

Un temps pour trimer, un temps pour jouer
La Danse macabre est annoncée.

Hein, mon garçon ?

– Je ne sais pas. Qu'est-ce que c'est, la Danse macabre ?

Mais la mère Slaughter avait reculé dans le lierre et n'était plus visible.

– Comme c'est curieux, dit Bod à voix haute.

Il alla chercher chaleur et compagnie au mausolée Bartleby, toujours animé, mais la famille Bartleby – sur sept générations – n'avait pas une minute à lui accorder cette nuit-là. Tout le monde lavait et briquait, du plus vieux († 1831) au plus jeune († 1690).

Fortinbras Bartleby, dix ans à l'heure de sa mort (de *consomption*, avait-il expliqué à Bod qui, ayant cru à tort pendant des années qu'il s'était fait dévorer par des lions ou des ours, avait été fort déçu d'apprendre que c'était une simple maladie), s'en excusa.

– Nous ne pouvons pas nous arrêter pour jouer, maître Bod. Car bientôt, *demain soir* sera là. Et combien de fois peut-on dire cela ?

– Toutes les nuits. Le lendemain soir revient *toujours*.

– Pas *celui-là*. Pas plus que le trente-six du mois, ou la semaine des quatre jeudis.

– Ce n'est pas la Saint-Jean, raisonna Bod, ni Hallowe'en. Ce n'est pas Noël ni le Premier de l'an.

Fortinbras sourit, d'un sourire immense qui emplit de joie son visage rond comme une tarte, couvert de taches de rousseur.

– Rien de tout *cela*, dit-il. *Ça*, c'est spécial.

– Comment ça s'appelle ? Que se passe-t-il demain ?

– C'est le plus beau jour, commença Fortinbras, et Bod était certain qu'il aurait continué si sa grand-mère, Louisa Bartleby (qui n'avait que vingt ans) ne l'avait appelé pour lui dire sèchement quelque chose à l'oreille.

– Rien, lui répondit Fortinbras.

Puis, à Bod :

– Désolé. Il faut que je me remette au travail.

Et prenant un chiffon, il se mit à astiquer le flanc de son cercueil poussiéreux.

– Tralala *poum*, chantait-il. Tralala *poum*.

Et à chaque « poum », il faisait un grand geste de tout le corps avec son chiffon.

– Tu ne chantes pas cette chanson ? lui demanda Bod.

– Quelle chanson ?

– Celle que tout le monde chante.

147

– Pas le temps, dit Fortinbras. C'est *demain*, demain, après tout.

– Pas le temps, dit Louisa, qui était morte en donnant le jour à des jumeaux. Va t'occuper de tes affaires.

Et de sa voix douce et claire, elle chanta :

Chacun écoute, tous vont rester,

La Danse macabre est annoncée.

Bod descendit jusqu'à la petite église croulante. Il se glissa entre les pierres et entra dans la crypte, où il resta à attendre le retour de Silas. Il avait froid, certes, mais le froid ne dérangeait pas Bod, pas vraiment : le cimetière l'avait accueilli, et les morts ne souffrent pas du froid.

Son tuteur rentra au petit matin ; il apportait avec lui un grand sac en plastique.

– Qu'y a-t-il là-dedans ?

– Des vêtements. Pour toi. Essaie-les.

Silas sortit un pull gris de la couleur du linceul de Bod, un jean, des sous-vêtements et des chaussures – des baskets vert pâle.

– À quoi ça sert ?

– À part s'habiller, tu veux dire ? Eh bien tout d'abord, je pense que tu es assez grand – quel âge as-tu maintenant, dix ans ? –, et qu'il serait sage que tu aies des vêtements normaux, des vêtements de vivant. Il faudra bien que tu en portes un jour, alors pourquoi ne pas prendre l'habitude tout de suite ? Et puis, cela peut aussi te servir de camouflage.

– Qu'est-ce que c'est, le camouflage ?

– C'est quand une chose ressemble assez à une autre pour que ceux qui la regardent ne sachent pas ce qu'ils regardent.

– Ah, je vois. Enfin je crois.

Bod enfila les vêtements. Les lacets lui donnèrent un peu de fil à retordre et Silas dut lui apprendre à les attacher. Bod trouva cela remarquablement compliqué, et il dut nouer et renouer ses lacets plusieurs fois avant que Silas fût entièrement satisfait. C'est alors seulement que Bod osa lui poser sa question.

– Silas. Qu'est-ce que c'est, une danse macabre ?

Les sourcils de Silas s'arrondirent et sa tête s'inclina sur le côté.

– Où as-tu entendu parler de cela ?

– Tout le monde en parle dans le cimetière. Je crois que c'est une chose qui doit se produire demain soir. Qu'est-ce que c'est, une danse macabre ?

– C'est un bal, dit Silas.

– *Tous vont danser, la Danse macabre est annoncée*, se rappela Bod à haute voix. Tu l'as déjà dansée ? C'est quel genre de danse ?

Son tuteur le regarda avec des yeux comme des étangs noirs.

– Je l'ignore. Je sais beaucoup de choses, Bod, car il y a bien longtemps que j'arpente cette terre la nuit, mais je ne sais pas comment c'est de danser la Danse macabre. Il faut être vivant ou il faut être mort pour la danser... et je ne suis ni l'un ni l'autre.

Bod frissonna. Il avait envie de prendre son tuteur dans ses bras, de le serrer et de lui dire qu'il ne le laisserait jamais tomber, mais un tel acte était inconcevable. Il ne pouvait pas plus serrer Silas contre lui qu'il ne pouvait serrer un rayon de lune, non que son tuteur fût immatériel, mais parce que cela ne se faisait pas. Il y avait les gens qu'on pouvait prendre dans ses bras, et puis il y avait Silas.

149

L'air pensif, il examina Bod, petit garçon vêtu de neuf.

– Ça passe très bien, dit-il. On dirait que tu as vécu au-dehors toute ta vie.

Bod sourit fièrement. Puis le sourire disparut et il redevint grave.

– Mais, demanda-t-il, tu seras toujours là, Silas, n'est-ce pas ? Et je ne serai jamais obligé de partir si je ne veux pas ?

– Chaque chose en son temps, dit Silas.

Et il n'ajouta plus rien cette nuit-là.

Bod se réveilla tôt le lendemain : le soleil était encore une pièce d'argent, haute dans le ciel gris de l'hiver. Il était trop facile de se laisser aller à dormir toute la journée, à passer l'hiver entier dans une longue nuit sans jamais voir le soleil, si bien qu'avant de s'endormir, il se promettait toujours de se réveiller avant le soir pour sortir de la tombe douillette des Owens.

Il y avait une étrange senteur dans l'air, nette et fleurie. Bod la suivit vers le haut de la colline, jusqu'à la Promenade égyptienne, où le lierre d'hiver retombait en éboulis verts, enchevêtrement persistant qui dissimulait les murailles, les statues et les faux hiéroglyphes égyptiens.

C'était là que le parfum était le plus lourd, et l'espace d'un instant Bod se demanda s'il avait neigé, car il y avait des amas blancs sur la verdure. Il en examina un de plus près. C'étaient des grappes de petites fleurs à cinq pétales, et Bod venait d'y plonger la tête pour humer le parfum lorsqu'il entendit des pas gravissant l'allée.

Bod s'Effaça dans le lierre et observa. Trois hommes et une femme, tous vivants, apparurent au sommet de l'allée et pénétrèrent dans la Promenade égyptienne. La femme portait une chaîne ornementée autour du cou.

– C'est ça ? demanda-t-elle.

– Oui, Mrs Caraway, acquiesça l'un des hommes – rondelet, les cheveux blancs, le souffle court.

Comme les deux autres, il portait un grand panier en osier vide.

La femme paraissait distraite et perplexe à la fois.

– Bien, si vous le dites. Mais je ne peux pas dire que j'y comprenne quoi que ce soit. Qu'est-ce que j'y connais, après tout ? dit-elle en levant les yeux vers les fleurs.

Le plus petit des hommes plongea la main dans son panier d'osier et en sortit une paire de ciseaux en argent terni.

– Les ciseaux, madame le maire.

Elle lui prit les ciseaux et se mit à couper les grappes de fleurs, et avec les trois hommes elle entreprit d'en remplir les paniers.

– Tout ceci, observa madame le maire Mrs Caraway au bout d'un petit moment, est parfaitement ridicule.

– Mais c'est, répondit le gros homme, la tradition.

– Parfaitement ridicule, répéta Mrs Caraway, mais elle continua de couper les bouquets blancs et de les laisser tomber dans les paniers en osier.

Lorsque le premier fut plein, elle demanda :

– Ça suffit, non ?

– Il faut remplir tous les paniers, insista le plus petit des hommes, puis distribuer une fleur à chacun dans la vieille ville.

– Qu'est-ce que c'est que cette tradition, je vous le demande ? s'interrogea Mrs Caraway. J'ai posé la question à mon prédécesseur, il m'a dit qu'il n'en avait jamais entendu parler.

Puis elle ajouta :

– Vous n'avez pas l'impression qu'on nous observe ?

– Quoi ? fit le troisième homme, qui n'avait pas encore parlé et qui portait barbe et turban. Des fantômes, vous voulez dire ? Je ne crois pas aux fantômes.

– Non, pas des fantômes. Juste l'impression d'être épiés.

Bod réprima son envie de s'enfoncer plus loin encore dans le lierre.

– C'est bien compréhensible que le précédent monsieur le maire n'ait pas eu connaissance de cette tradition, expliqua l'homme rondelet, dont le panier était presque plein. C'est la première fois en quatre-vingts ans que la floraison d'hiver s'épanouit.

L'homme à la barbe et au turban, celui qui ne croyait pas aux fantômes, jetait des regards nerveux autour de lui.

– Tout le monde, dans la vieille ville, reçoit une fleur, redit le petit homme. Hommes, femmes et enfants.

Puis il prononça, lentement, comme s'il essayait de se rappeler une chose entendue bien longtemps auparavant :

Qu'ils partent qu'ils restent tous vont danser,
La Danse macabre est annoncée.

Mrs Caraway renifla.

– Enfin, conclut-elle en continuant de couper les fleurs, mieux vaut entendre ça que d'être sourd.

Le crépuscule tomba tôt dans l'après-midi, et à quatre heures et demie il faisait nuit. Bod erra dans les allées du cimetière à la recherche de quelqu'un à qui parler, mais tout était désert. Il descendit au cimetière des pauvres pour voir si Liza Hempstock était dans les parages, mais n'y trouva personne. Il rentra à la tombe des Owens, mais la trouva tout aussi vide : ni son père ni dame Owens n'étaient visibles.

La panique monta alors, une panique sourde. Autant qu'il pût se le rappeler, c'était la première fois de ses dix années qu'il se sentait abandonné là où il s'était toujours senti chez lui : il dévala la colline en courant vers la vieille église, où il attendit Silas.

Silas ne vint pas.

– Je l'ai peut-être raté, pensa Bod sans y croire.

Il remonta jusque tout en haut de la colline et regarda partout. Les étoiles étaient suspendues dans le ciel glacé, tandis que les lumières alignées de la ville s'étendaient au-dessous de lui, réverbères, phares de voitures, choses en mouvement. Il redescendit d'un pas lent jusqu'au portail du cimetière, et là il s'arrêta.

Il entendait de la musique.

Bod avait déjà écouté toutes sortes de musique : le doux tintinnabulement du marchand de glaces ambulant, les chansons qui passaient sur les radios des ouvriers, les airs que jouait Claretty Jake sur son crincrin poussiéreux, mais jamais il n'avait rien entendu de tel : un déferlement de vagues amples, comme une musique de début, un prélude peut-être, ou une ouverture.

Il se glissa à travers la grille cadenassée, descendit la colline et entra dans la vieille ville.

Il croisa madame le maire, debout à un coin de rue, et au moment où il la regardait elle tendit la main pour épingler une petite fleur blanche à la boutonnière d'un homme d'affaires qui passait par là.

– Je ne fais pas l'aumône personnellement, dit l'homme. Je laisse mon bureau s'en occuper.

– Nous ne demandons pas la charité, le détrompa Mrs Caraway. C'est une tradition locale.

– Ah.

Il bomba le torse pour présenter au monde la petite fleur blanche et s'éloigna, fier comme Artaban.

Une jeune femme qui poussait une voiture d'enfant fut la suivante à passer.

– C'est pour quoi donc ? demanda-t-elle avec suspicion tandis que la mairesse s'approchait.

– Une pour vous, une pour le petit.

La mairesse épingla la fleur au gros manteau de la jeune femme. Elle fixa la fleur du bébé à sa veste avec du scotch.

– Nan mais c'est pour *quoi donc* ? redemanda la jeune femme.

– C'est une histoire de la vieille ville, dit madame le maire d'un air vague. Une sorte de tradition.

Bod poursuivit son chemin. Partout où il allait, il voyait des gens qui arboraient les fleurs blanches. À d'autres coins de rue, il dépassa les hommes qui avaient accompagné la mairesse au cimetière, chacun chargé d'un panier, distribuant les fleurs. Tout le monde ne les acceptait pas, mais la plupart des gens les prenaient.

La musique jouait toujours : quelque part aux limites de la perception, étrange et solennelle. Bod inclina la tête sur le côté et tenta de localiser sa provenance, sans succès. Elle était partout dans l'air. Elle jouait dans le claquement des fanions et

154

des auvents, dans la rumeur lointaine de la route, le cliquetis des talons sur les pavés secs...

Et il y avait une bizarrerie, se dit Bod en regardant les gens rentrer chez eux. Ils marchaient en mesure sur la musique.

L'homme à la barbe et au turban n'avait presque plus de fleurs. Bod alla le voir.

– Excusez-moi.

L'homme sursauta.

– Je ne t'avais pas vu, dit-il d'un air accusateur.

– Désolé. Puis-je avoir une fleur, moi aussi ?

L'homme au turban le considéra avec méfiance.

– Tu habites par ici ?

– Oh oui.

L'homme lui tendit une fleur blanche. Bod la prit.

– Ouille, fit-il lorsque quelque chose lui piqua la base du pouce.

– Tu l'épingles à ton manteau. Fais attention avec l'épingle.

Une perle écarlate enflait sur le pouce de Bod. Il le suça pendant que l'homme accrochait la fleur à son pull.

– Je ne t'ai jamais vu dans les parages, insista ce dernier.

– Si si, j'habite ici. C'est en quel honneur, les fleurs ?

– C'était une tradition dans la vieille ville, avant que la ville nouvelle ait grossi tout autour. Quand il y a une floraison d'hiver dans le cimetière sur la colline, on coupe les fleurs et on en donne à tout le monde, hommes ou femmes, jeunes ou vieux, riches ou pauvres.

La musique jouait plus fort. Bod se demanda s'il l'entendait mieux parce qu'il portait la fleur : il distinguait un roulement, comme des tambours lointains, et une mélodie aiguë,

155

hésitante, qui lui donnait envie de lever les talons et de marcher en cadence.

Bod n'était jamais allé nulle part en simple visiteur. Il avait oublié l'interdiction de quitter le cimetière, oublié que ce soir, dans le cimetière sur la colline, les morts n'étaient plus à leur place ; il n'avait que la vieille ville en tête, et il la traversa au pas de course jusqu'au jardin public, en face du vieil hôtel de ville. (C'était à présent un musée et un office du tourisme, les services de la mairie ayant été transférés dans des bureaux bien plus imposants, quoique plus neufs et plus ternes, de l'autre côté de la ville.)

Beaucoup de monde déambulait déjà dans le parc – qui, l'hiver, n'était guère qu'un vaste pré herbeux avec, ici et là, des marches, un buisson, une statue.

Bod écoutait la musique, sous le charme. Les gens venaient lentement emplir le jardin, un par un ou deux par deux, en famille ou seuls. Il n'avait jamais vu autant de vivants à la fois. Ils devaient être des centaines, tous respirant, chacun aussi vivant que lui, chacun porteur d'une fleur blanche.

C'est donc ce que font les vivants ? pensa Bod.

Mais il savait que ce n'était pas le cas : il savait que *ceci*, quoi que ce fût, était particulier.

La jeune femme qu'il avait vue plus tôt, celle qui poussait une poussette, se tenait à côté de lui, son bébé dans les bras, et remuait la tête en rythme.

– Combien de temps dure la musique ? lui demanda Bod.

Mais elle ne répondit rien, se contenta de dodeliner et de sourire. Bod ne pensait pas qu'elle sourît beaucoup d'habitude. Et il était persuadé qu'elle ne l'avait pas entendu, qu'il s'était Effacé, à moins que tout simplement elle ne se souciât pas assez de lui pour l'écouter, lorsqu'elle dit :

– Bon sang d'bonsoir. On croirait la Noël.

Elle l'avait dit comme une femme qui rêve, comme si elle se voyait de l'extérieur. Du même ton de voix un peu absent, elle ajouta :

– Ça m'rappelle la sœur de ma grand-mère, la tante Clara. La veille de Noël, on allait la voir, après la mort de la mémé, et elle jouait d'la musique sur son vieux piano, et elle chantait, des fois, et on mangeait des chocolats et des noix, et j'me rappelle aucune de ses chansons. Mais c'te musique-là, c'est comme si on les jouait toutes à la fois.

Le bébé semblait endormi, calé sur son épaule, mais même lui remuait doucement la tête en cadence.

Et lorsque la musique se tut, le silence se fit dans le parc, un silence assourdi, comme le silence de la neige qui tombe, tous les bruits avalés par la nuit et par les corps présents ; personne ne bougeait ni ne tapait du pied, c'est à peine si on respirait.

Une horloge commença à sonner quelque part, tout près : les douze coups de minuit, et c'est alors qu'ils arrivèrent.

Ils descendaient la colline en procession lente, tous marchant au pas d'un air grave, emplissant la route, à dix de front. Bod les connaissait tous, ou presque. Au premier rang, il reconnut la mère Slaughter et Josiah Worthington, et le vieux comte blessé aux croisades qui était rentré pour mourir, et le docteur Trefusis, tous empreints de solennité et d'importance.

Il y eut des exclamations étouffées dans le jardin public. Quelqu'un se mit à crier : « Seigneur, ayez pitié de nous, c'est

157

notre jugement, voilà ce que c'est !» La plupart des gens se contentaient de regarder fixement, pas plus étonnés que dans un rêve.

Les morts avancèrent, un rang après l'autre, jusqu'au parc.

Josiah Worthington gravit les marches pour rejoindre madame le maire, Mrs Caraway. Il lui présenta son bras et annonça, suffisamment fort pour être entendu de tous :

– Ma belle dame allons danser, la Danse macabre va commencer.

Mrs Caraway hésita. Elle jeta un coup d'œil à l'homme à côté d'elle pour savoir que faire. Il était en robe de chambre et chaussons, une fleur blanche épinglée au revers de son col. Il sourit et l'encouragea du menton.

– Bien sûr, dit-elle.

Elle tendit une main. À l'instant où ses doigts touchèrent ceux de Josiah Worthington, la musique reprit. Si celle que Bod avait entendue jusqu'alors était un prélude, ceci n'en était plus un. C'était la musique qu'ils étaient tous venus écouter, une mélodie qui leur faisait taper du pied et tambouriner des doigts.

Ils se prirent par la main, les vivants avec les morts, et se mirent en mouvement. Bod vit la mère Slaughter danser avec l'homme au turban, tandis que l'homme d'affaires dansait avec Louisa Bartleby. Dame Owens sourit à Bod en prenant la main du vieux marchand de journaux, et Mr Owens tendit les doigts pour saisir ceux d'une petite fille, sans condescendance, et elle prit sa main comme si elle avait attendu toute sa vie de danser avec lui. Puis Bod cessa de regarder parce que la main de quelqu'un se referma sur la sienne, et le bal commença.

Liza Hempstock lui fit un grand sourire.

– Voilà qui est bien, dit-elle tandis qu'ils esquissaient ensemble les premiers pas de danse.

Puis elle chanta, sur l'air de la musique :

En avant, tournez, reculez
La Danse macabre est commencée.

La mélodie emplissait la poitrine de Bod d'une joie terrible, et ses pieds s'agitaient comme s'ils connaissaient déjà les pas, comme s'ils les connaissaient depuis toujours.

Il dansa avec Liza Hempstock, puis, à la fin de ce mouvement, vit sa main saisie par Fortinbras Bartleby, et il dansa avec Fortinbras, passant devant les rangs de danseurs, des rangs qui s'écartaient sur leur passage.

Bod vit Abanazer Bolger danser avec Miss Borrows, sa vieille institutrice d'avant. Il vit les vivants danser avec les morts. Et la danse en couples se mua en longues lignes de gens décrivant les pas à l'unisson, marchant et lançant le pied (*Tralala-poum ! Tralala-poum !*), une danse en ligne qui était déjà antique mille ans auparavant.

Il se retrouva à côté de Liza Hempstock dans la rangée.

– D'où vient la musique ? lui demanda-t-il.

Elle haussa les épaules.

– Qui fait arriver tout ça ?

– Ça arrive toujours, dit-elle. Les vivants ne s'en souviennent peut-être pas, mais nous si, toujours...

Et elle s'interrompit, surexcitée :

– *Regarde !*

Bod n'avait jamais vu de chevaux en vrai, seulement dans les pages des livres d'images, mais le cheval blanc qui descendait vers eux en claquant des sabots ne ressemblait en rien à ce qu'il avait pu imaginer. Il était plus grand, bien plus grand, avec une longue tête sérieuse. Une femme était assise sur son dos nu, vêtue d'une longue robe grise qui pendait et miroitait sous la lune de décembre comme des toiles d'araignée dans la rosée.

Elle arriva au parc, et le cheval s'arrêta, et la femme en gris en glissa sans peine et se tint debout sur la terre, face à eux tous, les vivants comme les morts.

Elle fit une révérence.

Et d'un seul mouvement, tous s'inclinèrent ou répondirent par une révérence, et le bal recommença.

La Dame en gris guide nos pas
La Danse macabre ne s'arrête pas là
chanta Liza Hempstock avant d'être emportée loin de Bod par le tourbillon de la danse.

Ils tapaient du pied en mesure, avançaient, tournaient, sautaient, et la femme dansa avec eux, avançant, tournant, sautant avec enthousiasme. Même le cheval blanc balançait la tête, tapait du sabot et remuait sur la musique.

La danse accéléra, et les danseurs avec. Bod était à bout de souffle, mais il n'imaginait pas que le bal pût un jour s'arrêter : la Danse macabre, la danse des vivants et des morts, la danse avec la Mort. Bod souriait, et tout le monde souriait.

Il apercevait du coin de l'œil la femme à la robe grise, de temps en temps, en tournant et battant des pieds dans tout le jardin public.

Tout le monde, se dit Bod, *tout le monde danse !*

C'est ce qu'il pensa, et dès qu'il l'eut pensé il prit conscience qu'il se trompait. Dans l'ombre près du vieil hôtel de ville, un homme se tenait debout, tout vêtu de noir. Il ne dansait pas. Il les regardait.

Bod se demanda si c'était de l'envie qu'il lisait sur le visage de Silas, ou du chagrin, ou autre chose, mais l'expression de son tuteur était indéchiffrable.

Il l'appela : « Silas ! » dans l'espoir de le décider à venir, à se joindre au bal, à s'amuser comme eux, mais en entendant son nom Silas recula dans l'ombre et disparut à la vue.

– Dernière danse ! cria quelqu'un, et la musique, montant vers les aigus, prit une tonalité digne, lente et définitive.

Chacun des danseurs choisit un partenaire, les vivants avec les morts, chacun sa chacune. Bod tendit la main et ses doigts touchèrent, et ses yeux rencontrèrent, ceux de la femme à la robe d'araignée.

Elle lui sourit.

– Bonjour, Bod, dit-elle.

– Bonjour, dit Bod en dansant avec elle. Je ne connais pas votre nom.

– Les noms n'ont pas vraiment d'importance.

– J'adore votre cheval. Qu'est-ce qu'il est grand ! Je ne savais pas que les chevaux pouvaient être si grands.

– Il est assez doux pour emporter sur son large dos le plus fort d'entre vous, et assez fort aussi pour le plus petit d'entre vous.

– Je pourrais le monter ? demanda Bod.

– Un jour, lui dit-elle, et sa robe de toiles d'araignée chatoya. Un jour. Tout le monde a droit à un tour.

– Promis ?

– Je te le promets.

Et sur ce, le bal s'acheva. Bod s'inclina profondément devant sa cavalière, et à ce moment, à ce moment seulement, il se sentit épuisé, comme s'il avait dansé pendant des heures et des heures. Il sentait tous ses muscles peiner et protester. Il était hors d'haleine.

Une horloge, quelque part, commença à sonner l'heure, et Bod compta à mesure. Douze coups. Il se demanda s'ils avaient dansé douze heures, vingt-quatre heures, ou l'espace d'un clin d'œil.

Il leva la tête et regarda autour de lui. Les morts étaient partis, ainsi que la Dame au cheval blanc. Seuls les vivants restaient, et ils commençaient à rentrer chez eux, quittant le parc d'un pas endormi et raide, comme des gens arrachés à un profond sommeil, marchant sans vraiment s'éveiller.

Le jardin public était couvert de minuscules fleurs blanches. Comme s'il y avait eu un mariage.

Le lendemain, Bod se réveilla dans la tombe des Owens avec l'impression de connaître un énorme secret, d'avoir fait quelque chose d'important, et il brûlait d'en parler.

– C'était quelque chose, hier soir ! s'exclama-t-il quand dame Owens fut levée.

– Ah oui ?

– On a dansé. Tous ensemble. Dans la vieille ville, en bas.

– Tiens donc, fit dame Owens avec un ricanement goguenard. Dansé, rien que ça ? Et tu sais que tu n'as pas le droit de sortir en ville.

Bod savait bien qu'il ne fallait pas essayer de parler à sa mère quand elle était de cette humeur. Il se glissa hors de la tombe dans les rayons du crépuscule.

Il gravit la colline, jusqu'à l'obélisque noir et la pierre tombale de Josiah Worthington, dans l'amphithéâtre naturel d'où il pouvait contempler la vieille ville et les lumières tout autour.

Josiah Worthington était debout à côté de lui.

– Vous avez ouvert le bal, observa Bod. Avec la mairesse. Vous avez dansé avec elle.

Josiah Worthington le regarda sans rien dire.

– Mais c'est *vrai*, insista Bod.

– Les morts et les vivants ne se mélangent pas, mon garçon, dit Josiah Worthington. Nous ne sommes plus de leur monde, et ils sont étrangers au nôtre. Si d'aventure nous dansions avec eux la Danse macabre, la danse de la mort, nous n'en parlerions point entre nous, et encore moins avec les vivants.

– Mais je *suis* des vôtres.

– Pas encore, mon garçon. Pas de toute ta vie.

Bod comprit alors pourquoi il avait dansé en tant que vivant et non dans la troupe qui était descendue la colline.

– Je vois... enfin je crois, reconnut-il simplement.

Il dévala la colline en courant, petit garçon de dix ans pressé, tellement vite qu'il faillit trébucher sur Digby Poole (1785-1860, *Tel que je suis vous serez aussi*), se rétablit à grand-peine et fonça vers la vieille église, craignant de rater Silas, craignant que son tuteur ne fût déjà parti le temps qu'il arrive.

Bod s'assit sur le banc.

Il y eut un mouvement à côté de lui, bien qu'il n'eût rien entendu bouger, et son tuteur dit :

– Bonsoir, Bod.

163

– Tu étais là-bas hier soir. Ne va pas me dire que tu n'y étais pas ou je ne sais quoi, parce que je sais que tu y étais.

– Oui, dit Silas.

– J'ai dansé avec elle. Avec la Dame au cheval blanc.

– Ah oui ?

– Tu l'as vu ! Tu nous as regardés ! Les vivants et les morts ! On dansait. Pourquoi est-ce que personne ne veut en *parler* ?

– Parce qu'il y a des mystères. Parce qu'il y a des choses dont les gens n'ont pas le droit de parler. Parce qu'il y a des choses dont ils ne se souviennent pas.

– Mais tu en parles en ce moment même. On parle de la Danse macabre.

– Je ne l'ai pas dansée.

– Mais tu l'as vue.

Silas dit seulement :

– Je ne sais pas ce que j'ai vu.

– J'ai dansé avec la Dame, Silas ! éclata Bod.

Son tuteur sembla presque avoir le cœur brisé alors, et Bod s'aperçut qu'il avait peur, comme un enfant qui aurait réveillé une panthère endormie.

Mais tout ce que dit Silas fut :

– Cette conversation est terminée.

Bod était sur le point de renchérir – il avait des centaines de choses à dire, si déraisonnable que ce fût de les exprimer – lorsque quelque chose détourna son attention : un frottement, lisse et doux, et une sensation de plume froide passant sur son visage.

Toutes ses pensées au sujet du bal furent oubliées, et sa peur céda la place à un ravissement émerveillé.

C'était la troisième fois de sa vie qu'il voyait cela.

– Regarde, Silas, il neige ! dit-il, la tête et la poitrine envahies par une joie qui ne laissait de place à rien d'autre. C'est vraiment de la neige !

INTERLUDE

La convocation

UN PANONCEAU DANS LE HALL de l'hôtel annonçait que le salon Washington était occupé ce soir-là par une réception privée, bien qu'aucune précision ne fût donnée sur le genre de réception que ce pouvait être. À la vérité, eussiez-vous observé les occupants du salon Washington ce soir-là, vous n'auriez pas eu une idée plus claire de ce qui s'y déroulait ; simplement, un coup d'œil rapide vous aurait appris qu'aucune femme n'était présente. Ce n'étaient que des hommes, voilà au moins qui était clair, et, assis à des tables rondes, ils finissaient leur dessert.

Ils étaient une centaine, tous en sobre costume noir, mais les costumes étaient leur seul point commun. Ils avaient les cheveux blancs, ou bruns, ou roux, ou pas de cheveux du tout. Ils avaient le visage aimable ou renfrogné, obligeant ou maussade, ouvert ou impénétrable, brutal ou sensible. Ils étaient européens, africains, indiens, chinois, sud-américains, philippins, américains. Ils parlaient tous anglais pour s'adresser les uns aux autres, ou aux serviteurs, mais les accents étaient aussi variés que l'étaient ces messieurs. Ils venaient de

Les hommes en costume noir étaient assis à leurs tables tandis que sur une estrade l'un des leurs, un gros bonhomme jovial, en jaquette et pantalon rayé comme s'il sortait d'un mariage, annonçait les Bonnes Actions Accomplies. Des enfants de quartiers défavorisés avaient été envoyés en vacances exotiques. Un autocar avait été acheté pour emmener en excursion ceux qui en avaient besoin.

Le Jack était à la table du milieu, au premier rang, à côté d'un vieux beau aux cheveux argentés. Ils attendaient le café.

– Le temps passe, dit l'homme aux cheveux d'argent, et nous ne rajeunissons pas, tous autant que nous sommes.

– J'ai réfléchi, lui répondit le Jack. Cette affaire, à San Francisco, il y a quelques années...

– Fut fâcheuse, mais sans aucun rapport avec notre cas. Vous avez échoué, Jack. Vous deviez leur régler leur compte à tous. Y compris au bébé. Surtout au bébé. Un « tiens » vaut mieux que deux « tu l'auras ».

Un serviteur en veste blanche versa du café à chacun des convives réunis autour de la table : un petit monsieur à fine moustache noire, un grand blond qui avait un physique de star du cinéma ou de mannequin, et un homme à la peau foncée avec une tête énorme, qui fixait sur le monde un regard de taureau furieux. Tous mettaient un point d'honneur à ne pas écouter la conversation de Jack et reportaient leur attention sur l'orateur, qu'ils applaudissaient même de temps en temps. L'homme aux cheveux d'argent versa plusieurs cuillerées bien remplies de sucre en poudre dans son café, qu'il touilla d'un geste vif.

– Dix ans, dit-il. Le temps comme la marée n'attendent

pas les hommes. L'enfant sera bientôt grand. Et à ce moment-là ?

– J'ai encore du temps, Mr Dandy... commença le Jack.

Mais l'homme aux cheveux d'argent le coupa net, pointant sur lui un gros index rose.

– Vous avez *eu* du temps. À présent, vous n'avez plus qu'un sursis. À présent, il va falloir vous creuser la cervelle. Nous ne pouvons plus être indulgents avec vous, plus maintenant. Nous en avons assez d'attendre, nous les Jacks, tous autant que nous sommes.

Le Jack opina sèchement.

– J'ai des pistes.

L'homme aux cheveux d'argent aspira son café noir.

– Ah vraiment ?

– Vraiment. Et je le répète, je pense que c'est lié à notre problème de San Francisco.

– En avez-vous parlé avec le secrétaire ?

Mr Dandy indiqua l'homme sur l'estrade, qui en était à évoquer l'équipement hospitalier acquis l'année précédente grâce à leur générosité. (« Pas un, pas deux, mais *trois* reins artificiels », disait-il. Les hommes de l'assistance applaudirent poliment à eux-mêmes et à leur prodigalité.)

Le Jack opina.

– J'y ai fait allusion.

– Et ?

– Ça ne l'intéresse pas. Il ne veut que des résultats. Il veut que je termine ce que j'ai commencé.

– Comme nous tous, très cher, dit l'homme aux cheveux d'argent. Le garçon est encore en vie. Et le temps n'est plus notre allié.

Les autres convives, ceux qui avaient fait semblant de ne pas écouter, approuvèrent par des grommellements et des hochements de tête.

– Comme je le disais, conclut Mr Dandy sans émotion, le temps passe.

CHAPITRE SIX

La scolarité de Nobody Owens

PLUIE SUR LE CIMETIÈRE, et le monde n'était plus qu'une flaque aux reflets troubles. Caché aux yeux de tous ceux, vivants ou morts, qui auraient pu venir à sa recherche, Bod était assis à lire son livre, perché sous l'arche qui délimitait la Promenade égyptienne et, derrière, l'étendue sauvage du quart nord-ouest.

– Sacrebleu ! cria-t-on plus bas dans l'allée. Sacrebleu, faquin, je te chaufferai les oreilles ! Quand je te trouverai – et pour sûr je te trouverai –, je te ferai maudire le jour de ta naissance !

Bod soupira, baissa son livre et se pencha suffisamment pour voir Thackeray Porringer (1720-1734, *Fils des cy-dessus*) gravir l'allée glissante en trépignant. Thackeray était costaud ; il était mort à quatorze ans, des suites de son bizutage d'apprenti dans l'atelier d'un maître peintre : on lui avait confié huit pennies de cuivre en lui disant de revenir avec un bidon de peinture à rayures rouges et blanches pour le poteau du barbier. Thackeray avait sillonné la ville cinq heures durant sous la neige fondue, par un matin de janvier, raillé dans chacune des boutiques où il se présentait et envoyé dans la suivante : lorsqu'il avait compris qu'il était la risée générale, il avait piqué une vilaine crise d'apoplexie qui l'avait emporté dans la semaine, et il était mort en fusillant du regard les autres apprentis et même Mr Horrobin, le maître peintre – lequel avait subi tellement pire au temps de son propre apprentissage qu'il ne voyait absolument pas ce qui faisait tant d'histoires.

Thackeray Porringer était donc mort en furie, agrippé à son exemplaire de *Robinson Crusoé* qui, à part une pièce de six pence en argent à pans coupés et les vêtements dans lesquels il s'était précédemment tenu debout, était sa seule possession ; à la demande de sa mère, on l'avait enterré avec son livre. La mort n'avait pas adouci son caractère, et le voilà qui criait :

– Je sais que tu es quelque part par là ! Viens donc prendre une bonne correction, espèce de voleur !

Bod ferma le livre.

– Je ne suis pas un voleur, Thackeray. Je te l'ai juste emprunté. Je te promets de te le rendre quand je l'aurai fini.

Thackeray, levant la tête, vit Bod niché derrière la statue d'Osiris.

– Je t'ai dit de n'en rien faire !

Bod soupira.

– Mais il y a si peu de livres par ici... En plus, j'arrive tout juste à un bon passage. Il a trouvé une trace de pas. Ce n'est pas la sienne. Ça veut dire qu'il y a quelqu'un d'autre sur l'île !

– Ce livre est à moi, insista Thackeray Porringer, buté. Rends-le-moi.

Bod était sur le point de discuter ou simplement de négocier, mais voyant l'expression peinée de Thackeray, il céda. Il descendit le long de l'arche en s'aidant des pieds et des mains, sauta le dernier mètre. Il tendit le livre.

– Tiens.

Thackeray le prit, d'un geste brutal, et lui décocha un regard furieux.

– Je peux te le lire, lui proposa Bod. Je sais faire ça.

– Va te faire cuire un œuf, grosse tête, répliqua Thackeray en lui envoyant son poing dans l'oreille.

Il toucha sa cible et ce fut douloureux, même si, à voir la tête de Thackeray Porringer, Bod comprit que cela avait dû faire aussi mal à son poing qu'à lui-même.

Le plus grand des deux garçons redescendit l'allée en piétinant furieusement, et Bod le regarda s'éloigner, l'oreille endolorie, les yeux brûlants. Puis il reprit, sous la pluie, le passage plein d'ornières sous le lierre. À un moment il glissa et s'écorcha le genou, déchirant son jean.

Il y avait un bosquet de saules près du mur, et Bod faillit percuter de plein fouet Miss Euphemia Horsfall et Tom Sands, qui se fréquentaient depuis de nombreuses années. Tom était enterré depuis si longtemps que sa pierre tombale n'était plus qu'un rocher usé : il avait vécu et était mort pendant la guerre de Cent Ans en France. Pour sa part, Miss Euphemia (1861-1883, *Elle dort, hélas, mais elle dort avec les anges*) avait été inhumée à l'époque victorienne, au temps où le cimetière, agrandi et étendu, était devenu l'espace d'un demi-siècle une entreprise commerciale florissante ; elle disposait de toute une tombe rien que pour elle, derrière une porte noire, dans la Promenade égyptienne. Mais le couple ne semblait pas perturbé par la différence de périodes historiques.

– Tu devrais ralentir, jeune Bod, dit Tom. Tu vas te blesser.

– C'est déjà fait, constata Miss Euphemia. Oh Seigneur, Bod.

Ta mère va te gronder, j'en suis sûre. Crois-tu que ce soit facile de raccommoder ces culottes ?

– Hum. Pardon.

– Et ton tuteur te cherche, renchérit Tom.

Bod leva les yeux vers le ciel gris.

– Mais il fait encore jour.

– Il se lève dès potron-minet (une expression qui, Bod le savait, voulait dire « tôt »), et nous a dit de te dire qu'il voulait te voir. Si nous te croisions.

Bod hocha la tête.

– Il y a des noisettes mûres dans les taillis juste derrière le monument des Littlejohn, ajouta Tom avec un sourire, comme pour adoucir un coup.

– Merci.

Bod repartit en courant comme un fou sous la pluie, dévala les méandres de l'allée jusqu'au bas de la pente du cimetière, courut sans s'arrêter jusqu'à la vieille chapelle.

La porte était ouverte et Silas, qui n'avait de goût ni pour la pluie ni pour les vestiges du jour, se tenait à l'intérieur, dans l'ombre.

– Il paraît que tu me cherches, dit Bod.

– Oui, dit Silas.

Puis :

– Tu as déchiré ton pantalon, on dirait.

– Je courais. Hum. Je me suis un peu battu avec Thackeray Porringer. Je voulais lire *Robinson Crusoé*. C'est un livre qui parle d'un homme sur un bateau – une chose qui flotte sur la mer, qui est une sorte d'énorme flaque d'eau, et le bateau fait naufrage sur une île, qui est un endroit sur la mer où on peut se tenir debout, et...

Silas dit :

– Il y a onze ans, Bod. Onze ans que tu es avec nous.

– Ah bon, répondit Bod. Si tu le dis.

Silas baissa les yeux sur son protégé. Le garçon était svelte, et ses cheveux couleur de souris avaient légèrement foncé avec l'âge.

À l'intérieur de la vieille chapelle, tout n'était qu'ombres.

– Je crois, dit Silas, qu'il est temps de parler de l'endroit d'où tu viens.

Bod inspira profondément.

– On n'est pas obligés de faire ça maintenant, observa-t-il. Pas si ça t'ennuie.

Il l'avait dit aussi calmement que possible, mais son cœur tambourinait dans sa poitrine.

Silence. Rien que le clapotis de la pluie et le gargouillis de l'eau dans les gouttières. Un silence qui s'étira jusqu'à ce que Bod crût qu'il allait se déchirer.

Silas dit :

– Tu sais que tu es différent. Que tu es vivant. Que nous t'avons accueilli – qu'*ils* t'ont accueilli ici – et que j'ai accepté d'être ton tuteur.

Bod ne répondit rien.

Silas continua, de sa voix de velours.

– Tu avais des parents. Une grande sœur. Ils ont été tués. Je pense que tu devais être tué aussi, et que si tu ne l'as pas été c'est grâce au hasard, et à l'intervention des Owens.

– Et à toi, ajouta Bod.

Cette nuit-là lui avait été, au fil des ans, racontée par bien des gens, dont certains y avaient même assisté. Ç'avait été une nuit mémorable au cimetière.

178

Silas dit :

– Au-dehors, l'homme qui a tué ta famille te cherche encore, je pense, il a toujours l'intention de te tuer.

Bod haussa les épaules.

– Et alors ? Ce n'est jamais que la mort. C'est vrai, quoi, tous mes meilleurs amis sont morts.

– Oui. (Silas hésita.) Ils le sont. Et ils en ont, pour la plupart, terminé avec le monde. Pas toi. Tu es *en vie*, Bod. Cela veut dire que tu disposes d'un potentiel infini. Tu peux tout faire, tout fabriquer, tout rêver. Si tu changes le monde, le monde changera. Le potentiel. Une fois que tu es mort, c'est terminé. Fini. Tu as fait ce que tu as fait, rêvé ton rêve, écrit ton nom. Tu peux être enterré ici, tu peux même te déplacer. Mais ce potentiel n'existe plus.

Bod y réfléchit. Cela semblait presque vrai, même s'il pouvait trouver des exceptions : son adoption par ses parents, par exemple. Mais les morts et les vivants étaient différents, ça il le savait, même si son cœur penchait du côté des morts.

– Et toi ? demanda-t-il à Silas.

– Quoi, moi ?

– Eh bien tu n'es pas en vie. Et pourtant tu voyages et tu fais des choses.

– Moi, dit Silas, je suis précisément ce que je suis, et rien de plus. Je ne suis, comme tu le dis, pas en vie. Mais si on met fin à mes jours, je cesserai simplement d'exister. Mes semblables et moi, nous *sommes*, ou nous ne *sommes pas*. Si tu vois ce que je veux dire.

– Pas très bien.

Silas soupira. La pluie avait cessé et la fin de jour nuageuse s'était muée en vrai crépuscule.

– Bod. Pour bien des raisons, il est important que nous te gardions en sûreté.

– Le bonhomme qui a fait du mal à ma famille. Celui qui veut me tuer. Tu es certain qu'il est toujours là ?

C'était une chose à laquelle il pensait depuis un moment, et il savait ce qu'il voulait.

– Oui. Il est toujours là.

– Dans ce cas, dit Bod – et alors il énonça l'indicible –, je veux aller à l'école.

Silas était quelqu'un d'imperturbable. La fin du monde aurait pu arriver, il n'aurait pas cillé. Mais là, sa bouche s'ouvrit, son front se plissa, et il ne put articuler qu'un mot :

– Quoi ?

– J'ai appris beaucoup de choses dans ce cimetière. Je sais m'Effacer et je sais Hanter. Je sais ouvrir une porte de goules et je connais les constellations. Mais il y a un monde au-dehors, avec la mer dedans, et des îles, et des naufrages et des cochons. Je veux dire qu'il est rempli de choses que je ne connais pas. Et les professeurs m'ont appris beaucoup ici, mais il m'en faut plus. Si je dois survivre à l'extérieur, un jour.

Silas n'eut pas l'air convaincu.

– Hors de question. Ici, nous pouvons te protéger. Là-bas, tout peut arriver. Comment assurer ta sécurité au-dehors ?

– Justement, affirma Bod. C'est ça, le potentiel dont tu parlais.

Il se tut. Puis :

– Quelqu'un a tué mon père, ma mère et ma sœur.

– Oui. Quelqu'un a fait ça.

– Un homme ?

– Un homme.

– Ce qui signifie, dit Bod, que tu poses la mauvaise question.

Silas haussa un sourcil.

– Comment cela ?

– Eh bien, si je sors dans le monde, la question n'est pas :
« Qui me protégera de lui ? »

– Non ?

– Non. La question, c'est : « Qui le protégera de moi ? »

Des brindilles vinrent racler contre les hautes fenêtres, comme si elles voulaient qu'on les fasse entrer. Silas chassa de sa manche une poussière imaginaire, d'un ongle effilé comme une lame.

– Il va falloir te trouver une école, dit-il.

Personne ne remarqua le garçon, du moins pas au début. On ne remarquait même pas qu'on ne le remarquait pas. Il s'asseyait vers le fond de la classe. Il ne répondait pas beaucoup, pas tant qu'on ne lui posait pas directement une question, et même là ses réponses étaient brèves et peu mémorables, sans couleur : il s'effaçait, des esprits comme des mémoires.

– Vous croyez qu'ils sont religieux, dans sa famille ? s'interrogea Mr Kirby en salle des professeurs.

Il notait des copies.

– La famille de qui ? demanda Mrs McKinnon.

– Owens, en cinquième B.

– Le grand boutonneux ?

– Je ne crois pas. Plutôt de taille moyenne.

Mrs McKinnon haussa les épaules.

– Qu'est-ce qu'il a ?

– Il écrit tout à la main. Très belle écriture. Ce qu'on appelait une belle ronde, dans le temps.

– Et cela fait de lui un religieux parce que... ?

– Il dit qu'ils n'ont pas d'ordinateur.

– Et ?

– Il n'a pas le téléphone.

– Je ne vois pas en quoi cela fait de lui un religieux, observa Mrs McKinnon, qui avait pris l'habitude de faire du crochet depuis l'interdiction de fumer en salle des profs, et qui crochetait une couverture de bébé pour personne en particulier.

Mr Kirby haussa les épaules.

– C'est un élève intelligent, poursuivit-il. Mais il a des lacunes. Et en histoire, il rajoute des petits détails inventés, des choses qui ne sont pas dans les livres...

– Quel genre de choses ?

Mr Kirby acheva de noter la copie de Bod et la posa sur la pile. À présent qu'il n'avait plus rien devant lui, toute cette histoire lui semblait vague et sans importance.

– Des choses, dit-il.

Et il oublia. Tout comme il oubliait de noter le nom de Bod sur le registre de présence. Tout comme le nom de Bod était introuvable dans la base de données du collège.

L'enfant était un élève modèle, sans rien de remarquable ; il passait le plus clair de son temps libre dans le fond de la salle d'anglais, où il y avait de pleines étagères de vieux livres de poche, et à la bibliothèque scolaire, une vaste pièce remplie de livres et de fauteuils défoncés, où il lisait des histoires avec autant de gourmandise que d'autres mangent des bonbons.

Même ses camarades de classe l'oubliaient. Pas quand il se trouvait juste devant eux : à ce moment-là, ils se souvenaient de lui. Mais dès qu'il était hors de vue, l'élève Owens était hors des esprits. On ne pensait pas à lui. Ce n'était pas nécessaire.

Si on avait demandé à tous les cinquième B de fermer les yeux et de dresser la liste des vingt-cinq garçons et filles de la classe, ce type, là, Owens, n'aurait pas figuré dessus. Sa présence était presque fantomatique.

C'était différent s'il était là, bien sûr.

Nick Farthing avait douze ans, mais il pouvait en paraître seize, et il ne s'en privait pas : c'était un grand costaud doté d'un sourire torve et d'une imagination limitée. Il était pragmatique, d'une manière basique : voleur à l'étalage efficace, voyou occasionnel, il ne se souciait pas d'être aimé du moment que les autres gamins, tous plus petits, faisaient ce qu'il disait. Et de toute manière, il avait une amie. Elle s'appelait Maureen Quilling, mais tout le monde l'appelait Mo, et elle était mince, avec le teint pâle et les cheveux jaune pâle, des yeux bleus humides et un nez aquilin, inquisiteur. Nick aimait voler dans les magasins, mais c'était Mo qui lui disait quoi prendre. Nick savait taper, faire mal et intimider, mais c'était Mo qui lui désignait ceux qu'il fallait intimider. Ils formaient, comme elle le lui disait parfois, une équipe parfaite.

Ils étaient assis dans le coin de la bibliothèque, à partager le butin de l'argent de poche des sixième. Ils avaient dressé huit ou neuf des gosses de onze ans à leur livrer leur argent de poche toutes les semaines.

– Le petit Singh n'a pas encore craché, dit Mo. Il va falloir que tu le trouves.

– Ouais, approuva Nick. Il paiera.

– C'est quoi, ce qu'il a piqué ? Un CD ?

Nick opina.

– Montre-lui simplement ses erreurs, fit Mo, qui voulait parler comme les caïds de la télévision.

– Facile, répondit Nick. On forme une bonne équipe.

– Comme Batman et Robin.

– Plutôt comme le docteur Jekyll et Mr Hyde, dit quelqu'un qui lisait, sans se faire remarquer, sur une banquette sous la fenêtre, avant de se lever et de sortir.

Paul Singh, assis sur un rebord de fenêtre près des vestiaires, les mains profondément enfoncées dans les poches, broyait du noir. Il sortit une main de sa poche, l'ouvrit, regarda la poignée de pièces d'une livre, secoua la tête, referma une fois de plus la main sur les pièces.

– C'est ça qu'attendent Nick et Mo ? demanda quelqu'un.

Paul sursauta, éparpillant de l'argent partout par terre.

L'autre garçon l'aida à ramasser les pièces et les lui tendit. Il était plus âgé, et Paul se dit qu'il l'avait déjà vu, mais sans en être certain.

– Tu es avec eux ? lui demanda-t-il. Nick et Mo ?

L'autre garçon secoua la tête.

– Ah non. Je les trouve plutôt répugnants.

Après une hésitation, il ajouta :

– En fait, je suis venu te donner un conseil.

– Ah ouais ?

– Ne les paie pas.

– Facile à dire.

– Parce qu'ils ne me rackettent pas ?

Le garçon regarda Paul, et Paul détourna les yeux, honteux.

– Ils t'ont frappé ou menacé jusqu'à ce que tu voles un CD pour eux. Ensuite, ils t'ont dit que si tu ne leur donnais pas ton argent de poche, ils te dénonceraient. Qu'est-ce qu'ils ont fait, ils t'ont filmé pendant que tu volais ?

Paul hocha la tête.

– Dis-leur non, c'est tout. Ne le fais pas.

– Ils me tueraient. Et ils m'ont prévenu...

– Dis-leur qu'à ton avis, la police et la direction de l'école s'intéresseraient bien plus à deux gamins qui forcent des plus petits à voler pour eux et à leur donner leur argent de poche, qu'à un seul obligé de voler un CD contre sa volonté. Que s'ils te touchent encore, tu appelles la police. Et que tu as tout mis par écrit, et que s'il t'arrive quelque chose, n'importe quoi, si tu as un œil au beurre noir ou quoi que ce soit, tes amis l'enverront automatiquement à la direction de l'école et à la police.

– Mais... Je ne peux pas, gémit Paul.

– Alors tu vas les payer avec ton argent de poche tout le temps qu'il te reste dans cette école. Et tu auras toujours peur d'eux.

Paul réfléchit.

– Et pourquoi j'irais pas directement tout raconter à la police ? demanda-t-il.

– Tu peux si tu veux.

– Je vais d'abord essayer à ta manière, concéda Paul.

Il sourit. Ce n'était pas un grand sourire, mais c'était bien un sourire, un vrai, son premier depuis trois semaines.

Et ainsi, Paul Singh expliqua à Nick Farthing comment et pourquoi il ne le paierait plus, et il s'éloigna en laissant Nick Farthing planté là sans rien dire, à serrer et desserrer les poings. Et le lendemain, cinq autres gamins de onze ans allèrent trouver Nick Farthing dans la cour de récré, et lui dirent qu'ils voulaient récupérer leur argent, tout l'argent de poche qu'ils lui avaient donné depuis un mois, sinon ce seraient eux qui iraient voir la police, et voilà Nick Farthing devenu un jeune homme extrêmement malheureux.

– C'est *lui*, dit Mo. C'est *lui* qui a commencé. Sans lui... ils n'y auraient jamais pensé tout seuls. C'est à lui qu'il faut donner une bonne leçon. Et là, ils feront moins les malins.

– Qui ça ? demanda Nick.

– Celui qui bouquine tout le temps. Celui de la bibli. Bob Owens. Lui.

Nick hocha lentement la tête.

– C'est lequel ?

– Je te le montrerai.

Bod avait l'habitude de passer inaperçu, d'exister dans l'ombre. Quand les regards glissent naturellement sur vous, on devient très conscient des regards sur soi, des coups d'œil dans votre direction, de l'attention. Et quand on existe à peine en tant qu'être vivant dans l'esprit des autres, alors être montré du doigt, être suivi... c'est le genre de choses que l'on remarque.

Ils le suivirent en sortant de l'école et en remontant la côte, tournèrent le coin du kiosque à journaux et franchirent le pont de chemin de fer. Il prit son temps, pour s'assurer que les deux qui le suivaient, un grand baraqué et une blonde au visage pointu, ne perdaient pas sa trace, puis il entra dans le minuscule cimetière du bout de la route, un cimetière minia-ture derrière l'église locale, et il attendit à côté de la tombe de Roderick Persson et de sa femme Amabella, ainsi que de sa seconde épouse, Portunia *(Ils dorment pour s'éveiller un jour).*

– C'est toi, ce type, fit une voix de fille. Bob Owens. Eh ben t'as vraiment du souci à te faire, Bob Owens.

– C'est Bod, en fait, dit Bod en les regardant. Avec un « d ». Et vous, vous êtes Jekyll et Hyde.

– C'est toi, répéta la fille. T'es allé parler aux sixième.

– Alors on va te donner une bonne leçon, l'avertit Nick Farthing.

Et il eut un sourire glacial.

– J'aime bien les leçons, reconnut Bod. Si vous appreniez mieux les vôtres, vous n'auriez pas besoin de racketter l'argent de poche des petits.

Le front de Nick se plissa.

– T'es mort, Owens.

Bod secoua la tête et montra du geste l'espace autour d'eux.

– Pas moi, déclara-t-il. *Eux*, oui.

– Qui ça ? demanda Mo.

– Les gens qui sont ici. Écoutez. Je vous ai amenés ici pour vous donner le choix...

– Tu nous as pas amenés ici, le coupa Nick.

– Vous êtes ici, continua Bod. C'est tout ce que je voulais. Je suis venu. Vous m'avez suivi. C'est pareil.

Mo jetait des regards nerveux à la ronde.

– T'as des amis ici ? demanda-t-elle.

– Attends, je crois que tu ne comprends pas le plus important, poursuivit Bod. Tous les deux, il faut que vous arrêtiez. Arrêtez de faire comme si les autres ne comptaient pas. Arrêtez de faire du mal aux autres.

Mo eut un sourire tranchant.

– Oh bon Dieu, dit-elle à Nick. Tape-le.

– Je vous ai laissé une chance, les prévint Bod.

Nick lança violemment son poing vers Bod, qui ne fut plus là, et le poing alla s'écraser sur le côté de la pierre tombale.

– Où il est passé ? s'étonna Mo.

187

Nick jurait en secouant sa main. La fille scruta le cimetière empli d'ombres, perplexe.

– Il était là. Tu l'as vu comme moi.

Nick avait une imagination limitée, et ce n'était pas maintenant qu'il allait se mettre à réfléchir.

– Il est peut-être parti en courant.

– Il n'a pas couru. Il n'était plus là, c'est tout.

Mo, elle, avait de l'imagination. Les idées, c'était elle. On était au crépuscule, dans un cimetière lugubre, et les petits cheveux de sa nuque la picotaient.

– Y a quelque chose qui cloche, carrément, dit-elle.

Puis elle ajouta, d'une voix plus aiguë où pointait la panique :

– Faut qu'on sorte d'ici.

– Je vais le retrouver, ce type, grogna Nick Farthing. Je vais le massacrer.

Mo sentit quelque chose s'agiter au creux de son estomac. Les ombres semblaient bouger autour d'eux.

– Nick, souffla-t-elle, j'ai peur.

La peur, c'est contagieux. Ça s'attrape. Parfois, il suffit que quelqu'un vous dise qu'il a peur pour que cela devienne réel. Mo était terrifiée, et à présent Nick l'était aussi.

Nick n'ouvrit pas le bec. Il partit en courant, simplement, suivi de près par Mo. Les réverbères s'allumèrent pendant qu'ils couraient vers le monde, changeant le crépuscule en nuit, changeant les ombres en puits de ténèbres où tout pouvait arriver.

Ils coururent jusque chez Nick, et en entrant ils allumèrent toutes les lumières, et Mo appela sa mère pour exiger, en pleurant à moitié, qu'on vienne la chercher en voiture alors qu'elle habitait à côté, car il n'était pas question qu'elle rentre à pied ce soir-là.

Bod les avait regardés s'enfuir avec satisfaction.

– Bravo, mon cher, dit quelqu'un derrière lui, une grande femme en blanc. Un bel Effacement d'abord. Et ensuite, l'Effroi.

– Merci, répondit Bod. Je n'avais même jamais essayé l'Effroi sur des vivants. Enfin je connaissais la théorie, mais bon. Bref.

– Ça a marché comme sur des roulettes, poursuivit-elle gaiement. Je m'appelle Amabella Persson.

– Bod. Nobody Owens.

– Le garçon *vivant* ? Du grand cimetière sur la colline ? Pas possible !

– Hum.

Bod n'avait jamais imaginé qu'on pût le connaître au-delà de son propre cimetière. Amabella toqua sur le côté de la tombe.

– Roddy ? Portunia ? Venez voir qui est là !

Ils étaient trois à présent, et Amabella présenta Bod, et il leur serra la main en disant « Enchanté, ravi, vraiment », car il savait être poli même lorsque neuf siècles d'usages changeants le séparaient des gens.

– Maître Owens était en train d'effrayer des enfants qui certainement ne l'avaient pas volé, expliqua Amabella.

– Bien joué, le félicita Roderick Persson. De vils butors, coupables d'un comportement répréhensible, s'pas ?

– C'étaient des racketteurs, précisa Bod. Ils forçaient des petits à leur donner leur argent de poche. Ce genre de choses.

– Sans aucun doute, l'Effroi est un bon début, approuva

Portunia Persson, qui était une femme robuste et bien plus âgée qu'Amabella. Et qu'aviez-vous prévu au cas où cela n'aurait point fonctionné ?

– Je n'y avais pas vraiment réfléchi... commença Bod avant d'être interrompu par Amabella.

– Je dirais que la Songerie serait sans doute le remède le plus efficace. Vous savez la pratiquer, n'est-ce pas ?

– Je ne sais pas trop. Mr Pennyworth m'a montré comment faire, mais je n'ai pas vraiment... enfin il y a des choses que je ne connais qu'en théorie, et...

– La Songerie, c'est bien joli, intervint Portunia Persson, mais que diriez-vous d'une bonne Visitation ? C'est la seule chose qu'ils comprennent, ces gens-là.

– Oh, dit Amabella. Une Visitation ? Ma chère Portunia, je ne pense vraiment pas...

– Ça, c'est bien vrai. Heureusement qu'il y en a une, ici, pour penser.

– Il faut que je rentre, se hâta de dire Bod. Ils vont s'inquiéter.

– Bien sûr, lui répondit la famille Persson. Charmés de vous avoir rencontré. Très bonne soirée à vous, jeune homme.

Amabella et Portunia Persson échangeaient des regards assassins.

– Pardonnez-moi de vous poser la question, le rappela Roderick Persson, mais votre tuteur... Va-t-il bien ?

– Silas ? Oui, ça va.

– Passez-lui donc nos salutations. Dans un petit cimetière comme celui-ci, bah, nous ne rencontrerons jamais un vrai membre de la Garde d'honneur, je le crains. Mais tout de même. Il est bon de savoir qu'ils sont là.

– Bonne nuit, dit Bod, qui ne savait absolument pas de

quoi parlait l'homme, mais garda cela pour plus tard. Je le lui dirai.

Il ramassa son sac de livres scolaires et rentra à pied, réconforté par les ombres.

Aller en cours avec les vivants ne dispensait pas Bod de ses leçons avec les morts. Les nuits étaient longues, et il lui arrivait de se faire excuser pour aller s'effondrer sur son lit, épuisé, avant minuit. Mais la plupart du temps, il restait debout.

Mr Pennyworth n'avait presque plus rien à lui reprocher. Bod travaillait bien et posait des questions. Ce soir, il l'avait interrogé sur la Hantise, de manière de plus en plus précise, ce qui exaspérait Mr Pennyworth, lequel n'avait jamais été porté lui-même sur ce genre de choses.

– Comment, au juste, puis-je créer une zone froide dans l'air ? demanda-t-il.

Et aussi :

– Je crois que je maîtrise bien l'Effroi, mais comment le pousser jusqu'à l'Épouvante ?

Et Mr Pennyworth soupira, se racla la gorge et fit de son mieux pour expliquer, et avant qu'ils en aient terminé, il était quatre heures du matin.

Bod était fatigué en classe le lendemain. En première heure, il avait histoire – une matière qu'il aimait bien dans l'ensemble, même s'il devait souvent résister à la tentation de dire que ça ne s'était pas passé ainsi, en tout cas pas d'après ceux qui y étaient –, mais ce matin-là, Bod luttait pour garder les yeux ouverts.

Comme il faisait tout son possible pour se concentrer sur le cours, il ne remarqua pas grand-chose de ce qui se passait autour de lui. Il pensait au roi Charles Ier, à ses parents, à Mr et Mrs Owens et à son autre famille, celle dont il ne se souvenait pas, lorsqu'on frappa à la porte. Toute la classe, ainsi que Mr Kirby, pivota pour voir qui était là (un terminale venu chercher un livre). Et tandis qu'ils se tournaient, Bod sentit quelque chose lui entrer dans le dos de sa main. Il ne cria pas. Il ne fit que lever la tête.

Nick Farthing le regardait de toute sa hauteur avec un grand sourire ; il tenait dans son poing un crayon taillé pointu.

– J'ai pas peur de toi, chuchota-t-il.

Bod regarda le dos de sa main. Une petite goutte de sang grossissait là où le crayon avait percé la peau.

Mo Quilling passa près de Bod dans le couloir cet après-midi-là, les yeux tellement écarquillés qu'on voyait le blanc tout autour.

– T'es bizarre, lui dit-elle. T'as pas d'amis.

– Je ne suis pas venu ici pour me faire des amis, répondit Bod avec sincérité. Je suis venu pour apprendre.

Le nez de Mo remua.

– Tu sais que c'est complètement bizarre, *ça* ? Personne ne vient à l'école pour *apprendre*. Enfin quoi, on vient parce qu'on est obligé.

Bod haussa les épaules.

– J'ai pas peur de toi, poursuivit-elle. Je sais pas quel était le truc hier soir, mais tu ne m'as pas fait peur.

– OK, dit Bod.

Et il s'éloigna dans le couloir. Il se demanda s'il avait eu tort de s'impliquer. Il avait commis une erreur de jugement, c'était certain. Mo et Nick s'étaient mis à parler de lui, et les sixième sans doute aussi. Les élèves le regardaient, se le montraient du doigt. Il était devenu une présence, plutôt qu'une absence, et cela le mettait mal à l'aise. Silas l'avait averti qu'il devrait garder un profil bas, lui avait dit d'aller en cours partiellement Effacé, mais tout était en train de changer.

Il parla à son tuteur ce soir-là, lui raconta toute l'histoire. La réaction de Silas le prit de court.

– Je n'arrive pas à croire, dit ce dernier, que tu aies pu être si... si bête. Quand je pense à tout ce que je t'ai recommandé, de rester de ce côté-ci de l'invisibilité. Et on ne parle plus que de toi au collège ?

– Mais que voulais-tu que je fasse ?

– Pas cela, en tout cas. Ce n'est pas comme autrefois. Ils peuvent garder ta trace, Bod. Ils peuvent te retrouver.

Il semblait lutter contre sa colère, la contrôler. L'extérieur immuable de Silas était comme la croûte de roche durcie qui recouvre une lave en fusion. Bod voyait à quel point il était furieux, mais uniquement parce qu'il connaissait Silas.

Il déglutit péniblement.

– Qu'est-ce que je dois faire ? demanda-t-il simplement.

– N'y retourne pas. Cette histoire d'école était une expérience. Reconnaissons juste que ce n'est pas un succès.

Bod garda le silence. Puis il dit :

– Ce n'est pas seulement la question d'apprendre. Tu sais le bien que ça fait d'être dans une pièce remplie de gens, et de voir que tous ces gens respirent ?

– Ce n'est pas une chose à laquelle j'aie jamais pris plaisir, dit Silas. Bon. Tu ne retournes pas en classe demain.

– Pas *question* de fuir. Ni devant Mo, ni devant Nick, ni devant l'école. Je préférerais encore partir d'ici.

– Tu feras ce qu'on te dit de faire, mon garçon, insista Silas qui était un nœud de colère veloutée dans le noir.

– Et sinon ? le défia Bod, les joues en feu. Qu'est-ce que tu pourrais faire pour me garder ici ? Me tuer ?

Sur quoi il tourna les talons, descendit l'allée qui menait au portail et sortit du cimetière.

Silas commença à rappeler le garçon, puis il cessa, et resta debout seul dans la nuit.

En temps normal, son visage était indéchiffrable. À présent, c'était un livre écrit dans une langue oubliée depuis long-temps, dans un alphabet jamais imaginé. Silas se drapa dans les ombres qui l'enveloppaient comme une couverture, regarda fixement le chemin qu'avait pris le garçon, et ne fit pas un geste pour le suivre.

Nick Farthing était au lit, endormi et rêvant de pirates au soleil sur une mer bleue, lorsque tout partit de travers. Il était le capitaine de son navire, manœuvré par des petits de onze ans obéissants, sauf les filles, qui avaient toutes un ou deux ans de plus que lui et qui étaient particulièrement jolies dans leurs costumes de pirate, et l'instant suivant il était seul sur le pont, et un immense navire noir de la taille d'un pétrolier, avec des voiles noires déchiquetées et un crâne en guise de figure de proue, fonçait sur lui dans la tempête.

Et puis, comme il en va dans les rêves, il fut sur le pont noir du nouveau navire, et quelqu'un le regardait de haut.

– Tu n'as pas peur de moi, dit l'homme qui le dominait.

Nick leva les yeux. En fait il avait peur, dans son rêve, peur de cet homme à tête de mort costumé en pirate, la main sur le manche d'un coutelas.

– Tu te prends pour un pirate, Nick ? lui demanda son ravisseur, que Nick reconnut soudain.

– Tu es ce type. Bob Owens.

– Je suis Nobody. Je suis Personne. Et tu dois changer. Tourner la page. T'amender. Tout cela. Ou tu auras de gros ennuis.

– Quel genre d'ennuis ?

– Des ennuis dans ta tête, dit le Roi Pirate qui n'était plus que le garçon de sa classe, et ils étaient dans le hall du collège et non sur le pont du vaisseau de pirates, sauf que la tempête n'avait pas faibli et que le sol du hall roulait et tanguait comme un navire en mer.

– C'est un rêve.

– Bien sûr que c'est un rêve. Il faudrait que je sois monstrueux pour te faire ça dans la vraie vie.

– Que peux-tu me faire dans un rêve ? l'interrogea Nick en souriant. Je n'ai pas peur de toi. Tu as toujours mon crayon dans la main.

Il montra du doigt le dos de la main de Bod, la marque noire laissée par la pointe en graphite.

– J'espérais qu'on ne devrait pas en arriver là, dit l'autre garçon.

Il inclina la tête de côté comme pour écouter quelque chose.

– Elles ont faim.

– Qui ça ?

– Les choses dans la cave. Ou sous les ponts. Ça dépend si on est dans une école ou sur un bateau, pas vrai ?

Nick sentit qu'il commençait à paniquer.

– Ce ne sont pas... des araignées... si ? demanda-t-il.

– Peut-être bien, répondit l'autre. Mais tu trouveras tout seul, n'est-ce pas ?

Nick secoua la tête.

– Non. *S'il te plaît*, non.

– Bon. Ça dépend de toi, pas vrai ? Soit tu changes, soit tu vas faire un tour à la cave.

Le bruit s'amplifia : un bruit de pattes qui trottinaient ou qui grattaient, et même s'il n'avait aucune idée de ce que c'était, Nick Farthing était absolument, totalement certain que ce serait la chose la plus terrifiante qu'il ait jamais rencontrée – qu'il rencontrerait jamais.

Il se réveilla en hurlant.

Bod entendit le cri, un hurlement de terreur, et éprouva la satisfaction du travail bien fait.

Il se tenait sur les pavés devant la maison de Nick Farthing, le visage trempé par l'épais brouillard nocturne. Il était grisé et épuisé : il avait bien senti qu'il maîtrisait à peine la Songerie, trop conscient qu'il n'y avait dans le rêve que Nick et lui-même, rien de plus, et que Nick avait eu peur d'un simple bruit.

Mais il était content. L'autre y réfléchirait à deux fois avant de tourmenter encore des enfants.

Et maintenant ?

Bod enfouit les mains dans ses poches et se mit à marcher, sans bien savoir où il allait. Il partirait de l'école, se dit-il, comme il était parti du cimetière. Il irait quelque part où nul ne le connaîtrait, et il resterait toute la journée dans une bibliothèque à lire des livres et à écouter les gens respirer. Il se demanda s'il existait encore des îles désertes dans le monde, comme celle où Robinson Crusoé avait fait naufrage. Il pourrait aller vivre sur l'une d'elles.

Bod ne leva pas la tête. S'il l'avait fait, il aurait vu une paire d'yeux bleus et humides l'observer avec attention depuis la fenêtre d'une chambre.

Il s'enfonça dans une ruelle, plus à l'aise à l'abri de la lumière.

– Alors tu t'enfuis, c'est ça ? demanda une voix de fille.

Bod ne dit rien.

– C'est la différence entre les vivants et les morts, hein ? reprit la voix.

C'était Liza Hempstock qui parlait, Bod le savait, même si la fille-sorcière n'était pas visible.

– Les morts, ça ne vous déçoit point. Ils ont eu leur vie, fait ce qu'ils ont fait. On ne change pas. Les vivants, ça vous déçoit toujours, pas vrai ? On rencontre un gars qu'est tout brave et noble, et en grandissant il s'enfuit...

– C'est pas juste ! s'exclama Bod.

– Le Nobody Owens que je connaissais, y n'se serait pas enfui du cimetière sans même un adieu pour ceux qui tenaient à lui. Tu vas briser l'cœur à dame Owens.

Bod n'avait pas pensé à ça.

– Je me suis disputé avec Silas, dit-il.

– Et alors ?

– Il veut que je rentre au cimetière. Que j'arrête l'école. Il pense que c'est trop dangereux.

– Pourquoi ? Entre tes talents et mon envoûtement, on te remarque à peine.

– Je me mêlais des choses. Il y avait des enfants qui en mal-traitaient d'autres. J'ai voulu qu'ils arrêtent. J'ai attiré l'atten-tion sur moi...

Liza était visible à présent, c'était une forme brumeuse qui avançait dans la ruelle à la hauteur de Bod.

– Il est là, quelque part, et y veut que tu meures, dit-elle. Il a tué ta famille. Nous autres au cimetière, on veut que tu restes en vie. On veut que tu nous surprennes, que tu nous déçoives, que tu nous impressionnes, que tu nous étonnes. Reviens chez toi, Bod.

– Je crois... J'ai dit des choses à Silas. Il va se fâcher.

– S'il se fichait de toi, tu ne pourrais point le contrarier, se contenta-t-elle de répondre.

Les feuilles d'automne tombées au sol étaient glissantes sous les pieds de Bod, et les brumes estompaient les bords du monde. Rien n'était aussi net qu'il ne le croyait encore quelques minutes plus tôt.

– J'ai fait une Songerie, dit-il.

– Comment que ça s'est passé ?

– Bien. Enfin, pas mal.

– Tu devrais raconter ça à Mr Pennyworth. Ça lui ferait plaisir.

– Tu as raison. Je devrais.

Il atteignit le bout de la ruelle et au lieu de tourner à droite, comme il l'avait prévu, il tourna à gauche, dans la grand-rue, la rue qui le ramènerait à Dunstan Road et au cimetière sur la colline.

– Alors quoi ? demanda Liza Hempstock. Qu'est-ce que tu fais ?

– Je rentre. Comme tu m'as dit.

Il y avait des vitrines éclairées à présent. Bod sentait dans ses narines l'huile chaude de la baraque à frites du coin. Les pavés miroitaient.

– C'est bien, conclut Liza Hempstock, qui de nouveau n'était plus qu'une voix.

Puis la voix chuchota :

– Cours ! ou Efface-toi ! Y a quelque chose qui cloche.

Bod allait rétorquer que rien ne clochait, qu'elle disait n'importe quoi, lorsqu'une grosse voiture munie d'un gyrophare vira en travers de la route pour s'arrêter devant lui.

Deux hommes en sortirent.

– Pardon jeune homme, l'apostropha l'un d'eux. Police. On peut te demander ce que tu fais dehors à une heure pareille ?

– Je ne savais pas que c'était interdit, répondit Bod.

Le plus gros des policiers ouvrit la portière arrière de la voiture.

– C'est le jeune homme que tu as vu, miss ? demanda-t-il.

Mo Quilling sortit du véhicule, regarda Bod et sourit.

– C'est bien lui, confirma-t-elle. Il était dans notre jardin et il cassait tout. Ensuite, il est parti en courant.

Elle regarda Bod dans les yeux.

– Je t'ai vu de ma chambre, lui expliqua-t-elle. Je crois que c'est lui qui casse les fenêtres.

– Comment t'appelles-tu ? s'enquit le plus petit des policiers, qui avait une moustache rousse.

– Nobody, dit Bod. Aïe ! cria-t-il ensuite, car l'agent rouquin lui avait saisi l'oreille entre le pouce et l'index et l'avait pincée fortement.

– Pas de ça avec moi. Tu réponds poliment, c'est tout. Compris ?

Bod se tut.

– Tu habites où, au juste ? lui demanda l'agent.

Bod resta muet. Il s'efforça de s'Effacer, mais l'Effacement – même renforcé par une sorcière – consiste à laisser dériver l'attention des gens loin de vous, et l'attention de tous – sans parler d'une grosse paire de mains officielles – était fixée sur lui.

– Vous ne pouvez pas m'arrêter simplement parce que je ne vous donne pas mon nom ni mon adresse, dit-il.

– Non, reconnut le policier. Je ne peux pas. Mais je peux t'emmener au poste jusqu'à ce que tu nous donnes le nom d'un parent, d'un tuteur, d'un adulte responsable aux bons soins de qui nous pouvons te confier.

Il fit monter Bod à l'arrière de la voiture, où Mo Quilling souriait comme un chat qui a boulotté tous les serins.

– Je t'ai vu de ma fenêtre, dit-elle tranquillement. Alors j'ai appelé la police.

– Je ne faisais rien du tout. Je n'étais même pas dans ton jardin. Et pourquoi ils t'ont emmenée avec eux pour me retrouver ?

– Du calme, derrière ! gronda le gros policier.

Tout le monde se tut jusqu'à ce que la voiture se gare devant une maison qui était sans doute celle de Mo. Le gros agent lui ouvrit la porte et elle sortit.

– On t'appelle demain, raconte à ton papa et à ta maman ce qu'on a trouvé, dit-il.

– Merci, oncle Tam, lui répondit Mo en souriant. Je n'ai fait que mon devoir.

Ils repartirent en silence à travers la ville, Bod essayant de s'Effacer de son mieux, sans succès. Il se sentait malade et malheureux. En une soirée, il avait eu sa première vraie dispute avec Silas, tenté de s'enfuir de chez lui, échoué à s'enfuir, et il échouait maintenant à rentrer. Il ne pouvait pas dire à la police où il habitait ni comment il s'appelait. Il allait passer le reste de sa vie en cellule, ou dans une prison pour enfants.

Est-ce que ça existait, les prisons pour enfants ? Il n'en savait rien.

– Excusez-moi. Ça existe, les prisons pour enfants ? demanda-t-il aux hommes assis à l'avant.

– Tiens donc, on commence à s'inquiéter, hein ? dit Tam, l'oncle de Mo. Tu n'as pas tort. Ah là là, les gosses. De la graine de voyou. Y en a qui ont bien besoin d'être enfermés, je te le dis.

Bod n'avait pas bien compris si c'était un oui ou un non. Il regarda par la portière. Quelque chose d'énorme volait dans les airs, au-dessus et à côté de la voiture, quelque chose de plus noir et de plus gros que le plus gros des oiseaux. Une chose de la taille d'un homme, qui oscillait et voltigeait, d'un vol clignotant de chauve-souris.

– En arrivant au poste, annonça le policier rouquin, le mieux sera que tu nous donnes simplement ton nom, que tu nous dises qui appeler pour qu'il vienne te chercher, comme ça on pourra lui dire qu'on t'a bien engueulé, et il te ramène chez toi. Tu vois ? Tu coopères, on passe une soirée tranquille, moins de paperasserie pour tout le monde. Nous sommes tes amis.

– T'es trop bon avec lui. Une nuit en cellule, c'est pas la mer à boire, protesta le gros agent.

Puis il se retourna pour regarder Bod et lui dit :

– À moins qu'on ait du monde ce soir, et qu'on doive te mettre avec des ivrognes. Alors *eux*, c'est pas de la tarte.

Il ment ! pensa Bod. Et aussi : *Ils font ça exprès, le gentil flic et le méchant flic...*

Puis la voiture de police prit un virage, et il y eut un *Poum !* Quelque chose de gros roula sur le capot et fut éjecté dans le noir. Les freins crissèrent tandis que la voiture s'arrêtait, et l'agent rouquin se mit à jurer dans sa barbe.

201

– Il s'est jeté sous les roues ! Tu as vu !

– Je ne sais pas trop ce que j'ai vu, dit le gros. Mais t'as heurté quelque chose.

Ils descendirent de voiture, fouillèrent les environs avec leurs lampes torches.

– Il est tout en noir, se lamenta l'agent rouquin. On ne peut pas le voir.

– Il est là, cria le gros.

Les deux policiers se hâtèrent de rejoindre le corps au sol, leurs torches à la main.

Bod essaya les poignées des portières arrière. Elles ne fonctionnaient pas. Et il y avait une grille métallique entre l'arrière et l'avant. Même en s'Effaçant, il serait de toute façon coincé à l'arrière d'une voiture de police.

Il se pencha le plus loin possible, tordit le cou pour tenter de voir ce qui se passait, ce qu'il y avait sur la route.

Le policier rouquin était accroupi sur la chaussée à côté d'un corps, qu'il observait. L'autre, le gros, debout au-dessus, lui braquait sa torche en pleine face.

Bod regarda le visage du corps à terre... puis se mit à frapper au carreau, frénétiquement, désespérément.

Le gros policier s'approcha de la voiture.

– Quoi ? demanda-t-il avec irritation.

– Vous avez renversé mon... mon père, dit Bod.

– Tu plaisantes.

– Ça lui ressemble. Je peux le regarder mieux ?

Les épaules du gros policier s'affaissèrent.

– Eh, Simon ! Le gosse prétend que c'est son père.

– Tu te fous de moi ou quoi ?

– Je crois qu'il est sérieux.

Le gros agent ouvrit la portière et Bod descendit de voiture. Silas était étendu sur le dos, par terre, là où le véhicule l'avait heurté. Il ne bougeait pas plus qu'un mort.

Bod avait les yeux qui piquaient.

– Papa ? murmura-t-il. Vous l'avez tué.

Il ne mentait pas, se disait-il. Pas vraiment.

– J'ai appelé une ambulance, dit Simon, l'agent à la moustache rousse.

– C'est un accident, plaida l'autre.

Bod s'accroupit à côté de Silas, il serra la main froide de Silas dans la sienne. S'ils avaient déjà appelé une ambulance, il ne restait pas beaucoup de temps.

– Alors c'est la fin de vos carrières, déclara-t-il.

– C'est un accident... Tu as bien vu !

– Il a surgi...

– Ce que j'ai vu, cracha Bod avec colère, c'est que vous avez accepté de faire une fleur à votre nièce, et de faire peur à un enfant avec qui elle s'était disputée à l'école. Alors vous m'avez arrêté sans mandat parce que j'étais dehors le soir, et ensuite, quand mon père sort sur la route pour essayer de vous arrêter ou de comprendre ce qui se passe, vous le renversez volontairement.

– C'est un accident, répéta Simon.

– Tu t'es disputé avec Mo à l'école ? demanda l'oncle Tam, d'un ton peu convaincant.

– On est tous les deux en cinquième B au collège de la vieille ville. Et vous avez tué mon papa.

Au loin, Bod entendait le hurlement des sirènes.

– Simon, dit le gros, il faut qu'on parle de tout ça.

Ils s'en allèrent de l'autre côté de la voiture en le laissant seul dans l'ombre avec Silas à terre. Bod entendit une conversation animée entre les deux policiers : « Ta foutue nièce », et aussi « Si *toi* tu avais regardé la route ! » Simon planta son index dans la poitrine de Tam...

– Ils ne regardent pas. Maintenant ! chuchota Bod.

Et il s'Effaça.

Il y eut un tourbillon d'ombre plus profonde, et le corps allongé au sol fut debout près de lui.

– Je te ramène à la maison, dit Silas. Passe tes bras autour de mon cou.

C'est ce que fit Bod, accroché à son tuteur, et ils plongèrent à travers la nuit, vers le cimetière.

– Pardon, dit Bod.

– Pardon aussi, dit Silas.

– Ça t'a fait mal ? De te laisser heurter par la voiture comme ça ?

– Oui. Tu peux remercier ta petite amie sorcière. Elle est venue me trouver, elle m'a dit que tu avais des ennuis, et quel genre d'ennuis.

Ils se posèrent dans le cimetière. Bod regarda l'endroit qui était chez lui comme s'il le voyait pour la première fois.

– C'est idiot ce qui est arrivé ce soir, n'est-ce pas ? Je veux dire, j'ai mis des choses en péril.

– Plus de choses que tu ne crois, jeune Nobody Owens. Oui.

– Tu avais raison, dit Bod. Je n'y retournerai pas. Pas à cette école, et pas comme ça.

Maureen Quilling passait la pire semaine de sa vie : Nick Farthing ne lui parlait plus ; l'oncle Tam lui avait crié dessus à cause de cette histoire avec le petit Owens, puis lui avait intimé de ne jamais reparler de cette soirée à personne car il risquait d'y perdre son travail, et il ne voudrait pas être à sa place si cela arrivait ; ses parents étaient furieux contre elle ; elle se sentait trahie par le monde entier ; même les sixième n'avaient plus peur d'elle. C'était pourri. Elle aurait voulu voir cet Owens – qu'elle rendait responsable de tout ce qu'il lui était arrivé jusque-là – se tordre dans des douleurs atroces. S'il croyait que c'était dur de se faire *arrêter*... puis elle concoctait dans sa tête des plans de vengeance élaborés, tous plus complexes et vicieux les uns que les autres. C'était la seule chose qui lui permît de se sentir un peu mieux, et encore, ça ne l'aidait pas beaucoup.

S'il y avait une corvée qui donnait à Mo la chair de poule, c'était bien le ménage dans les labos de sciences : ranger les becs Bunsen, s'assurer que tous les tubes à essai, boîtes de Petri, filtres en papier inutilisés et autres ustensiles étaient bien à leur place.

Elle n'avait à le faire, selon un système de rotation rigoureux, qu'une fois tous les deux mois ; mais comme de juste, la pire semaine de sa vie, elle allait se retrouver au labo, toute seule.

Au moins, Mrs Hawkins, la prof de SVT, était là à ramasser des papiers, à rassembler des affaires pour finir la journée. Sa présence, la présence de n'importe qui, était un réconfort.

– Tu fais ça très bien, Maureen, dit Mrs Hawkins.

Un serpent blanc dans un bocal de formol posait sur elles des yeux fixes et aveugles.

– Merci.

– Vous n'êtes pas censés être deux ?

– Je devais le faire avec Owens. Mais il ne vient plus en cours depuis des jours.

La prof fronça les sourcils.

– Lequel est-ce ? demanda-t-elle, un peu absente. Je ne l'ai pas sur ma liste.

– Bob Owens. Cheveux châtains, un peu trop longs. Il ne parlait pas beaucoup. C'est lui qui a su citer tous les os du squelette à l'interro. Vous vous rappelez ?

– Pas vraiment, reconnut Mrs Hawkins d'un air vague.

– Vous devez bien vous rappeler ! Personne ne se souvient de lui ! Même pas Mr Kirby !

Mrs Hawkins fourra le reste des feuilles de papier dans son sac.

– Bien, dit-elle, j'apprécie que tu fasses ça toute seule, ma belle. N'oublie pas de passer le chiffon sur les surfaces de travail avant de partir.

Et elle sortit en fermant la porte derrière elle.

Les labos de sciences étaient vieux. Ils étaient équipés de longues tables en bois, avec des arrivées de gaz, des robinets et des éviers intégrés, et d'étagères sombres sur lesquelles étaient exposés des spécimens variés dans de gros bocaux. Les choses qui flottaient dans ces bocaux étaient mortes, mortes depuis longtemps. Il y avait même un squelette humain jauni dans un coin de la salle : Mo ne savait pas si c'était un vrai ou pas, mais en cet instant, il lui faisait froid dans le dos.

Chaque bruit qu'elle faisait résonnait dans cette longue salle. Elle alluma tous les plafonniers, même la lumière du tableau, juste pour rendre l'endroit moins effrayant. Il se mit à faire froid dans la pièce. Elle aurait aimé pouvoir monter le chauffage. Elle s'approcha d'un des gros radiateurs métalliques et le toucha. Il était brûlant. Pourtant, elle frissonnait.

La salle était vide et déroutante de tout ce vide, et Mo eut l'impression qu'elle n'était pas seule, qu'elle était observée.

Évidemment que je suis observée, se dit-elle. *Une centaine de trucs morts en bocaux me regardent, sans parler du squelette.*

Elle leva les yeux vers les étagères.

C'est alors que les choses mortes dans les bocaux se mirent à bouger. Un serpent aux yeux laiteux et aveugles se déroula dans son flacon rempli d'alcool. Une créature marine épineuse et sans visage pivota et tourna en rond dans sa maison liquide. Un chaton, mort depuis des décennies, montra les dents et griffa le verre.

Mo ferma les yeux. *Ce n'est pas en train d'arriver*, pensa-t-elle. *C'est mon imagination.*

– Je n'ai pas peur, dit-elle à voix haute.

– Tant mieux, approuva quelqu'un debout dans l'ombre, près de la porte du fond. Ça craint trop d'avoir peur.

– Les profs ne se souviennent même pas de toi.

– Mais toi, tu te souviens de moi, répondit le garçon, l'architecte de tous ses déboires.

Elle s'empara d'un bécher en verre pour le lui jeter, mais elle le rata largement et le récipient alla s'écraser contre un mur.

– Comment va Nick ? demanda Bod comme s'il ne s'était rien passé.

– Tu sais comment il va. Il ne me parle même plus. Il la boucle en classe, rentre chez lui et fait ses devoirs. Il joue au train électrique, je parie.

– C'est bien.

– Et toi ? Ça fait une semaine que tu n'es pas venu en cours. Tu vas avoir de gros problèmes, Bob Owens. La police est venue l'autre jour. Ils te cherchaient.

– Ça me rappelle... Comment va ton oncle Tam ?

Mo resta coite.

– D'une certaine manière, reconnut Bod, tu as gagné. Je quitte l'école. Et d'une autre manière, tu n'as pas gagné. As-tu déjà été hantée, Maureen Quilling ? Tu t'es déjà regardée dans la glace en te demandant si les yeux qui te regardaient étaient les tiens ? Tu t'es déjà trouvée dans une pièce vide en comprenant soudain que tu n'étais pas seule ? Ce n'est pas agréable.

– Tu vas me hanter ?

Sa voix tremblait.

Bod ne dit rien du tout. Il se contenta de la regarder fixement. Dans l'autre coin de la pièce, il y eut un bruit fracassant : son sac avait glissé de la chaise sur laquelle il était posé, et lorsqu'elle se retourna, elle était seule dans la pièce. Ou du moins, il n'y avait personne de visible avec elle. Le trajet de retour chez elle s'annonçait très long et très noir.

L'enfant et son tuteur, debout au sommet de la colline, contemplaient les lumières de la ville.

– Ça te fait encore mal ? demanda le garçon.

– Un peu. Mais je cicatrise vite. Bientôt je serai comme neuf.

– Ça aurait pu te tuer ? De te jeter devant cette voiture ?

Le tuteur secoua la tête.

– Il y a des moyens de tuer les gens comme moi, dit-il. Mais pas avec des voitures. Je suis très vieux et très résistant.

– J'ai vraiment tout fait de travers, n'est-ce pas ? Toute l'idée était d'y aller sans me faire remarquer de personne. Et il a fallu que je me mêle des histoires entre élèves, et en un rien de temps voilà la police qui débarque et tout et tout. Parce que j'ai été égoïste.

Silas haussa un sourcil.

– Tu n'as pas été égoïste. Tu as besoin d'être parmi les tiens. C'est très compréhensible. C'est simplement plus dur là-bas, dans le monde des vivants, et nous ne pouvons pas t'y protéger aussi facilement. Je voulais te garder parfaitement en sécurité. Mais il n'y a qu'un endroit parfaitement sûr pour les gens comme toi, et tu n'y arriveras que quand toutes tes aventures seront terminées et qu'elles n'auront plus aucune importance.

Bod passait la main sur la pierre tombale de Thomas R. Stout (1817-1851, *Profondément regretté par tous ceux qui l'ont connu*), il sentait la mousse s'effriter sous ses doigts.

– Il est encore là. L'homme qui a tué ma première famille. J'ai encore des choses à apprendre sur les gens. Tu vas m'empêcher de sortir du cimetière ?

– Non. C'était une erreur, dont nous avons tous les deux tiré enseignement.

– Alors quoi ?

– Nous devrions faire notre possible pour satisfaire ton intérêt pour les histoires, les livres, le monde. Il y a les bibliothèques. Et puis il existe d'autres situations dans lesquelles tu pourrais te retrouver parmi les vivants, comme le théâtre ou le cinéma.

– Qu'est-ce que c'est ? C'est comme le football ? J'aimais bien les regarder jouer au foot à l'école.

– Le football. Hmm. Ça se passe souvent un peu trop tôt dans la journée pour moi, dit Silas, mais Miss Lupescu pourrait t'emmener voir un match la prochaine fois qu'elle reviendra.

– Ça me plairait bien.

Ils commencèrent à redescendre la colline.

– Nous avons tous les deux laissé trop de traces et de pistes ces dernières semaines. Ils te cherchent toujours, tu sais.

– Tu me l'as déjà dit. Comment tu le sais ? Et c'est qui, *ils* ? Et qu'est-ce qu'ils veulent ?

Mais Silas se contenta de secouer la tête sans se laisser entraîner plus loin ; pour le moment, Bod devrait s'en satisfaire.

CHAPITRE SEPT

Tous les Jacks jusqu'au dernier

SILAS ÉTAIT PRÉOCCUPÉ depuis plusieurs mois. Il désertait à présent le cimetière des journées, parfois des semaines entières. À Noël, Miss Lupescu était venue le remplacer pendant trois semaines, et Bod avait pris ses repas avec elle dans son petit appartement de la vieille ville. Elle l'avait même emmené voir un match de football, comme promis par Silas, mais elle s'en était retournée dans le lieu qu'elle dénommait « le Vieux Pays » après avoir pincé les joues de Bod et l'avoir appelé *Nimini*, le petit nom qu'elle lui donnait désormais.

À présent Silas était parti, et Miss Lupescu aussi. Mr et Mrs Owens, assis dans la tombe de Josiah Worthington, s'entretenaient avec ce dernier. Aucun d'entre eux n'était gai.

– Vous voulez dire qu'il ne vous a pas précisé où il allait ni comment prendre soin de l'enfant ? demanda Josiah Worthington.

Comme ils secouaient la tête, il ajouta :

– Mais alors, où est-il ?

Aucun des Owens ne savait que répondre.

– Il ne s'est jamais absenté si longtemps, se lamenta le sieur Owens. Et il a promis, lorsque l'enfant est venu à nous, il a

211

promis qu'il serait là, ou que quelqu'un d'autre serait là pour nous aider à en prendre soin. Il l'a *promis*.

– Je crains qu'il ne lui soit arrivé quelque chose, s'inquiéta Mrs Owens.

Elle semblait proche des larmes, puis ses larmes se muèrent en colère.

– C'est trop vil de sa part ! N'y a-t-il aucun moyen de le trouver, de le faire revenir ?

– Pas à ma connaissance, dit Josiah Worthington. Mais je crois qu'il a laissé de l'argent dans la crypte, pour la nourriture du garçon.

– De l'argent ! éclata Mrs Owens. À quoi bon de l'*argent* ?

– Bod en aura besoin s'il doit sortir s'acheter à manger... commença Mr Owens.

Mais Mrs Owens se tourna vers lui.

– Il n'y en a pas un pour rattraper l'autre !

Elle sortit du tombeau Worthington et partit à la recherche de son fils, qu'elle trouva, comme elle s'y attendait, au sommet de la colline, en train de contempler la ville.

– Un penny pour tes pensées, lui dit-elle.

– Tu n'as pas un penny.

Il avait quatorze ans, à présent, et dépassait sa mère en taille.

– J'en ai deux dans le cercueil, répondit-elle. Sans doute un peu verdis à l'heure qu'il est, mais je les ai toujours, ça oui.

– Je pensais au monde, dit Bod. Comment pouvons-nous être sûrs que celui qui a tué ma famille est encore en vie ? Qu'il est là, quelque part ?

– Silas l'affirme.

– Mais Silas ne nous dit rien de plus.

– Il ne veut que ton bien. Tu le sais.

– Merci, marmonna Bod sans conviction. Alors où est-il ?

Mrs Owens ne fit aucune réponse.

– Tu as vu l'homme qui a tué ma famille, n'est-ce pas ? insista Bod. Le jour où tu m'as adopté.

Mrs Owens hocha la tête.

– Il était comment ?

– Je n'avais d'yeux que pour toi, ou presque. Voyons… Il avait les cheveux noirs, très noirs. Et j'avais peur de lui. Il avait un visage anguleux. Avide et amer à la fois, voilà comment il était. Silas l'a fait partir.

– Pourquoi il ne l'a pas simplement tué ? demanda Bod d'un ton farouche. Il aurait dû le tuer à ce moment-là, c'est tout.

Mrs Owens toucha de ses doigts froids le dos de sa main.

– Ce n'est pas un monstre, Bod.

– Si Silas l'avait tué à l'époque, je serais en sécurité à présent. Je pourrais aller partout.

– Silas en sait plus que toi sur tout cela, plus qu'aucun d'entre nous. Et Silas connaît bien la vie et la mort. Ce n'est pas si facile.

– Comment s'appelait-il ? L'homme qui les a tués ?

– Il ne l'a pas dit. Pas à ce moment-là.

Bod inclina la tête et fixa sur elle des yeux gris comme des nuages d'orage.

– Mais tu le sais, n'est-ce pas ?

– Il n'y a rien que tu puisses faire, Bod.

– Si. Je peux apprendre. Je peux apprendre *tout* ce que j'ai besoin de savoir, tout ce que je peux. J'ai appris les portes de goules. J'ai appris la Songerie. Miss Lupescu m'a appris à regar-

216

der les étoiles. Silas m'a appris le silence. Je sais Hanter. Je sais m'Effacer. Je connais chaque pouce de ce cimetière.

Mrs Owens tendit la main, toucha l'épaule de son fils.

– Un jour, commença-t-elle...

Puis elle hésita. Un jour, elle ne pourrait plus le toucher. Un jour, il les quitterait. Un jour. Alors elle se ravisa.

– Silas m'a dit que l'homme qui avait tué ta famille s'appelait Jack.

Bod ne répondit rien. Puis il hocha la tête.

– Mère ?

– Qu'y a-t-il, mon fils ?

– Quand Silas reviendra-t-il ?

Le vent de minuit était froid et il soufflait du nord.

Mrs Owens n'était plus en colère. Elle craignait pour son fils. Tout ce qu'elle dit fut :

– J'aimerais le savoir, mon enfant chéri, j'aimerais le savoir.

Scarlett Amber Perkins avait quinze ans et, à ce moment précis, installée sur l'impériale du vieil autobus, elle n'était qu'une masse de haine rageuse. Elle haïssait ses parents de s'être séparés. Elle haïssait sa mère d'avoir quitté l'Écosse, haïssait son père parce qu'il ne semblait pas se soucier qu'elle soit partie. Elle haïssait cette ville d'être si différente – rien à voir avec Glasgow, où elle avait grandi – et elle la haïssait parce que de temps à autre elle tournait à un coin de rue, voyait quelque chose, et le monde devenait horriblement, douloureusement familier.

Elle était sortie de ses gonds ce matin-là avec sa mère.

– Au moins, à Glasgow, j'avais des amis ! avait-elle explosé, criant presque, sanglotant presque. Je ne les reverrai jamais !

– Eh bien dis-toi que tu es à un endroit où tu as déjà vécu. Tu sais, on habitait ici quand tu étais petite.

Voilà tout ce que sa mère avait trouvé à lui répondre.

– Je ne m'en souviens pas. Et je ne connais plus personne. Tu voudrais que je retrouve mes vieux copains de quand j'avais cinq ans ? C'est *ça* que tu veux ?

– Eh bien ce n'est pas moi qui vais t'en empêcher.

Scarlett avait passé toute la journée en colère, et elle l'était encore. Elle haïssait son lycée et elle haïssait le monde, et en ce moment elle haïssait tout particulièrement le réseau de bus municipal.

Tous les jours, après les cours, le bus 97 pour le centre-ville l'emmenait depuis les portes du lycée jusque tout au bout de la rue où sa mère avait loué un petit appartement. Elle avait attendu presque une demi-heure à l'arrêt, par cet après-midi d'avril venté, et aucun 97 n'était apparu, si bien qu'en voyant un 121 marqué *centre-ville* elle était montée dedans. Mais à l'endroit où son bus tournait toujours à droite, celui-ci avait tourné à gauche, vers la vieille ville ; il était passé devant le jardin public en face du vieil hôtel de ville, devant la statue du baronnet Josiah Worthington, et avait grimpé une rue sinueuse sur la colline, bordée de hautes maisons, tandis que le cœur de Scarlett sombrait et que sa colère faisait place au désespoir.

Elle descendit de l'impériale, se faufila vers l'avant, lorgna le voyant lui intimant de ne pas parler au conducteur après le démarrage, et dit :

– Excusez-moi. Je voulais aller avenue des Acacias.

– Alors tu aurais dû prendre le 97, répondit la conductrice, une femme corpulente à la peau encore plus sombre que celle de Scarlett.

– Mais celui-ci va au centre-ville.

– Tout au bout de la ligne. Mais même si tu vas jusque-là, tu devras repartir en arrière. (La femme soupira.) Le mieux, c'est de descendre ici et de redescendre la colline à pied, il y a un arrêt devant l'hôtel de ville. De là, tu peux prendre un 4 ou un 58, les deux te rapprocheront bien de l'avenue des Acacias. Tu descends au centre sportif et de là, tu termines à pied. Tu as tout compris ?

– Le 4 ou le 58.

– Je vais te laisser descendre ici.

C'était un arrêt sur demande à flanc de colline, juste après une paire de grandes grilles en fer, lugubres et peu accueillantes. Scarlett resta entre les portières ouvertes jusqu'à ce que la conductrice lui dise :

– Allez. Descends.

Elle prit pied sur le trottoir, et le bus, vomissant une fumée noire, s'éloigna en rugissant.

Le vent secouait les arbres de l'autre côté du mur.

Scarlett entreprit de redescendre la colline... voilà, c'était pour ça qu'il lui fallait un téléphone portable, se dit-elle. Si elle avait ne serait-ce que cinq minutes de retard, sa mère pétait les plombs, mais elle se refusait quand même à lui en acheter un. Eh bien tant pis. Elle devrait subir encore un pétage de plombs. Ce ne serait pas le premier, ni le dernier.

Elle était arrivée à la hauteur de la grille ouverte. Elle jeta un œil à l'intérieur et...

– C'est bizarre, pensa-t-elle tout haut.

Il existe une expression, le *déjà-vu*, pour décrire ce sentiment de s'être déjà trouvé quelque part, d'avoir déjà rêvé ou vécu ce moment dans sa tête, sans qu'on sache comment. Scarlett en avait déjà fait l'expérience : savoir qu'une prof allait leur dire qu'elle avait passé ses vacances à Inverness, ou que quelqu'un avait déjà lâché une cuillère exactement comme ceci. Mais là, c'était différent. Ce n'était pas l'impression de s'être déjà trouvée là. C'était réel.

Scarlett franchit la grille ouverte et pénétra dans le cimetière.

Une pie s'envola au moment où elle entra, éclair noir, blanc et vert irisé, et alla se poser dans les branches d'un buis en l'observant. *Derrière ce virage*, se dit-elle, *il y a une église, avec un banc devant*, et elle tourna le coin et vit une église – bien plus petite que celle qu'elle avait en tête, un petit édifice gothique en pierre grise, sinistre et compact, d'où surgissait une flèche. Devant, un banc de bois usé par les intempéries. Elle s'en approcha, s'assit sur le banc, et remua les jambes comme si elle était encore petite fille.

– Bonjour. Hum, bonjour ? fit une voix derrière elle. Très mal élevé de ma part, je sais, mais pourriez-vous m'aider à tenir ceci, hum, j'aurais vraiment besoin d'une deuxième paire de mains, si cela ne vous dérange pas.

Scarlett regarda autour d'elle et vit un homme en imperméable mastic accroupi devant une pierre tombale. Il tenait une grande feuille de papier que le vent agitait. Elle se hâta de le rejoindre.

– Tenez ça par là, dit l'homme. Une main ici, une main là, c'est ça. J'abuse terriblement, je sais. Formidablement reconnaissant.

Une boîte à biscuits en fer-blanc était posée à côté de lui, et il en sortit ce qui ressemblait à une craie grasse de la taille d'une petite bougie. Il se mit à la frotter sur la pierre d'un geste plein d'aisance et d'expérience.

– Et voilà, conclut-il gaiement. C'est terminé... Oups. Encore un petit tortillon, là, en bas, je pense que ça représente du lierre : les victoriens adoraient mettre du lierre partout, très symbolique, savez-vous... c'est fait. Vous pouvez lâcher, maintenant.

Il se leva, passa la main dans ses cheveux gris.

– Ouille. Grand temps que je me lève. Des fourmis dans les jambes. Alors. Qu'est-ce que ça donne ?

La pierre était couverte de lichen vert et jaune, usée et fanée au point d'être presque indéchiffrable, mais le frottis était clair.

– Majella Godspeed, vieille fille de cette paroisse, 1791-1870, *Elle a quitté ce monde mais pas nos souvenirs*, lut Scarlett à voix haute.

– Et même leurs souvenirs, elle les a sans doute quittés aussi à l'heure qu'il est, commenta l'homme.

Son crâne se dégarnissait, il eut un sourire hésitant et la regarda en clignant des yeux derrière ses petites lunettes rondes qui lui donnaient un peu l'air d'un gentil hibou.

Une grosse goutte de pluie s'écrasa sur le papier, que l'homme roula prestement avant de s'emparer de sa boîte de craies. Encore une poignée de gouttes, et Scarlett ramassa le carton à dessins qu'il lui désignait, appuyé à une autre pierre tombale, et le suivit sous le minuscule porche de l'église, à l'abri de la pluie.

– Merci beaucoup, dit-il. Je ne pense pas qu'il pleuve beaucoup. La météo pour cet après-midi disait plutôt ensoleillé.

Comme pour le contredire, le vent souffla une bourrasque froide et la pluie redoubla.

– Je sais ce que vous pensez, confia à Scarlett le frotteur de tombes.

– Ah oui ?

Ma mère va me tuer, voilà ce qu'elle pensait.

– Vous vous demandez si c'est une église ou une chapelle funéraire. Et la réponse est que, d'après mes renseignements, il y avait bien une petite église sur ce site, dont dépendait le cimetière d'origine. Cela remonte bien à 800 ou 900 après Jésus-Christ. Rénovée et agrandie plusieurs fois depuis. Mais il y a eu le feu ici dans les années 1820, et à l'époque elle était déjà trop petite pour le quartier. Les gens d'ici allaient à la messe à St Dunstan's, sur la place du village, si bien qu'au moment de la reconstruire, ils en ont fait une chapelle funéraire en conservant de nombreux éléments de l'ancienne : il paraît que les vitraux du fond sont d'origine...

– En fait, le coupa Scarlett, je pensais que ma mère allait me tuer. J'ai pris le mauvais bus et je suis déjà très en retard...

– Seigneur, pauvre petite. Écoute, j'habite juste en bas de la rue. Attends-moi ici...

Et sur ce, il lui fourra dans les mains son carton à dessins, sa boîte de craies et son papier roulé et partit au pas de course vers la grille, courbant les épaules sous la pluie. Deux ou trois minutes plus tard, Scarlett vit des phares et entendit un klaxon.

Elle rejoignit la grille en courant et y trouva la voiture, une vénérable Mini verte. L'homme avec qui elle venait de parler était sur le siège conducteur. Il baissa sa vitre.

– Viens, dit-il. Je t'emmène où, au juste ?

Scarlett resta sur place, sous la pluie qui lui dégoulinait dans le cou.

– Je ne monte pas en voiture avec les inconnus.

– Et tu as bien raison, répliqua l'homme. Mais en remerciement de tes services, et, euh, enfin bon. Tiens, pose tout ça derrière avant que ce ne soit trempé.

Il ouvrit la portière côté passager, et Scarlett se pencha à l'intérieur pour poser tant bien que mal ses affaires sur la banquette arrière.

– Voilà ce qu'on va faire, lui proposa-t-il. Tu n'as qu'à téléphoner à ta mère – sers-toi de mon portable si tu veux – et lui donner mon numéro de plaque minéralogique. Tu peux faire ça à l'intérieur. Tu es en train de te faire tremper.

Scarlett hésita. La pluie commençait à lui plaquer les cheveux sur le crâne. Il faisait froid.

L'homme tendit le bras et lui offrit son téléphone. Scarlett le regarda. Elle se rendit compte qu'elle avait plus peur d'appeler sa mère que de monter dans la voiture.

– Je pourrais aussi appeler la police, n'est-ce pas ? dit-elle alors.

– Mais certainement. Ou tu peux rentrer à pied. Ou tu peux simplement appeler ta mère pour lui demander de venir te chercher.

Scarlett s'assit sur le siège passager et ferma la portière. Elle garda le téléphone de l'homme à la main.

– Où habites-tu ? lui demanda-t-il.

– Vraiment, ne vous sentez pas obligé. Vous pouvez me déposer à l'arrêt de bus...

– Je te ramène chez toi. L'adresse ?

– 102, avenue des Acacias. Elle donne sur la grand-route, juste un peu après le grand centre sportif...

– Eh bien dis-moi, tu as fait un sacré détour, en effet ! Bien. À la maison.

Il desserra le frein à main, fit demi-tour et descendit la colline.

– Il y a longtemps que tu vis ici ? la questionna-t-il.

– Pas très. On a emménagé juste après Noël. Mais on a déjà habité ici quand j'avais cinq ans.

– Est-ce un accent irlandais que j'entends ?

– On a vécu en Écosse pendant dix ans. Là-bas, je parlais comme tout le monde, et puis je suis arrivée ici, et maintenant on me remarque comme le nez au milieu de la figure.

Elle voulait que cela sonne comme une blague, mais c'était vrai, et elle l'entendit en le disant. Pas drôle, juste pénible.

L'homme conduisit jusqu'à l'avenue des Acacias, se gara devant la maison, puis insista pour l'accompagner jusqu'à la porte. Quand on vint ouvrir, il se confondit en excuses.

– Absolument navré. J'ai pris la liberté de vous ramener votre fille. On voit que vous l'avez bien élevée, elle ne doit pas monter en voiture avec un inconnu. Mais vous savez ce que c'est, il pleuvait, elle a pris le mauvais bus, s'est retrouvée de l'autre côté de la ville. Une sale histoire, tout ça. Dites-moi que vous trouverez dans votre cœur la force de pardonner. Pardonnez-lui. Et, hum, moi aussi.

Scarlett, qui s'attendait à ce que sa mère leur crie dessus à tous les deux, fut surprise et soulagée de l'entendre dire que ma foi, on n'est jamais trop prudent de nos jours, et Mr Hum était-il professeur, et voulait-il une tasse de thé ?

Mr Hum dit qu'il s'appelait Frost mais qu'elle devait l'appeler Jay, et Mrs Perkins sourit et lui dit de l'appeler Noona, et elle mit la bouilloire à chauffer.

En prenant le thé, Scarlett raconta à sa mère ses aventures en autobus, et comment elle s'était retrouvée au cimetière, et comment elle avait rencontré Mr Frost à côté de la petite église...

Mrs Perkins laissa tomber sa tasse.

Comme ils étaient à la table de la cuisine, la tasse ne tomba pas bien loin et ne se brisa pas, elle répandit juste du thé. Mrs Perkins s'excusa confusément et alla à l'évier chercher une lavette pour éponger.

Puis elle demanda :

– Le cimetière sur la colline, dans la vieille ville ? Celui-là ?

– J'habite par là-bas, expliqua Mr Frost. Je fais beaucoup de frottis sur les tombes. Et savez-vous qu'il est classé parc naturel ?

– Je sais, dit Mrs Perkins, les lèvres serrées.

Elle ajouta :

– Merci beaucoup d'avoir ramené Scarlett, Mr Frost.

Chacun de ses mots aurait pu être un glaçon. Puis :

– Je pense que vous devriez partir maintenant.

– Ça alors, c'est un peu fort, protesta aimablement Mr Frost. Je ne voulais pas vous blesser. Est-ce quelque chose que j'ai dit ? Les frottis, c'est pour un projet de recherche sur l'histoire locale, vous savez, ce n'est pas comme si je déterrais des ossements ou je ne sais quoi.

L'espace d'un battement de cœur, Scarlett crut que sa mère allait frapper Mr Frost, qui avait simplement l'air inquiet. Mais Mrs Perkins secoua la tête.

– Excusez-moi, une histoire de famille, dit-elle. Vous n'y êtes pour rien.

Comme en se forçant, elle ajouta avec vivacité :

– Vous savez, en fait Scarlett allait jouer dans ce cimetière quand elle était petite. C'était, oh, il y a bien dix ans. Et elle avait un ami imaginaire là-bas. Un petit garçon qui s'appelait Nobody.

Un sourire dansa au coin des lèvres de Mr Frost.

– Un petit fantôme ?

– Non, je ne crois pas. Il vivait simplement là. Elle m'a même montré la tombe où il habitait. Donc je suppose que c'était bien un fantôme, en fait. Tu te rappelles, ma chérie ?

Scarlett secoua la tête.

– Je devais être une drôle de gamine, observa-t-elle.

– Je suis sûr que tu n'étais pas du tout... hum, dit Mr Frost. C'est une bien gentille fille que vous avez là, Noona. Bien, ce thé était très agréable. Toujours une joie de se faire de nouveaux amis. Je vais m'en retourner. Un petit dîner à me préparer, puis j'ai une réunion à la Société d'histoire locale.

– Vous cuisinez vous-même ? demanda Mrs Perkins.

– Oui, je cuisine. Enfin, en réalité je décongèle. Je suis aussi un grand maître du sachet cuisson. Portion individuelle. Je vis seul. Un peu vieux garçon poussiéreux. D'ailleurs, dans le journal, ça veut toujours dire homosexuel, pas vrai ? Pas homo, juste que je n'ai jamais rencontré la bonne.

Et pendant un instant, il eut l'air très triste.

Mrs Perkins, qui détestait cuisiner, annonça qu'elle faisait toujours trop à manger le week-end, et pendant qu'elle raccompagnait Mr Frost dans l'entrée, Scarlett entendit ce dernier s'exclamer qu'il serait enchanté de venir dîner samedi soir.

En revenant de l'entrée, tout ce que dit Mrs Perkins à Scarlett fut :

– J'espère que tu as fait tes devoirs.

Couchée dans son lit ce soir-là, Scarlett repensa aux événements de l'après-midi tout en écoutant les voitures qui remontaient la grand-route en crissant. Elle était bien venue dans ce cimetière quand elle était petite. C'était pour cela que tout lui semblait familier.

Dans sa tête elle imagina et se remémora, et à un moment elle s'endormit, mais dans son sommeil elle arpentait toujours les allées du cimetière. C'était la nuit, mais elle y voyait aussi clairement qu'en plein jour. Elle se trouvait à flanc de colline. Il y avait un garçon à peu près de son âge, debout, le dos tourné, qui contemplait les lumières de la ville.

– Hé, le garçon ! le héla Scarlett. Qu'est-ce que tu fais ?

Il regarda autour de lui, il semblait avoir du mal à fixer son regard.

– Qui a dit ça ? demanda-t-il.

Puis :

– Oh, je te vois, plus ou moins. Tu fais une Songerie ?

– Je crois que je rêve, acquiesça-t-elle.

– C'est pas tout à fait ce que je voulais dire, répondit le garçon. Bonjour. Je m'appelle Bod.

– Moi, c'est Scarlett.

Il la regarda de nouveau, comme s'il la voyait pour la première fois.

– Bien sûr, c'est toi ! Je savais bien que je te reconnaissais. Tu étais dans le cimetière aujourd'hui avec cet homme, celui qui avait un papier.

– Mr Frost, dit-elle. Il est très gentil. Il m'a ramenée chez moi.

Puis elle ajouta :

– Tu nous as vus ?

– Ben oui. J'ai l'œil sur un peu tout ce qui se passe dans le cimetière.

– Qu'est-ce que c'est que ce nom, Bod ?

– C'est le diminutif de Nobody.

– Bien sûr ! s'exclama Scarlett. C'est ça, le sens de ce rêve. Tu es mon ami imaginaire, celui de quand j'étais petite, et tu as grandi.

Il hocha la tête.

Il était plus grand qu'elle. Il était habillé en gris, quoiqu'elle n'aurait pas pu décrire ses vêtements. Ses cheveux étaient trop longs, et elle se dit qu'il y avait un bout de temps qu'on ne lui avait pas fait une coupe.

– Tu étais très courageux, se rappela-t-elle. On est descendus au fond de la colline et on a vu l'Homme Indigo. Et on a rencontré la Vouivre.

Il se passa alors quelque chose, dans sa tête. Cela se bouscula et tournoya, un tourbillon de ténèbres et une collision d'images...

– Je me *souviens*, dit Scarlett.

Mais c'est à l'obscurité vide de sa chambre qu'elle s'adressait, et elle n'entendit rien d'autre en réponse que le grondement grave d'un camion lointain, qui avançait lentement dans la nuit.

Bod avait des tonnes de nourriture, du genre qui se garde longtemps, cachée dans la crypte et dans les plus froids des tombeaux, caveaux et mausolées. Silas y avait veillé. Il avait assez à manger pour plusieurs mois encore. En l'absence de Silas ou de Miss Lupescu, il refusait tout simplement de sortir du cimetière.

Le monde au-delà de la grille lui manquait, mais il savait qu'il ne serait pas en sécurité là-bas. Pas encore. Le cimetière, toutefois, était son monde et son domaine, il en était fier et l'aimait aussi fort qu'un garçon de quatorze ans peut aimer.

Et pourtant...

Dans le cimetière, personne ne changeait jamais. Les enfants avec qui jouait Bod quand il était petit étaient toujours des enfants ; Fortinbras Bartleby, qui avait été son meilleur ami, était à présent de quatre ou cinq ans son cadet, et ils avaient de moins en moins de choses à se dire chaque fois qu'ils se voyaient ; Thackeray Porringer avait son âge et sa taille, et semblait mieux disposé à son égard ; il se promenait le soir avec Bod en lui racontant les malheurs arrivés à ses amis. En général, ses histoires se terminaient par leur pendaison, sans qu'ils aient rien fait de mal et par erreur, mais parfois ils étaient simplement déportés dans les colonies américaines et n'avaient pas à se faire pendre, sauf s'ils revenaient.

Liza Hempstock, qui était l'amie de Bod depuis six ans, avait changé d'une autre manière ; elle était moins souvent disponible pour lui quand il descendait la voir dans le coin couvert d'orties, et les rares fois où elle était là, elle se montrait soupe au lait, raisonneuse et souvent carrément grossière.

Bod en parla à Mr Owens, qui réfléchit un moment avant de se prononcer.

– Ce sont simplement les femmes, je suppose. Elle t'appréciait en tant que petit garçon, et ne sait sans doute plus très bien qui tu es, à présent que tu es un jeune homme. J'ai joué tous les jours avec une petite fille à la mare aux canards jusqu'à ce qu'elle ait à peu près ton âge, et là elle m'a jeté une pomme à la tête en m'ordonnant de ne plus lui dire un mot jusqu'à mes dix-sept ans.

Mrs Owens renifla.

– C'est une poire que j'ai jetée, dit-elle d'un ton acerbe, et je vous ai reparlé bien assez tôt, puisque j'ai dansé avec vous au mariage de votre cousin Ned, deux jours seulement après votre seizième anniversaire.

– Bien sûr, ma mie, vous avez raison.

Il fit un clin d'œil à Bod pour lui indiquer que rien de tout cela n'était sérieux. Puis il articula silencieusement « dix-septième », pour lui indiquer qu'en fait, c'était bien ça.

Bod ne s'était autorisé aucun ami parmi les vivants. Car, comme il l'avait compris pendant sa courte scolarité, cela n'apportait que des ennuis. Néanmoins il n'avait pas oublié Scarlett, elle lui avait manqué pendant des années après son départ, et il s'était depuis bien longtemps résigné à ne jamais la revoir. Et voilà qu'elle était venue au cimetière, et qu'il ne l'avait pas reconnue...

Il s'enfonçait de plus en plus loin dans l'enchevêtrement de lierre et d'arbres qui rendait si périlleux le quart nord-ouest du cimetière. Des panneaux conseillaient aux visiteurs de ne pas s'y aventurer, mais c'était une précaution superflue. Tout était menaçant et lugubre, une fois franchis le fouillis de lierre marquant la fin de la Promenade égyptienne et les portes noires des fausses murailles antiques qui menaient au dernier repos des gens. Au nord-ouest, la nature revendiquait le cimetière depuis presque un siècle, les pierres tombales étaient renversées, les tombes oubliées ou simplement perdues sous le lierre vert et les feuilles tombées depuis cinquante ans. Les sentiers étaient effacés et impraticables.

Bod avançait avec précaution. Il connaissait bien la zone, il savait combien elle était dangereuse.

L'année de ses neuf ans, il était parti en exploration précisément à cet endroit lorsque le sol s'était dérobé sous ses pieds, le précipitant presque six mètres plus bas dans un trou. Le tombeau avait été creusé profond pour accueillir de nombreux défunts, mais il n'avait pas de stèle et ne contenait qu'un cercueil, tout au fond, celui d'un jeune carabin fort exalté nommé Carstairs. Celui-ci, apparemment ravi de l'arrivée de Bod, avait insisté pour examiner son poignet (qu'il s'était tordu dans sa chute, en s'accrochant à une racine) avant de se décider à aller chercher de l'aide.

Si Bod traversait lentement le quart nord-ouest, ce bourbier de feuilles mortes, ce fouillis de lierre où les renards creusaient leurs terriers et où les anges tombés fixaient aveuglément le ciel, c'était parce qu'il avait très envie de s'entretenir avec le Poète.

Nehemiah Trot était son nom, et sur sa pierre tombale, sous la verdure, on pouvait lire :

Ci-gît la dépouille de
NEHEMIAH TROT
POÈTE
1741-1774
LE CYGNE CHANTE AVANT DE MOURIR

– Maître Trot ? appela Bod. Puis-je vous demander conseil ?
Nehemiah Trot eut un large sourire blême.

– Mais bien sûr, mon brave garçon. Les conseils du poète sont la politesse des rois ! Que puis-je faire pour oindre, non, pas oindre, pour passer un baume sur ta peine ? ˛

– En fait, je ne suis pas dans la peine. C'est juste que... bon, il y a une fille que j'ai connue, et je ne sais pas trop si je dois aller la trouver pour lui parler, ou si je ferais mieux de tout oublier.

Nehemiah Trot se dressa de toute sa hauteur, qui était inférieure à celle de Bod, et porta les deux mains à sa poitrine avec emphase.

– Oh ! Tu dois aller à elle et l'implorer. Tu dois l'appeler ta Terpsichore, ton Écho, ta Clytemnestre. Tu devras lui écrire des poèmes, des odes puissantes – je t'aiderai – et alors, alors seulement, tu gagneras le cœur de ta dulcinée.

– Je n'ai pas vraiment besoin de gagner son cœur. Ce n'est pas ma dulcinée. C'est juste quelqu'un avec qui j'aimerais bien parler.

– De tous les organes, déclara Nehemiah Trot, la langue est le plus remarquable. Car si nous en usons pour goûter les vins fins comme les poisons amers, c'est elle aussi, cette même langue, qui forge les mots les plus doux comme les plus cruels. Va à elle ! Parle-lui !

– Ce n'est pas raisonnable.

– Tu le dois, jeune homme ! Il le faut ! J'en ferai des vers, après la défaite et la victoire.

– Mais si je cesse de m'Effacer pour une personne, les autres me voient plus facilement...

– Ah, ois-moi bien, jeune Léandre, jeune héros, jeune Alexandre. Si tu ne risques rien, à la tombée du jour tu n'auras rien conquis.

– Bien vu.

Bod était content de lui, et se félicitait d'avoir pensé à demander conseil au Poète. *C'est vrai*, se dit-il, *si on ne peut pas faire confiance à un poète pour donner des conseils avisés, à qui faire confiance ?* Ce qui lui fit penser...

– Monsieur Trot ? Parlez-moi de la vengeance.

– Un plat qui se mange froid, professa Nehemiah Trot. Ne te venge pas dans le feu de l'instant. Au contraire, attends l'heure propice. Un jour, un scribouillard de Grub Street nommé O'Leary – un Irlandais, faut-il le préciser – eut le toupet, la confondante effronterie de qualifier mon premier recueil de poèmes, *Un florilège de beauté composé pour les jeunes gens de qualité*, de ramassis de vers de mirliton, et de conclure que le papier sur lequel ils étaient couchés eût mieux servi à... non, je ne puis le dire. Convenons simplement que c'était une déclaration de la plus basse vulgarité.

– Mais vous vous êtes vengé de lui ? demanda Bod avec curiosité.

– De lui et de toute sa race pestilentielle ! Oh, j'ai eu ma revanche, maître Owens, et elle fut terrible. J'écrivis, et fis publier, une lettre que je clouai aux portes des maisons publiques de Londres fréquentées par les plumitifs de son espèce. Et j'y expliquais que, le génie poétique étant chose fragile, je n'écrirais plus pour eux désormais, mais uniquement pour moi-même et la postérité, et que de toute ma vie je ne publierais plus un poème – pour eux ! Je laissai donc des instructions pour qu'à ma mort mes poèmes fussent ensevelis avec moi, non publiés ; et le jour où la postérité prendrait conscience de mon génie, comprendrait que des centaines de mes vers étaient perdus – perdus ! alors, et alors seulement, mon cercueil pourrait être exhumé, alors seulement mes poèmes pourraient être arrachés à mes froides mains et publiés enfin, pour la joie et le plaisir de tous. C'est chose terrible que d'être en avance sur son temps.

– Et après votre mort, on vous a déterré et on a imprimé les poèmes ?

– Pas encore, non. Mais le temps ne manque pas. Vaste est la postérité.

– Alors... c'était ça, votre vengeance ?

– Tout à fait. Ô combien puissante et astucieuse !

– Moui..., fit Bod, peu convaincu.

– Un plat. Qui se mange. Froid, répéta Nehemiah Trot, tout fier.

Bod sortit du quart nord-ouest, retraversa la Promenade égyptienne jusqu'aux allées plus ordonnées et aux chemins bien nets, et, dans la nuit tombante, regagna en flânant la vieille chapelle : pas parce qu'il espérait que Silas fût rentré de ses voyages, mais parce que toute sa vie il s'était rendu à la chapelle au crépuscule, et que c'était agréable d'avoir un rythme de vie. En plus, il avait faim.

Bod se glissa à travers la porte de la crypte et descendit. Il déplaça une boîte en carton pleine d'archives paroissiales humides et racornies, et prit une brique de jus d'orange, une pomme, un paquet de gressins et un morceau de fromage, qu'il mangea tout en se demandant comment rejoindre Scarlett et si c'était souhaitable. Il ferait une Songerie, peut-être, puisque c'était ainsi qu'elle était venue à lui...

Il était sorti et allait s'asseoir sur le banc de bois gris lorsqu'il vit une chose qui le fit hésiter. Une personne était déjà là, assise sur le banc. Elle lisait un magazine.

Bod s'Effaça encore plus, devint un élément du cimetière, sans plus d'importance qu'une ombre ou une brindille.

Mais elle leva la tête. Elle regarda droit vers lui et demanda :

– Bod ? C'est toi ?

Il ne dit rien d'abord. Puis :

– Comment ça se fait que tu me voies ?

– J'ai failli ne pas te voir. Au début, je t'ai pris pour une ombre ou je ne sais quoi. Mais tu es comme dans mon rêve. Tu t'es précisé, on dirait.

Il s'approcha du banc.

– Tu arrives vraiment à lire ? Il ne fait pas trop noir pour toi ?

Scarlett referma le magazine.

– C'est bizarre, dit-elle. On croirait qu'il fait trop sombre, mais j'arrivais très bien à lire, sans problème.

– Tu es... (Il s'arrêta, incertain de ce qu'il avait voulu lui demander.) Tu es là toute seule ?

Elle opina.

– J'ai aidé Mr Frost a faire des frottis sur les tombes, après les cours. Et ensuite, je lui ai dit que j'avais envie de m'asseoir ici pour réfléchir un petit moment. Je lui ai promis d'aller boire le thé avec lui quand j'aurais fini, et il me reconduira chez moi après. Il ne m'a même pas demandé pourquoi. Il m'a dit que lui aussi adorait s'asseoir dans les cimetières, et qu'il trouve que ce sont les endroits les plus paisibles du monde.

Puis elle demanda :

– Je peux te serrer dans mes bras ?

– Tu veux ?

– Oui.

– Bon, alors. (Bod réfléchit un instant.) Moi, ça ne me dérange pas.

– Mes mains ne vont pas te traverser ni rien ? Tu es vraiment là ?

– Tu ne vas pas me traverser, lui promit-il, et elle jeta ses bras autour de lui et le serra si fort qu'il pouvait à peine respirer.

– Tu me fais mal.

Scarlett le lâcha.

– Pardon.

– Non. C'était bien. Enfin bon. Tu m'as serré plus fort que je ne m'y attendais, c'est tout.

– Je voulais juste savoir si tu étais réel. Pendant des années, j'ai cru que tu n'existais que dans ma tête. Ensuite, je t'ai plus ou moins oublié. Mais non, je ne t'ai pas inventé, et tu es de retour, tu es dans ma tête, et tu es aussi dans le monde.

Bod sourit.

– Tu portais un genre de manteau, il était orange, et chaque fois que je voyais cet orange particulier, je pensais à toi. Je suppose que tu ne l'as plus, ce manteau.

– Non. Depuis longtemps. Il serait un peu petit pour moi, maintenant.

– Oui. Bien sûr.

– Il faut que je rentre, dit Scarlett. Mais je me disais que je pourrais revenir ce week-end. On est mercredi, ajouta-t-elle en voyant l'expression de Bod.

– Ça me plairait bien.

Elle se détourna pour partir. Puis elle demanda :

– Comment je te trouverai la prochaine fois ?

– C'est moi qui te trouverai. Ne t'en fais pas. Sois seule, et je te trouverai.

Elle hocha la tête et disparut.

Bod s'enfonça dans le cimetière et gravit la colline, jusqu'au mausolée Frobisher. Il n'y pénétra pas. Il escalada l'édifice par le côté, en posant les pieds sur l'épaisse racine du lierre, et se hissa sur le toit de pierre, où il resta assis à réfléchir en contemplant l'univers en mouvement au-delà du cimetière ; il se rappela comment Scarlett l'avait tenu dans ses bras et comme il s'y était senti en sécurité, ne fût-ce que pour un instant, et il pensa que ce serait bon de déambuler sans danger sur les terres du dehors, et que c'était bon d'être le maître de son petit monde à lui.

Scarlett déclara qu'elle ne voulait pas de tasse de thé, merci. Ni de biscuits au chocolat. Mr Frost s'inquiéta.

– Franchement, on dirait que tu as vu un fantôme. Bien sûr, quitte à en voir un, un cimetière, c'est tout indiqué, hum, j'ai eu une tante qui racontait que sa perruche était hantée. Elle était verte à tête jaune. La perruche. La tante était architecte. Jamais connu les détails de l'histoire.

– Je vais bien, insista Scarlett. La journée a été longue, c'est tout.

– Alors je te ramène chez toi. Une idée sur ce que ça veut dire, ça ? Une journée et demie que je me triture les méninges dessus.

Il désigna un frottis de tombe sur la petite table, maintenu à plat par un pot de confiture à chaque coin.

– Ce nom, tu crois que c'est Gladstone ? Peut-être la famille du Premier ministre. Mais je ne déchiffre rien d'autre.

– Moi non plus, dit Scarlett. Je regarderai mieux quand je viendrai samedi.

– Crois-tu que ta mère fera une apparition ?

– Elle m'a dit qu'elle me déposerait ici dans la matinée. Ensuite, elle doit aller faire les courses pour notre dîner. Elle fait un poulet rôti.

– Tu crois, demanda Mr Frost avec espoir, qu'il y aura des pommes de terre sautées ?

– Normalement, oui.

Mr Frost semblait enchanté.

– Mais je ne veux pas la déranger, ajouta-t-il.

– Ça lui fait très plaisir, lui assura Scarlett avec sincérité. Et merci de me ramener chez moi.

– Mais de rien du tout.

Ensemble, ils descendirent l'escalier de la haute maison étroite de Mr Frost, jusqu'à la petite entrée en bas des marches.

À Cracovie, sur la colline de Wawel, il y a des grottes qu'on appelle le Repaire du Dragon, à cause d'un dragon mort depuis longtemps. Elles sont bien connues des touristes. Sous ces grottes, il y en a d'autres, dont les touristes ignorent l'existence et qu'ils ne visitent jamais. Elles sont très profondes, et elles sont habitées.

Silas passa en premier, suivi par l'immensité grise de Miss Lupescu, qui avançait en silence sur ses quatre pattes juste derrière lui. Kandar, une momie assyrienne enveloppée de bandelettes, avec de puissantes ailes d'aigle et des yeux comme des rubis, fermait la marche, un petit cochon sous le bras.

Ils étaient quatre au départ, mais ils avaient perdu Haroun bien plus haut dans une grotte lorsque l'Éfrit, trop sûr de lui comme tous ceux de sa race, avait posé le pied dans un espace entouré de trois miroirs de bronze poli et qu'un éclair de lumière métallique l'avait englouti. L'instant d'après, on pouvait encore le voir dans les miroirs, mais plus du tout dans la réalité. Ses yeux flamboyants s'écarquillèrent et sa bouche s'agita comme s'il leur criait de partir et de prendre garde, puis il s'évanouit et disparut définitivement.

Silas, qui ne craignait pas du tout les miroirs, en couvrit un de son manteau et neutralisa le piège.

– Eh bien, dit-il, nous ne sommes plus que trois.

– Et un cochon, précisa Kandar.

– Pourquoi ? articula Miss Lupescu avec sa langue de loup, entre ses crocs de loup. Pourquoi le cochon ?

– Ça porte chance.

Miss Lupescu grogna. Elle n'était pas convaincue.

– Haroun avait-il un cochon ? demanda simplement Kandar.

– Chut, fit Silas. Ils arrivent. À les entendre, ils sont nombreux.

– Qu'ils viennent, chuchota Kandar.

La nuque de Miss Lupescu se hérissa. Elle ne dit mot, mais elle était prête à les recevoir, et elle dut faire un effort pour ne pas renverser la tête en arrière et hurler à la mort.

– C'est beau, par ici, dit Scarlett.

– Oui, dit Bod.

– Alors comme ça, toute ta famille a été tuée ? Est-ce que quelqu'un sait qui a fait le coup ?

– Non. Pas à ma connaissance. Mon tuteur dit seulement que celui qui a fait ça est encore en vie, et qu'un jour il me racontera tout ce qu'il sait d'autre.

– Un jour ?

– Quand je serai prêt.

– Il a peur de quoi ? Que tu prennes ton pistolet et que tu partes sur ton cheval pour te venger de l'homme qui a tué ta famille ?

Bod la regarda avec sérieux.

– Évidemment. Pas un pistolet, bien sûr. Mais oui. Quelque chose comme ça.

– Tu plaisantes.

Bod ne répondit rien. Ses lèvres étaient serrées. Il secoua la tête.

– Je ne plaisante pas.

C'était un samedi matin radieux et ensoleillé. Ils étaient juste derrière l'entrée de la Promenade égyptienne, abrités du soleil par les pins et par l'immense araucaria.

– Ton tuteur. C'est un mort, lui aussi ?

– Je ne parle pas de lui.

Scarlett eut l'air peiné.

– Même à moi ?

– Même à toi.

– Bon. Si ça t'amuse.

– Écoute, je suis désolé, je ne voulais pas... commença Bod juste au moment où Scarlett disait :

– J'ai promis à Mr Frost de ne pas rester trop longtemps. Je ferais bien de rentrer.

– D'accord, concéda Bod, inquiet de l'avoir offensée, incertain de ce qu'il fallait dire pour arranger les choses.

Il regarda Scarlett s'éloigner à grands pas dans l'allée sinueuse qui menait à la chapelle. Une voix féminine bien connue s'éleva, sur le ton de la dérision :

– Non mais regardez-moi ça ! Sa Majesté !

Mais il n'y avait personne en vue.

Bod, encombré de sa maladresse, remonta à la Promenade égyptienne. Miss Lillibet et Miss Violet l'avaient laissé entreposer un carton plein de vieux livres de poche dans leur caveau, et il voulait trouver quelque chose à lire.

Scarlett aida Mr Frost avec ses frottis jusqu'à l'heure de midi, où ils s'arrêtèrent pour déjeuner. Il proposa de lui offrir une bonne friture en remerciement, et ils descendirent à pied acheter des *fish and chips* à la baraque en bas de la rue, puis remontèrent en mangeant leur repas fumant, trempé de vinaigre et étincelant de sel, directement dans les sacs en papier.

– Si vous vouliez vous renseigner sur un meurtre, lui demanda Scarlett, où chercheriez-vous ? J'ai déjà essayé Internet.

– Hum. Ça dépend. On parle de quel genre de meurtre ?

– Une histoire locale, je crois. Il y a treize ou quatorze ans, à peu près. Toute une famille a été tuée par ici.

– Mince alors ! C'est vraiment arrivé ?

– Oh oui. Vous vous sentez bien ?

– Pas tout à fait, non. Mais aussi, il faut dire, un peu mauviette, vraiment. Ce genre de choses, enfin, les vrais crimes locaux, on n'y pense jamais. Des choses comme ça, arriver ici. M'attendais pas à ce qu'une fille de ton âge s'intéresse à ça.

– En fait, ce n'est pas pour moi. C'est pour un ami.

Mr Frost termina sa dernière bouchée de morue frite.

– La bibliothèque, je pense. Si ce n'est pas sur Internet, ce sera dans les archives des journaux. Qu'est-ce qui t'a décidée à te lancer là-dedans ?

– Oh...

Scarlett voulait mentir le moins possible.

– Un garçon que je connais, dit-elle. Il m'a posé des questions là-dessus.

– Décidément, la bibliothèque, confirma Mr Frost. Un meurtre. Brrr. Ça me donne la chair de poule.

– À moi aussi, avoua Scarlett. Un peu. Vous pourriez peut-être, ajouta-t-elle avec espoir, me déposer à la bibliothèque cet après-midi, si c'est possible ?

Mr Frost coupa une grosse frite en deux avec ses dents, la mastiqua, et regarda le reste, déçu.

– Qu'est-ce que ça refroidit vite, les frites, hein ! Ça vous brûle la bouche, et la minute d'après, on se demande comment ça a pu refroidir si vite.

– Pardon, dit Scarlett. Je ne devrais pas vous demander de m'emmener partout...

– Pas du tout. Je me demandais juste comment organiser l'après-midi au mieux, et si ta mère aime les chocolats ou non. Bouteille de vin, chocolats ? J'hésite. Les deux, peut-être ?

– Je peux rentrer toute seule de la bibliothèque. Et elle adore les chocolats. Moi aussi.

– Alors va pour les chocolats, dit Mr Frost, soulagé.

Ils étaient arrivés à mi-hauteur des hautes maisons étagées sur la colline, devant la petite Mini verte garée dehors.

– Monte. Je t'emmène à la bibliothèque.

La bibliothèque était un bâtiment carré, tout en brique et en pierre, du début du siècle dernier. Scarlett jeta un regard autour d'elle, puis se rendit au comptoir de l'accueil.

– Oui ? fit la femme.

– Je voudrais voir de vieilles coupures de presse.

– C'est pour le lycée ?

– C'est de l'histoire locale, dit Scarlett en hochant la tête, fière de n'avoir pas vraiment menti.

– Les journaux locaux sont sur microfiches, lui expliqua la femme.

Cette dernière était imposante, avec des anneaux d'argent aux oreilles. Scarlett sentait son cœur tambouriner dans sa poitrine ; elle était certaine d'avoir l'air coupable ou suspect, et pourtant la femme la guida jusqu'à une pièce équipée de gros boîtiers qui ressemblaient à des écrans d'ordinateur, et lui montra comment s'en servir pour projeter une page de journal sur l'écran.

– Un jour, nous ferons tout numériser, dit la femme. Bien, quelles dates t'intéressent ?

– Il y a environ treize ou quatorze ans. Je ne peux rien vous dire de plus précis. Je reconnaîtrai ce que je cherche quand je le verrai.

La femme lui donna une petite boîte contenant cinq années de journaux sur microfiches.

– Amuse-toi bien, lui lança-t-elle.

Scarlett se serait attendue à ce que l'assassinat d'une famille fasse les gros titres, mais en fait, lorsqu'elle le trouva, il était presque enterré en page cinq. Cela s'était produit en octobre, treize ans plus tôt. L'article n'avait aucune vivacité, il ne décrivait rien, ce n'était qu'une discrète énumération d'événements : *L'architecte Ronald Dorian, 36 ans, son épouse Carlotta, 34 ans, éditrice, et leur fille Misty, 7 ans, ont été retrouvés morts au 33, Dunstan Road. On soupçonne un crime. Un porte-parole de la police a déclaré qu'il était trop tôt pour faire des commentaires à ce stade de l'enquête, mais que des pistes sérieuses étaient suivies.*

Pas un mot sur la manière dont la famille était morte, ni sur un bébé disparu. Les semaines suivantes, il n'y avait aucun autre article, et la police ne fit aucun commentaire, du moins que Scarlett pût trouver.

Mais c'était cela. Elle en était certaine. 33, Dunstan Road. Elle connaissait cette maison. Elle y était déjà allée.

Elle rendit la boîte de microfiches au comptoir, remercia la bibliothécaire et rentra à pied dans le soleil d'avril. Sa mère était en pleine cuisine... et ce n'était pas un succès complet, à en juger par l'odeur de fond de casserole brûlé qui emplissait la plus grande partie de l'appartement. Scarlett se retira dans sa chambre et ouvrit la fenêtre en grand pour aérer, puis s'assit sur son lit et passa un coup de fil.

– Allô ? Mr Frost ?

– Scarlett. Ça tient toujours pour ce soir ? Comment va ta mère ?

– Oh, elle maîtrise la situation, dit Scarlett, car c'était ce que lui avait répondu sa mère quand elle lui avait posé la question. Euh, Mr Frost, il y a combien de temps que vous habitez votre maison ?

– Combien de temps ? À peu près, voyons, quatre mois maintenant.

– Vous l'avez trouvée comment ?

– Une vitrine d'agence immobilière. Elle était libre et abordable. Enfin plus ou moins. C'est-à-dire, je voulais pouvoir me rendre au cimetière à pied, et elle était parfaite pour ça.

– Mr Frost.

Scarlett se demanda comment lui annoncer la nouvelle, puis elle prononça les mots, tout simplement.

– Il y a treize ou quatorze ans, trois personnes ont été assassinées chez vous. La famille Dorian.

Il y eut un silence à l'autre bout du fil.

– Mr Frost ? Vous êtes là ?

– Hum. Toujours là, Scarlett. Pardon. Pas le genre de choses qu'on s'attend à entendre. C'est une vieille maison, je veux dire, pas étonnant qu'il se soit passé des choses il y a longtemps. Mais pas... alors, qu'est-il arrivé ?

Scarlett se demandait jusqu'où elle pouvait lui raconter.

– Il y avait un entrefilet là-dessus dans un vieux journal, il ne donnait que l'adresse et rien de plus. Je ne sais pas pourquoi ces gens sont morts, ni rien du tout.

– Eh bien. Seigneur.

Mr Frost paraissait plus intrigué par les nouvelles que Scarlett ne l'aurait cru.

– Ma petite Scarlett, c'est là que nous entrons en scène, nous les historiens locaux. Laisse-moi m'en occuper. Je découvrirai tout, et je te tiendrai au courant.

– Merci, fit Scarlett, soulagée.

– Hum. Je suppose que tu m'as téléphoné parce que si Noona savait qu'il y a des histoires de meurtres chez moi, même vieilles de treize ans, tu n'aurais plus jamais le droit de me voir ni d'aller au cimetière. Donc, hum, je n'en parle pas si tu n'en parles pas, c'est bien ça ?

– Merci, Mr Frost !

– À tout à l'heure. Sept heures. Avec des chocolats.

Le dîner fut remarquablement plaisant. L'odeur de brûlé avait disparu de la cuisine. Le poulet était bon, la salade meilleure, les pommes de terre sautées étaient trop grillées, mais Mr Frost proclama que c'était ainsi qu'il les aimait et se resservit.

Les fleurs furent appréciées, les chocolats, qu'ils mangèrent en dessert, étaient parfaits, et Mr Frost resta bavarder puis regarder la télévision avec elles jusque vers 22 heures, et enfin il déclara qu'il devait rentrer.

– Le temps, la marée et la recherche historique n'attendent pas les hommes, dit-il.

Il serra la main de Noona avec enthousiasme, adressa un clin d'œil complice à Scarlett et partit.

Scarlett essaya de retrouver Bod dans ses rêves cette nuit-là ; elle pensa à lui en s'endormant, s'imagina errant dans le cimetière à sa recherche, mais lorsqu'elle rêva pour de bon elle arpentait le centre de Glasgow avec ses copains de son ancien collège. Ils cherchaient une rue précise, mais tout ce qu'ils trouvaient était une succession de culs-de-sac, l'un après l'autre.

Loin sous la colline à Cracovie, dans le caveau le plus profond, sous les grottes appelées le Repaire du Dragon, Miss Lupescu trébucha et tomba.

Silas s'accroupit à côté d'elle et prit sa tête entre ses mains. Il y avait du sang sur son visage, qui était en partie le sien.

– Il faut me laisser, murmura-t-elle. Sauvez le garçon.

Elle était à mi-chemin à présent, à mi-chemin entre le loup gris et la femme, mais son visage était celui d'une femme.

– Non, dit Silas. Je ne vous abandonnerai pas.

Derrière lui, Kandar serrait son petit cochon comme un enfant tient une poupée. La momie avait l'aile gauche déchiquetée, elle ne volerait plus jamais, mais son visage barbu était implacable.

– Ils vont revenir, Silas, souffla Miss Lupescu. Bientôt, trop tôt, le soleil va se lever.

– Alors, dit Silas, il faudra leur régler leur compte avant qu'ils soient prêts à attaquer. Pouvez-vous vous lever ?

– *Da*. Je suis un des Chiens de Dieu. Je me tiendrai debout.

Elle baissa la tête dans l'ombre, fléchit les doigts. Lorsque sa tête se releva, c'était celle d'un loup. Elle posa ses pattes avant sur la roche et, laborieusement, se hissa en position verticale : un loup gris plus gros qu'un ours, le pelage et la gueule éclaboussés de sang.

Elle rejeta la tête en arrière et poussa un hurlement de fureur et de défi. Ses babines se retroussèrent sur ses dents et elle baissa de nouveau la tête.

– Maintenant, grogna-t-elle. Nous terminons.

Le dimanche en fin d'après-midi, le téléphone sonna. Scarlett était au rez-de-chaussée, occupée à copier laborieusement sur papier brouillon des visages du manga qu'elle lisait. Sa mère décrocha.

– C'est drôle, nous parlions justement de vous, dit-elle alors que ce n'était pas vrai. C'était merveilleux, continua-t-elle. J'ai passé un très bon moment. Franchement, ce n'était rien du tout. Les chocolats ? Ils étaient parfaits. Tout simplement parfaits. J'ai dit à Scarlett de vous le dire : quand vous aurez envie d'un bon dîner, n'importe quand, dites-le-moi. Scarlett ? Oui, elle est là. Je vous la passe. *Scarlett ?*

– Je suis là, m'man. Pas besoin de crier. (Elle prit le téléphone.) Mr Frost ?

– Scarlett ? fit-il d'une voix animée. Le. Hum. La chose dont nous avons parlé. Qui s'est passée chez moi. Tu peux dire à ton ami que j'ai trouvé... hum, écoute, quand tu dis « un ami à moi », c'est dans le sens « en fait on parle de moi », ou y a-t-il quelqu'un en vrai, si ce n'est pas indiscret...

– J'ai vraiment un ami qui veut savoir, répondit Scarlett, amusée.

Sa mère lui décocha un regard perplexe.

– Dis à ton ami que j'ai creusé un peu – pas littéralement, plutôt farfouillé, bref, pas mal regardé partout en fait – et je crois que j'ai peut-être bien trouvé des informations très réelles. Je suis tombé sur quelque chose de caché. Enfin, une

247

chose que nous ferions bien de ne pas crier sur les toits, à mon avis... Je, hum. J'ai découvert des choses.

– Comme quoi ? lui demanda Scarlett.

– Écoute... ne va pas croire que je suis fou. Mais, bon, à ce que je sais, trois personnes ont été tuées. Une – le bébé, je crois – en a réchappé. Ils n'étaient pas trois dans cette famille, ils étaient quatre. Trois seulement sont morts. Et puis, il y a des choses que je préférerais ne pas te dire au téléphone. Dis-lui de venir me voir, à ton ami. Je le mettrai au parfum.

– Je le lui dirai.

Scarlett raccrocha, le cœur battant comme un tambour.

Pour la première fois depuis six ans, Bod redescendit les étroites marches de pierre. Ses pas résonnèrent dans la salle à l'intérieur de la colline.

Il atteignit le bas des marches et attendit une manifestation de la Vouivre. Et il attendit, attendit, mais rien n'apparut, rien ne chuchota, rien ne bougea.

Il promena son regard dans la pièce, indifférent à la profondeur des ténèbres, voyant comme voient les morts. Il s'approcha de l'autel creusé dans la roche, où étaient posés la coupe, la broche et le couteau en pierre.

Il tendit la main pour toucher le fil du couteau. Il était plus tranchant qu'il ne l'aurait cru, et entailla la peau de son doigt.

CECI EST LE TRÉSOR DE LA VOUIVRE, siffla une triple voix, mais qui lui parut plus faible que dans son souvenir, plus hésitante.

– Vous êtes ce qu'il y a de plus vieux ici. Je suis venu pour parler avec vous. J'ai besoin de conseils.

Un silence.

Rien ne vient demander conseil à la Vouivre. La Vouivre garde. La Vouivre attend.

– Je sais. Mais Silas n'est pas là. Et je ne sais pas à qui d'autre m'adresser.

Rien ne fut dit. Juste un silence en réponse, dans lequel on entendait la poussière et la solitude.

– Je ne sais pas quoi faire, insista Bod, honnêtement. Je crois que je pourrais découvrir qui a tué ma famille. Qui voulait me tuer. Mais il faudrait que je sorte du cimetière.

La Vouivre resta muette. Des volutes de fumée s'enroulaient lentement à l'intérieur de la chambre.

– Je n'ai pas peur de mourir, poursuivit Bod. Mais c'est que tellement de gens que j'aime ont passé tout ce temps à me garder en sûreté, à m'éduquer, à me protéger...

De nouveau, le silence.

Puis il dit :

– Je dois faire ça tout seul.

Oui.

– Bon, eh bien c'est tout. Pardon de vous avoir dérangée.

Cela chuchota alors dans la tête de Bod, d'une voix qui était un glissement lisse et insinuant : La Vouivre est postée pour garder le trésor jusqu'au retour du Maître. Es-tu notre Maître ?

– Non.

Alors, d'un ton plaintif et encourageant : Veux-tu être notre Maître ?

– J'ai bien peur que non.

Si tu étais notre Maître, nous te serrerions à jamais dans nos anneaux. Si tu étais notre Maître, nous te garderions en sécurité et nous te protégerions jusqu'à la fin des temps, et jamais tu n'aurais à endurer les dangers du monde.

– Je ne suis pas votre maître.

NON.

Bod sentit la Vouivre se tordre dans sa tête. ALORS TROUVE TON NOM, dit-elle. Puis son esprit se vida, la pièce se vida, et Bod se retrouva seul.

Il remonta les marches prudemment mais rapidement. Il avait pris une décision et avait besoin d'agir vite, pendant que sa résolution était encore brûlante.

Scarlett l'attendait sur le banc à côté de la chapelle.

– Alors ?

– Je vais le faire. Viens, dit-il, et côte à côte, ils descendirent l'allée jusqu'aux grilles du cimetière.

Le numéro 33 était une haute maison grêle, à mi-hauteur d'une côte construite en terrasses. Elle était en brique rouge, sans rien de remarquable. Bod la regarda avec incertitude, en se demandant pourquoi elle ne lui rappelait rien, ne lui faisait aucun effet. Ce n'était qu'une maison comme les autres. Il y avait un petit espace cimenté devant, qui n'était pas un jardin, et une Mini verte garée dans la rue. La porte d'entrée avait jadis été peinte en bleu vif, mais elle était délavée par le temps et le soleil.

– On y va ? demanda Scarlett.

Bod frappa à la porte. Il n'y eut rien d'abord, puis un martèlement de pas dans l'escalier à l'intérieur, et la porte s'ouvrit sur une entrée et des marches. Sur le seuil s'encadra un homme à lunettes, aux cheveux gris clairsemés, qui les regarda en clignant des yeux puis tendit la main à Bod et sourit nerveusement.

– Tu dois être le mystérieux ami de Miss Perkins. Content de te rencontrer.

– Il s'appelle Bod, précisa Scarlett.

– Bob ?

– Bod. Avec un « d ». Bod, je te présente Mr Frost.

Bod et Frost se serrèrent la main.

– J'ai mis de l'eau à chauffer, dit Mr Frost. Si on échangeait des informations autour d'un thé ?

Ils le suivirent dans l'escalier jusqu'à une cuisine, où il remplit trois tasses avant de les faire entrer dans un petit salon.

– La maison est tout en hauteur, expliqua-t-il. Les toilettes sont à l'étage au-dessus, avec mon bureau, et il y a encore trois chambres plus haut. Ça maintient en forme, les escaliers.

Ils s'assirent sur un grand canapé extrêmement violet (« Il était déjà là quand j'ai emménagé ») et sirotèrent leur thé.

Scarlett craignait que Mr Frost ne pose beaucoup de questions à Bod, mais il n'en fit rien. Il paraissait juste impatient, comme s'il avait identifié la tombe perdue d'une célébrité et brûlait d'envie de le crier au monde. Il s'agitait sans cesse dans son siège, donnant l'impression qu'il avait quelque chose d'énorme à leur révéler et faisait un effort physique pour ne pas tout leur lâcher d'un coup.

– Alors, qu'avez-vous découvert ? l'interrogea Scarlett.

– Eh bien tu avais raison. Je veux dire que c'est bien la maison où trois personnes ont été tuées. Et c'est... Je crois que le crime a été... bon, pas vraiment étouffé, mais oublié, abandonné... par les autorités.

– Je ne comprends pas, dit Scarlett. Des meurtres, ça ne se balaie pas comme ça sous le tapis.

– Ceux-là, si, répondit Frost en égouttant son thé. Il y a des gens quelque part qui ont de l'influence. C'est la seule explication à tout cela, et à ce qui est arrivé au plus jeune des enfants...

– C'est-à-dire ? demanda Bod.

– Il a survécu. J'en suis sûr. Mais il n'y a pas eu de chasse à l'homme. Un enfant de deux ans qui disparaît, cela devrait faire les gros titres à l'échelle nationale. Mais ils ont dû, hum, écraser l'affaire d'une manière ou d'une autre.

– Mais *qui* ? insista Bod.

– Ceux qui ont fait assassiner la famille.

– Vous en savez plus ?

– Oui. Enfin, un peu... (Frost s'interrompit.) Je suis navré. Je... Écoutez. Vu ce que j'ai trouvé... Tout cela est trop incroyable.

Scarlett n'y tenait plus.

– Mais quoi ? Qu'avez-vous trouvé ?

Frost fit une mine penaude.

– Tu as raison. Désolé. Je me mets à faire des cachotteries. Pas une bonne idée, ça. Les historiens n'enterrent pas les choses. Nous les déterrons. Pour les montrer. Oui.

Il s'arrêta, hésita, puis reprit.

– J'ai trouvé une lettre. En haut. Elle était cachée sous une lame du parquet. (Il se tourna vers Bod.) Jeune homme, ai-je raison de supposer que ton, enfin, ton intérêt pour cette affaire, cette terrible affaire, est personnel ?

Bod opina.

– Je ne t'en demanderai pas plus. Viens, dit-il à Bod en se levant. Mais pas toi, ajouta-t-il pour Scarlett, pas encore. Je vais lui montrer, à lui. Et s'il est d'accord, je te montrerai aussi. Marché conclu ?

– Marché conclu.

– Nous n'en avons pas pour longtemps. Viens, mon gars.

Bod se leva et darda sur Scarlett un regard inquiet.

– Pas de problème, dit-elle en lui adressant un sourire aussi rassurant que possible. Je vais t'attendre ici.

Elle regarda leurs ombres sortir de la pièce et s'engager dans l'escalier. Elle était angoissée, mais dans l'expectative. Elle se demandait ce que Bod allait apprendre, et était contente qu'il l'apprenne en premier. C'était son histoire, après tout. C'était son droit.

Dans l'escalier, Mr Frost montrait le chemin.

Bod regarda tout autour de lui en montant vers le sommet de la maison, mais il ne reconnut rien. Tout lui était étranger.

– C'est tout en haut, dit Mr Frost.

Ils gravirent encore une volée de marches.

– Je ne... ajouta-t-il, bon, tu n'es pas obligé de me répondre si tu ne veux pas, mais... hum, tu es le garçon, n'est-ce pas ?

Bod ne répondit rien.

– Nous y voilà, déclara Mr Frost.

Il tourna la clé de la porte tout en haut de la maison, la poussa, et ils entrèrent.

La chambre était petite et mansardée, sous les combles. Treize ans plus tôt, elle contenait un berceau. L'homme et l'enfant avaient à peine la place de s'y tenir.

– C'est vraiment un coup de chance, dit Mr Frost. Sous mon nez, pour ainsi dire.

Il s'accroupit, souleva le tapis élimé.

– Alors vous savez pourquoi on a assassiné ma famille ? lui demanda Bod.

– Tout est là.

Mr Frost tendit le bras vers une courte lame de parquet et appuya dessus jusqu'à ce que l'autre bout se soulève.

– C'était sans doute la chambre du bébé, expliqua-t-il. Je vais te montrer le... Tu sais, la seule chose qu'on ignore, c'est qui a fait le coup. Rien du tout. Pas le moindre indice.

– Nous savons qu'il avait les cheveux bruns, dit Bod, dans la chambre qui avait été la sienne. Et nous savons qu'il s'appelle Jack.

Mr Frost plongea la main dans l'espace libéré par la lame de parquet.

– C'était il y a presque treize ans, observa-t-il. Les cheveux tombent et blanchissent, en treize ans. Mais oui, c'est vrai. C'est Jack.

Il se redressa. La main qui avait plongé dans le trou tenait un grand couteau pointu.

– Maintenant, dit le Jack. Maintenant, mon garçon. Il est temps d'en finir.

Bod le regarda fixement. Mr Frost aurait pu être un manteau ou un chapeau qu'il avait porté et dont il s'était à présent débarrassé. L'extérieur affable s'était volatilisé.

La lumière miroitait sur les lunettes de l'homme et sur la lame du couteau.

Une voix les appela d'en bas des marches : Scarlett.

– Mr Frost ? On frappe à la porte. J'ouvre ?

Le Jack détourna les yeux un instant à peine, mais Bod sut que c'était sa seule chance et il s'Effaça, aussi complètement, aussi absolument qu'il le put. Le Jack reposa les yeux là où il s'était trouvé, puis parcourut la chambre du regard, la confusion et la rage se disputant ses traits. Il fit un pas dans la pièce en tournant vivement la tête d'un côté et de l'autre comme un vieux tigre flairant sa proie.

– Tu es quelque part par là, gronda le Jack. Je te sens !

254

Derrière lui, la petite porte de la chambre mansardée claqua, et en faisant volte-face il entendit la clé tourner dans la serrure.

Le Jack éleva la voix.

– Tu gagnes un peu de temps, mais ça ne m'arrêtera pas, mon garçon, cria-t-il à travers la porte fermée à double tour.

Puis il ajouta, simplement :

– Nous avons une affaire à conclure, toi et moi.

Bod se rua dans l'escalier, se cogna dans les murs, faillit dégringoler la tête la première dans sa hâte de retrouver Scarlett.

– Scarlett ! cria-t-il en la voyant. C'est lui ! Viens !

– C'est qui ? Qu'est-ce que tu racontes ?

– Lui ! Frost. C'est Jack. Il a essayé de me tuer !

Un *bang !* en haut tandis que l'homme tapait du pied dans la porte.

– Mais...

Scarlett s'efforçait de comprendre ce qu'elle entendait.

– Mais il est *gentil.*

– Non, fit Bod en l'attrapant par la main et en l'attirant dans l'escalier, vers l'entrée. Non, il n'est pas gentil.

Scarlett ouvrit la porte.

– Ah. Bonsoir jeune fille, dit l'homme qui était sur le seuil en la toisant. Nous cherchons Mr Frost. Je crois comprendre que c'est ici qu'il réside.

Il avait une chevelure argentée et sentait l'eau de Cologne.

– Vous êtes des amis à lui ? demanda-t-elle.

– Oh oui, répondit un homme plus petit qui se tenait juste derrière lui.

Il avait une petite moustache noire et était le seul des visiteurs à porter un chapeau.

– Absolument, ajouta un troisième, un homme plus jeune, immense et blond comme un Viking.

– Comme tous les Jacks, tous autant que nous sommes, renchérit le dernier, large d'épaules comme un taureau, avec une tête massive et la peau brune.

– Il a... Mr Frost. Il a dû sortir, balbutia Scarlett.

– Mais sa voiture est là, observa l'homme aux cheveux blancs au moment où le blond disait :

– Mais qui êtes-vous, d'abord ?

– C'est un ami de ma mère.

Elle voyait Bod, à présent, de l'autre côté du groupe d'hommes, qui lui faisait de grands signes pour qu'elle les laisse et le suive.

– Il n'en a que pour une minute, prétendit-elle aussi naturellement que possible. Sorti chercher le journal. Au kiosque juste au coin.

Et, refermant la porte derrière elle, elle contourna les hommes et commença à s'éloigner.

– Où t'en vas-tu ? lui demanda le moustachu.

– J'ai un bus à prendre.

Scarlett remonta la colline en direction de l'arrêt de bus et du cimetière, en se retenant résolument de regarder derrière elle.

Bod marchait à ses côtés. Même aux yeux de Scarlett, il ressemblait à une ombre dans le crépuscule qui s'amoncelait, à une chose presque absente, un tremblement de brume de chaleur, une feuille agitée par le vent qui par instants ressemblait à un garçon.

– Accélère, dit-il. Ils te regardent tous. Mais ne cours pas.

– Qui est-ce ? demanda Scarlett à voix basse.

– Je ne sais pas. Mais ils m'ont tous fait un effet bizarre. Comme si ce n'étaient pas vraiment des gens. J'ai envie de retourner là-bas les écouter.

– Bien sûr que si, ce sont des gens, rétorqua Scarlett en gravissant la colline aussi vite qu'elle le pouvait sans se mettre à courir, mais elle n'était pas certaine que Bod fût encore à ses côtés.

Les quatre hommes étaient à la porte du numéro 33.

– Je n'aime pas ça, dit le costaud au cou de taureau.

– Vous n'aimez pas ça, Mr Tar ? persifla l'homme aux cheveux blancs. Aucun d'entre nous n'aime ça. Ça va mal. Tout part de travers.

– Cracovie, c'est fini. Ils ne répondent plus. Et après Melbourne et Vancouver... observa le moustachu. Pour autant que nous le sachions, il ne reste plus que nous.

– Taisez-vous, je vous prie, Mr Ketch, assena l'homme aux cheveux blancs. Je réfléchis.

– Pardon, monsieur, s'excusa Mr Ketch en tapotant sa moustache d'un doigt ganté tout en fouillant encore la colline des yeux.

Il siffla entre ses dents.

– Je pense... que nous devrions poursuivre la fille, suggéra l'homme au cou de taureau, Mr Tar.

– Et moi je pense que vous devriez m'écouter, répliqua l'homme aux cheveux blancs. J'ai dit taisez-vous. Et quand je dis taisez-vous, c'est *taisez-vous*.

– Pardon, Mr Dandy, dit le blond.

Ils se turent.

Dans le silence, ils entendirent des chocs sourds dans les étages supérieurs de la maison.

– J'entre, déclara Mr Dandy. Mr Tar, vous venez avec moi. Nimble et Ketch, attrapez la fille. Ramenez-la.

– Morte ou vive ? s'enquit Mr Ketch avec un sourire plein de suffisance.

– Vivante, pauvre crétin, cracha Mr Dandy. Je veux savoir combien elle en sait.

– Elle est peut-être l'une d'entre eux, dit Mr Tar. Ceux qui nous ont eus à Vancouver, à Melbourne, à...

– Allez la chercher, ordonna Mr Dandy. Allez-y *tout de suite*.

Le blond et le chapeau-moustache se hâtèrent de gravir la colline.

Mr Dandy et Mr Tar étaient à la porte du numéro 33.

– Enfoncez-la, dit Mr Dandy.

Mr Tar appuya son épaule contre la porte et commença à peser dessus.

– Elle est renforcée, constata-t-il. Protégée.

– Ce que fait un Jack, un autre Jack peut toujours le défaire, professa Mr Dandy.

Il retira son gant, appliqua sa main contre la porte, marmonna quelque chose dans une langue plus ancienne que l'anglais.

– Essayez maintenant, dit-il.

Tar s'appuya contre la porte, grogna et poussa. Cette fois le verrou céda et le battant s'ouvrit en grand.

– Bien joué, le félicita Mr Dandy.

Il y eut un grand fracas loin au-dessus d'eux, tout en haut de la maison.

Le Jack les retrouva à mi-hauteur de l'escalier. Mr Dandy lui sourit largement, sans chaleur mais avec des dents parfaites.

– Bonjour, Jack Frost, dit-il. Je pensais que vous aviez le garçon.

– Je l'avais, repartit le Jack. Il s'est enfui.

– Encore ?

Le sourire de Jack Dandy se fit plus large, plus glacial et plus parfait encore.

– Une fois, c'est une erreur, Jack. Deux fois, c'est un désastre.

– Nous le rattraperons. Ce soir, c'est la fin.

– C'est souhaitable, lui répondit Mr Dandy.

– Il doit être au cimetière, dit le Jack.

Les trois hommes descendirent en hâte.

Le Jack huma l'air. Il avait l'odeur du garçon dans les narines, un picotement dans la nuque. Il lui semblait que tout cela s'était déjà produit, des années plus tôt. Il s'arrêta, enfila son long manteau noir accroché dans l'entrée, incongru à côté des vestes en tweed et de l'imperméable mastic de Mr Frost.

La porte était ouverte sur la rue, et le jour était presque éteint. Cette fois, le Jack savait exactement quelle direction prendre. Il ne s'arrêta pas mais sortit simplement de la maison et monta sans attendre sur la colline, vers le cimetière.

La grille était fermée lorsque Scarlett l'atteignit. Elle tira dessus avec l'énergie du désespoir, mais tout était cadenassé pour la nuit. Puis Bod fut à ses côtés.

– Tu sais où est la clé ? lui demanda-t-elle.

– On n'a pas le temps, répondit Bod en s'appuyant contre les barreaux de fer. Accroche-toi à moi.

– Que je quoi ?

– Accroche-toi à moi et ferme les yeux.

Scarlett dévisagea Bod, comme pour le défier de tenter quelque chose, puis elle le serra entre ses bras et ferma les yeux de toutes ses forces.

– OK.

Bod se pressa contre les barreaux du portail. Ceux-ci faisaient partie du cimetière, et il espérait que sa libre citoyenneté lui permette, peut-être, juste pour cette fois, de couvrir quelqu'un d'autre. Et là, telle une fumée, Bod glissa entre les barreaux.

– Tu peux rouvrir les yeux, dit-il.

Ce qu'elle fit.

– Comment t'as fait ça ?

– C'est chez moi, ici. Il y a des choses que je peux faire.

Un bruit de semelles claquant sur la chaussée : deux hommes firent irruption de l'autre côté la grille, la secouèrent, tirèrent dessus.

– Bon-soiir, dit Jack Ketch avec un frétillement de moustache.

Il sourit à Scarlett à travers les barreaux tel un gentil nounours espiègle. Il avait un cordon noir autour de l'avant-bras gauche, qu'il tiraillait à présent de sa main droite gantée. Il le libéra de son bras et le prit entre ses doigts, comme pour le tester, le faisant passer d'une main à l'autre comme s'il allait jouer à la ficelle.

– Viens par ici, ma petite fille. Tout va bien. Personne ne va te faire de mal.

– Nous voulons juste que tu répondes à quelques questions, ajouta le gros blond, Mr Nimble. Nous sommes ici à titre officiel.

(Il mentait. Les Jacks de tous Métiers n'avaient rien d'officiel, même s'il y en avait eu au gouvernement et dans les forces de police ainsi que dans d'autres instances.)

– Cours ! dit Bod à Scarlett en la tirant par la main.

Elle détala.

– Vous avez vu ça ? s'exclama le Jack qu'ils appelaient Ketch.

– Quoi ?

– J'ai aperçu quelqu'un avec elle. Un garçon.

– *Le* garçon ? demanda le Jack appelé Nimble.

– Comment savoir ? Tenez, faites-moi donc la courte échelle.

Le plus gros des deux présenta ses mains, les joignit pour former un marchepied, et Jack Ketch y posa son pied chaussé de noir. Une fois soulevé, il se hissa par-dessus le portail et sauta au sol, se réceptionnant à quatre pattes comme une grenouille. Il se leva et dit :

– Trouvez une autre entrée. Je vais les rattraper.

Et il se lança sur l'allée sinueuse qui s'enfonçait dans le cimetière.

– Explique-moi juste ce qu'on est en train de faire, dit Scarlett.

Bod traversait le cimetière plongé dans le crépuscule d'un pas rapide, mais sans courir, pas encore.

– Comment ça ?

– Je pense que cet homme voulait me tuer. Tu as vu comment il jouait avec ce cordon noir ?

– J'en suis sûr. L'autre Jack – ton Mr Frost –, *lui* allait me tuer. Il a un couteau.

– Ce n'est pas *mon* Mr Frost. Enfin sans doute que si, en quelque sorte. Pardon. Où va-t-on ?

– D'abord, on te met en sécurité quelque part. Ensuite, je m'occupe d'eux.

Tout autour de Bod, les habitants du cimetière se réveillaient et se regroupaient, inquiets et sur leurs gardes.

– Bod ? l'appela Caius Pompeius. Que se passe-t-il ?

– Des sales types, répondit Bod. Quelqu'un peut les garder à l'œil ? Faites-moi savoir en permanence où ils sont. Il faut cacher Scarlett. Des idées ?

– La crypte de la chapelle ? proposa Thackeray Porringer.

– C'est le premier endroit où ils iront chercher.

– À qui tu parles ? demanda Scarlett en regardant Bod comme s'il était devenu fou.

– Dans la colline ? suggéra Caius Pompeius.

Bod réfléchit.

– Oui. Bonne idée. Scarlett, tu te rappelles l'endroit où on a rencontré l'Homme Indigo ?

– Un peu. Un endroit sombre. Je me rappelle que ça ne valait pas la peine d'avoir peur.

– Je t'y emmène.

Ils gravirent rapidement l'allée. Scarlett voyait que Bod parlait à des gens en route, mais elle n'entendait que son côté de la conversation. C'était comme entendre quelqu'un parler au téléphone. Ce qui lui rappela...

– Ma mère va devenir dingue. Je suis morte.

– Non, tu n'es pas morte. Pas encore. Pas avant longtemps.

Puis, à quelqu'un d'autre :

– Ils sont deux maintenant ? Ensemble ? D'accord.

Ils arrivèrent au mausolée Frobisher.

– L'entrée se trouve derrière le cercueil du fond à gauche, dit Bod. Si tu entends quelqu'un arriver et que ce n'est pas moi, descends tout en bas... tu as quelque chose pour éclairer ?

– Ouais. Une petite diode LED sur mon porte-clés.

– Bien.

Il ouvrit la grille du mausolée.

– Et sois prudente. Ne t'emmêle pas les pieds ni rien.

– Où vas-tu ?

– C'est chez moi, ici, dit Bod. Je vais protéger cet endroit.

Scarlett pressa entre ses doigts le porte-clés éclairant et descendit à quatre pattes. L'espace derrière le cercueil était étroit, mais elle pénétra dans la colline en passant par le trou et remit le cercueil en place de son mieux. Dans la faible lumière de la diode, elle vit des marches de pierre. Elle se mit debout et, la main sur le mur, descendit trois marches, puis s'arrêta et s'assit, espérant que Bod savait ce qu'il faisait ; elle attendit.

– Où sont-ils maintenant ? demanda Bod.

– Il y en a un là-haut près de la Promenade égyptienne qui te cherche, dit Mr Owens. Son ami attend en bas, près du mur d'enceinte. Trois autres arrivent, ils escaladent le mur sur les grosses bennes à ordures.

– J'aimerais bien que Silas soit là. Il leur réglerait leur compte en moins de deux. Ou Miss Lupescu.

– Tu n'as pas besoin d'eux, l'encouragea son père.

– Où est maman ?

– En bas, près du mur.

– Dis-lui que j'ai caché Scarlett au fond de chez Frobisher. Demande-lui de garder un œil sur elle s'il m'arrive quelque chose.

Bod traversa le cimetière en courant dans la pénombre. Le seul accès à la partie nord-ouest était la Promenade égyptienne. Et pour y arriver, il devrait passer devant le petit homme au cordon de soie noire. Un homme qui le cherchait, et qui voulait sa mort...

Il était Nobody Owens, se dit-il. Il faisait partie du cimetière. Il s'en sortirait.

Il faillit rater le petit homme – le Jack appelé Ketch – en entrant précipitamment dans la Promenade égyptienne, tant il se confondait avec les ombres.

Bod inspira, s'Effaça aussi profondément qu'il en était capable, et se glissa devant l'homme comme la poussière soulevée par une brise vespérale.

Il descendit le passage couvert de verdure de la Promenade, et là, par un effort de volonté, il se fit aussi visible que possible et tapa du pied dans un caillou.

Il vit l'ombre à côté de l'arche se détacher et venir à sa poursuite, presque aussi muette que les morts.

Bod se faufila à travers le rideau de lierre au bout de la Promenade et pénétra dans le quart nord-ouest du cimetière. Il savait qu'il lui faudrait calculer précisément son coup. Trop vite, et l'homme le perdrait, mais s'il se déplaçait trop lentement un cordon de soie noire s'enroulerait autour de son cou, emportant son souffle et tous ses lendemains.

Il avança bruyamment dans le fatras de lierre, dérangea l'un des nombreux renards du cimetière, qui fila dans les broussailles. C'était la jungle par là, une jungle de stèles renversées et de statues décapitées, d'arbres et de houx, de tas glissants de feuilles mortes à demi pourries, mais c'était une jungle que Bod explorait depuis qu'il était assez grand pour marcher et se promener.

À présent il se hâtait avec précaution, posant le pied sur des racines de lierre enchevêtrées, sur une pierre, sur la terre, sûr de ce cimetière qui était le sien. Il sentait le cimetière lui-même s'efforcer de le cacher, le protéger, le faire disparaître, et il lutta, s'acharna pour rester visible.

Il vit Nehemiah Trot et hésita.

– Ohé, jeune Bod ! le héla Nehemiah. J'ai ouï dire que l'agitation régnait en maître, et que tu filais à travers ce domaine telle une comète au firmament. Quelle nouvelle est-ce donc là, mon bon Bod ?

– Ne bougez pas, dit Bod. Restez exactement là où vous êtes. Regardez dans la direction d'où je viens. Prévenez-moi quand il arrive.

Bod évita la tombe Carstairs cachée sous le lierre et se posta, pantelant comme s'il avait perdu son souffle, le dos tourné à son poursuivant.

Et il attendit. Ce ne furent que quelques secondes, mais elles lui firent l'effet d'une petite éternité.

(« Le voici, mon garçon, l'avertit Nehemiah Trot. À vingt pieds derrière toi environ. »)

Le Jack nommé Ketch aperçut le garçon devant lui. Il tendit fermement sa cordelette de soie noire entre ses mains. Elle avait enlacé bien des cous, au fil des ans, et avait signé la fin de tous ceux qu'elle avait embrassés. Elle était très lisse, très solide, et invisible aux rayons X.

Hormis la moustache de Ketch, rien ne bougeait. Il avait sa proie en ligne de mire et ne voulait pas l'alerter. Il se mit en mouvement, silencieux comme une ombre.

Le garçon se redressa.

Jack Ketch s'élança, dans ses souliers noirs cirés tels des miroirs, presque sans un bruit sur l'humus.

(« Il arrive, mon garçon ! » s'écria Nehemiah Trot.)

Le garçon se retourna, Jack Ketch bondit vers lui...

Et Mr Ketch sentit le monde s'effondrer sous son corps. Il s'agrippa au monde d'une main gantée, mais dégringola cul par-dessus tête, plus bas, toujours plus bas dans l'ancienne tombe, sur six bons mètres, avant de s'écraser sur le cercueil de Mr Carstairs en brisant à la fois le couvercle et sa cheville.

– Et d'un, dit Bod calmement, même s'il se sentait tout sauf calme.

– Élégamment exécuté, approuva Nehemiah Trot. J'en ferai une ode. Veux-tu rester m'écouter ?

– Pas le temps. Où sont les autres ?

– Il y en a trois dans l'allée sud-ouest qui remontent la colline, intervint Euphemia Horsfall.

– Et encore un autre, ajouta Tom Sands. Pour l'instant il tourne autour de la chapelle. C'est celui qui n'arrête pas de rôder dans le cimetière depuis un mois. Mais il a quelque chose de changé.

– Gardez un œil sur celui qui est avec Mr Carstairs, dit Bod... et transmettez mes excuses à Mr Carstairs, je vous en prie...

Il passa sous une branche de pin et contourna la colline à grandes foulées bondissantes, suivant les allées lorsque cela lui convenait, s'en éloignant pour sauter de pierre en monument lorsque c'était plus rapide.

Il dépassa le vieux pommier.

– Y sont encore quatre, fit une voix de femme renfrognée. Quatre, et tous des tueurs. Et y vont pas tous dégringoler dans des tombes ouvertes pour te faire plaisir.

– Salut, Liza. Je te croyais fâchée contre moi.

– P'tête ben qu'oui, p'tête ben qu'non, dit-elle, et elle n'était rien de plus qu'une voix. Mais j'vais quand même pas les laisser te couper en rondelles, oh que non.

– Alors fais-leur des croche-pieds pour moi, fais-leur des croche-pieds, égare-les, ralentis-les. Tu peux faire ça ?

– Pendant que tu t'enfuis ? Nobody Owens, t'as qu'à t'Effacer et te planquer dans la tombe de ta p'tite mère, où ils ne te trouveront jamais, et bientôt Silas sera de retour pour leur régler leur compte...

– Peut-être, mais peut-être pas, dit Bod. On se retrouve à l'arbre foudroyé.

– Je te cause toujours pas, fit la voix de Liza Hempstock, fière comme un paon et coquine comme un piaf.

– Ben si. Enfin on cause, là.

– Pour les urgences uniquement. Après, plus un mot.

Bod fonça vers l'arbre foudroyé, un chêne carbonisé vingt ans auparavant par la foudre et qui n'était plus qu'un moignon noirci tendu vers le ciel.

Il avait une idée. Elle n'avait pas complètement pris forme. Cela dépendrait de s'il se rappelait les leçons de Miss Lupescu, s'il se rappelait tout ce qu'il avait vu et entendu enfant.

La tombe fut plus difficile à localiser que prévu, même en cherchant bien, mais il la retrouva : une sépulture hideuse bizarrement inclinée, surmontée d'un ange étêté et souillé d'humidité qui ressemblait à une moisissure gargantuesque. C'est seulement en la touchant qu'il en ressentit le froid et la reconnut avec certitude.

Il s'assit sur la tombe, se força à devenir entièrement visible.

– T'es pas Effacé, fit la voix de Liza. Tout le monde peut te trouver.

– Tant mieux. Je veux qu'ils me trouvent.

– Quand le sage pointe la lune, le fou regarde le doigt, observa Liza.

La lune se levait. Elle était énorme alors, et basse dans le ciel. Bod se demanda si ce serait exagéré de se mettre à siffloter.

– Je le vois !

Un homme courait vers lui, trébuchant et ahanant, deux autres sur ses talons.

Bod était conscient de la présence des morts agglutinés autour de lui qui observaient la scène, mais il se força à les ignorer. Il s'installa plus confortablement sur l'horrible tombe. Il se sentait comme l'appât dans un piège, et ce n'était pas une sensation agréable.

L'homme-taureau fut le premier arrivé à la tombe, suivi de près par l'homme aux cheveux blancs qui parlait toujours, et enfin par le grand blond.

Bod resta où il était.

L'homme aux cheveux blancs prit la parole.

– Ah. L'insaisissable enfant Dorian, je présume. Stupéfiant. Notre Jack Frost retourne tout le pays pour te retrouver, et te voilà, là où il t'a laissé il y a treize ans.

– Cet homme a tué ma famille, répondit Bod.

– En effet.

– Pourquoi ?

– Quelle importance ? Tu n'auras jamais l'occasion de le répéter.

– Alors vous pouvez bien me le dire, non ?

L'homme aux cheveux blancs eut un aboiement de rire.

– Ha ! Petit malin. Ce que je voudrais savoir, moi, c'est

comment tu as vécu treize ans dans un cimetière sans que personne n'en ait vent.

– Je répondrai à votre question si vous répondez à la mienne.

– Ne parle pas à Mr Dandy sur ce ton, morveux ! s'interposa l'homme au cou de taureau. Je te briserai, je te...

L'homme aux cheveux blancs fit un pas de plus vers la tombe.

– Silence, Jack Tar. Très bien. Réponse pour réponse. Nous sommes, mes amis et moi, membres d'une confrérie, les Jacks de tous Métiers, ou Valets des Cartes, entre autres appellations. Nous remontons à des temps extrêmement reculés. Nous savons... nous nous rappelons des choses oubliées par le commun des mortels. Le Vieux Savoir.

– La magie, dit Bod. Vous connaissez un peu la magie.

L'homme opina aimablement.

– Si tu veux. Il existe une magie qui s'extrait de la mort. Une chose quitte le monde, une autre y entre.

– Vous avez tué ma famille pour... pour quoi ? Pour la magie ? C'est ridicule.

– Non. Nous vous avons tués pour nous protéger. Il y a long-temps, l'un des nôtres – c'était en Égypte, au temps des pyra-mides – a prédit qu'un jour naîtrait un enfant qui traverserait la frontière entre vivants et morts. Que si l'enfant atteignait l'âge adulte, ce serait la fin de notre ordre et de tout ce que nous défendons. Des hommes à nous étudiaient déjà les nais-sances avant que Londres soit un village, nous avions votre famille à l'œil avant que New Amsterdam devînt New York. Et nous avons envoyé celui qui, pensions-nous, était le meilleur, le plus précis et le plus dangereux de tous les Jacks pour s'oc-cuper de toi. S'occuper de toi dans les règles, afin d'éliminer tout le mauvais karma et de le retourner en notre faveur, pour que tout continue de marcher comme sur des roulettes pendant cinq mille ans encore. Seulement, il a échoué.

Bod regarda les trois hommes.

– Où est-il, alors ? Pourquoi n'est-il pas là ?

– Nous pouvons nous occuper de toi, le menaça le blond. Il a du flair, ce sacré Jack Frost. Il est sur la piste de ta petite copine. On ne peut pas laisser de témoins. Pas dans une affaire comme celle-ci.

Bod se pencha en avant, enfouit ses mains dans les herbes folles et sauvages qui poussaient sur la tombe négligée.

– Alors venez me chercher, dit-il simplement.

Le blond sourit largement, l'homme au cou de taureau plongea et, oui, même Mr Dandy fit plusieurs pas vers lui.

Bod enfonça les doigts le plus loin possible dans les herbes, il retroussa les lèvres, montrant les dents, et il prononça trois mots dans une langue qui était déjà antique avant la naissance de l'Homme Indigo.

« *Skagh ! Thegh ! Khavagah !* »

Il ouvrit la porte des goules.

Le tombeau pivota comme une trappe. Dans l'abîme sous la porte, Bod vit des étoiles, des ténèbres constellées de lumières scintillantes.

L'homme-taureau, Mr Tar, ne réussit pas à s'arrêter au bord et fut précipité, à sa grande surprise, dans le noir.

Mr Nimble bondit vers Bod, les bras tendus en avant, par-dessus le trou. Bod le regarda s'arrêter en l'air au zénith de son saut et rester suspendu un instant avant d'être aspiré par la porte des goules, plus bas, toujours plus bas.

Mr Dandy, debout au bord de la porte sur une avancée pierreuse, regarda en bas. Puis il releva les yeux sur Bod et, lèvres serrées, sourit.

– J'ignore ce que tu viens de faire, mais ça n'a pas marché. (Il sortit de sa poche sa main gantée qui tenait un pistolet, pointé droit sur Bod.) J'aurais dû faire ceci il y a treize ans. On ne peut pas faire confiance aux autres. Quand c'est important, il faut s'en charger soi-même.

Un vent du désert s'éleva de la porte des goules ouverte, chaud et sec, sableux.

– Il y a un désert là-dessous, l'informa Bod. Si vous cherchez de l'eau, vous en trouverez sans doute. Il y a à manger quand on cherche bien, mais ne contrariez pas les Maigres Bêtes de la nuit. Évitez Ghölheim. Les goules risqueraient d'effacer vos souvenirs pour faire de vous l'une des leurs, ou d'attendre que vous vous soyez décomposé pour vous manger. Dans un cas comme dans l'autre, vous pouvez trouver mieux.

Le barillet du pistolet ne trembla pas.

– Pourquoi me raconter tout cela ?

Bod montra du doigt l'autre bout du cimetière.

– À cause d'eux, dit-il.

Et sur ces mots, pendant que Mr Dandy détournait les yeux, un instant seulement, Bod s'Effaça. Les yeux de Mr Dandy avaient à peine cligné, mais Bod n'était plus là, au pied de la statue brisée. Loin dans le trou, une plainte retentit, semblable aux lamentations solitaires d'un oiseau de nuit.

Mr Dandy regarda autour de lui, son front n'était plus qu'une ligne oblique, son corps une masse d'indécision et de rage.

– Où es-tu ? gronda-t-il. Le Diable t'emporte ! Où es-tu passé ?

Il crut entendre une voix qui disait :

– Les portes des goules sont faites pour être ouvertes et fermées. On ne peut les laisser ouvertes. Elles veulent se refermer.

Le rebord du trou vibra et remua. Mr Dandy avait déjà vécu
un tremblement de terre, des années plus tôt, au Bengladesh.
C'était la même sensation : le sol trépida et Mr Dandy tomba,
serait tombé dans les ténèbres, mais il agrippa la stèle effon-
drée, jeta ses bras autour et s'accrocha fermement. Il ignorait
ce qu'il y avait sous lui, et il n'avait aucune envie de l'apprendre.

La terre trembla, et il sentit la stèle commencer à glisser
sous son poids.

Il leva la tête. L'enfant était là, à le regarder d'en haut avec
curiosité.

– Je vais laisser la porte se refermer maintenant, dit-il. Je
crois que si vous restez accroché à ce truc, elle risque de vous
retomber dessus et de vous broyer, à moins qu'elle ne vous
absorbe et que vous ne soyez amalgamé à la porte. Je n'en sais
rien. Mais je vous laisse une chance, c'est plus que vous n'en
avez jamais laissé à ma famille.

Une trémulation irrégulière. Mr Dandy leva la tête, regarda
l'enfant au fond de ses yeux gris et jura.

– Tu ne pourras jamais nous échapper, dit-il ensuite. Nous
sommes les Jacks de tous Métiers. Nous sommes partout. Ce
n'est pas terminé.

– Ça l'est pour vous. La fin de votre peuple et de tout ce qu'il
représente. Comme l'a prédit votre camarade en Égypte. Vous
ne m'avez pas tué. Vous étiez partout. À présent tout est fini.

Puis Bod sourit.

– C'est ça que fait Silas, n'est-ce pas ? C'est là qu'il est.

La tête de Mr Dandy confirma tout ce qu'il avait deviné.

Et Bod ne sut jamais ce qu'il aurait pu lui répondre, car l'homme lâcha la stèle et dégringola lentement par la porte béante des goules.

« *Wegh Khârados* », dit Bod.

La porte des goules fut de nouveau une tombe, rien de plus.

Quelque chose le tira par la manche. Fortinbras Bartleby avait les yeux levés sur lui.

– Bod ! L'homme près de la chapelle. Il grimpe sur la colline.

Le Jack se fiait à son flair. L'une des raisons pour lesquelles il s'était séparé des autres, et pas des moindres, était que l'eau de Cologne puante de Jack Dandy l'empêchait de percevoir quoi que ce fût de plus subtil.

Il ne pourrait pas retrouver le garçon à l'odeur. Pas ici. L'enfant sentait le cimetière. Mais la fille sentait la maison de sa mère, la goutte de parfum qu'elle avait posée dans son cou avant de partir pour le lycée ce matin-là. Elle sentait la victime, aussi, la sueur froide, pensa Jack, la proie. Et où qu'elle fût, le garçon s'y trouverait aussi, tôt ou tard.

Sa main se ferma autour du manche de son couteau et il gravit la colline. Il était presque tout en haut lorsque l'idée le frappa – une intuition qu'il savait être juste – que c'en était fini de Jack Dandy et des autres. *Tant mieux*, pensa-t-il. *On a toujours de la place au sommet.* Son ascension dans la hiérarchie de l'organisation avait ralenti et stagné par suite de son incapacité à tuer toute la famille Dorian. Comme si on ne lui faisait plus confiance.

Mais bientôt, tout allait changer.

Au sommet de la colline, le Jack perdit la trace de la fille. Il savait qu'elle était tout près.

273

Il rebroussa chemin, presque décontracté, retrouva son parfum à quelque cinquante pieds de là, près d'un petit mausolée fermé par une grille. Il tira sur celle-ci et l'ouvrit en grand.

Son odeur était plus forte. Il sentait qu'elle avait peur. Il poussa les cercueils de leurs étagères, un par un, et les laissa se fracasser à terre, le vieux bois volant en éclats et répandant leur contenu sur le sol du mausolée. Non, elle n'était cachée dans aucun de ceux-là...

Mais où, alors ?

Il scruta le mur. Tout d'un bloc. Il se mit à quatre pattes, tira le dernier cercueil et tendit le bras derrière. Sa main trouva une ouverture...

– Scarlett, l'appela-t-il en essayant de se rappeler les intonations de Mr Frost, mais il ne retrouvait même plus cette partie de lui-même : il était le Jack à présent, et c'est tout ce qu'il était.

À quatre pattes, il passa par le trou dans le mur.

Lorsqu'elle entendit le vacarme en haut, Scarlett descendit les marches lentement, précautionneusement, sa main gauche touchant le mur, la droite tenant le petit porte-clés à diode qui éclairait juste assez pour lui permettre de voir où elle posait les pieds. Elle atteignit le bas des marches et recula pas à pas dans la pièce, le cœur tambourinant dans la poitrine.

Elle avait peur : peur du gentil Mr Frost et de ses amis encore plus effrayants ; peur de cette chambre et de ses souvenirs ; et même, pour être honnête, un peu peur de Bod. Ce n'était plus un garçon paisible entouré de mystère, un lien avec son enfance. C'était autre chose, de pas tout à fait humain.

Je me demande à quoi pense maman à l'heure qu'il est, se dit-elle. *Elle doit appeler sans cesse chez Mr Frost pour savoir quand je vais* rentrer. *Si je sors d'ici vivante,* se dit-elle encore, *je l'obligerai à m'acheter un portable. C'est ridicule. Je suis la seule de ma classe à ne pas en avoir, quasiment.* Elle pensa : *Ma mère me manque.*

Elle n'aurait pas cru qu'un humain pût se déplacer aussi silencieusement dans le noir, mais une main gantée s'abattit sur sa bouche, et une voix où l'on reconnaissait à peine celle de Mr Frost s'éleva, sans émotion.

– Tu tentes une ruse, n'importe laquelle, et je te tranche la gorge. Hoche la tête si tu as compris.

Scarlett hocha la tête.

Bod vit le chaos au sol dans le mausolée Frobisher, les cercueils tombés, leur contenu répandu dans toute l'allée centrale. Les Frobisher et Frobysher étaient nombreux, avec quelques Pettyfer, tous à divers degrés de contrariété et de consternation.

– Il est déjà descendu, dit Ephraïm.

– Merci.

Il rampa dans le trou, pénétra dans la colline et descendit les marches.

Bod voyait comme voient les morts : il vit les marches, il vit la pièce en bas. Et arrivé à mi-hauteur des marches, il vit le Jack qui tenait Scarlett. Il lui avait retourné le bras derrière le dos et tenait un vilain grand couteau à désosser contre sa gorge.

Le Jack leva les yeux dans les ténèbres.

– Bonjour, petit.

Bod ne répondit rien. Il se concentra sur son Effacement, avança encore d'un pas.

– Tu crois que je ne te vois pas, dit le Jack. Et tu as raison.

Je ne te vois pas. Pas vraiment. Mais je flaire ta peur. Et j'entends tes mouvements et ton souffle. Et à présent que je connais ta petite astuce de disparition, je peux te *ressentir*. Dis quelque chose maintenant. Dis-le, que je puisse t'entendre, ou je commence à découper des petits morceaux dans la jeune demoiselle. Tu m'as bien compris ?

– Oui, dit Bod dont la voix résonna dans la pièce. J'ai compris.

– Bien. Maintenant, viens ici. Qu'on bavarde un peu.

Bod se remit à descendre des marches. Il se concentra sur l'Effroi, afin d'accroître le niveau de panique dans la pièce, de rendre la Terreur tangible...

– Arrête, dit le Jack. Quoi que tu fasses. Ne le fais pas.

Bod renonça.

– Tu crois que tu peux me faire tes petits tours de magie, à moi ? Sais-tu qui je suis, petit ?

– Vous êtes un Jack. Vous avez tué ma famille. Et vous auriez dû me tuer.

Le Jack haussa un sourcil.

– J'aurais dû te tuer ?

– Oh oui. Le vieux m'a raconté que si vous me laissiez atteindre l'âge adulte, votre ordre serait détruit. J'y suis arrivé. Vous avez échoué, et vous avez perdu.

– Mon ordre est plus ancien que Babylone. Rien ne peut l'atteindre.

– Ils ne vous ont rien dit, n'est-ce pas ? (Bod était à cinq pas du Jack.) Ils étaient les derniers des Jacks. Qu'est-ce que c'était déjà... Cracovie, Vancouver, Melbourne. Tous disparus.

Scarlett intervint :

– Je t'en prie, Bod. Fais quelque chose pour qu'il me libère.

– Ne t'inquiète pas, la rassura Bod avec un calme qu'il n'éprouvait pas.

Puis il s'adressa au Jack :

– C'est inutile de lui faire mal. C'est inutile de me tuer. Vous ne comprenez pas ? Il n'y a même pas de confrérie des Jacks de tous Métiers. Plus maintenant.

Le Jack hocha la tête, pensif.

– Si c'est vrai, et si je suis à présent un Jack-tout-seul, alors j'ai une excellente raison de vous tuer tous les deux.

Bod ne répondit rien.

– L'orgueil, reprit le Jack. L'orgueil de mon travail. La fierté d'achever ce que j'ai commencé.

Puis il demanda :

– Que fais-tu ?

Les cheveux de Bod le picotaient. Il sentait une présence semblable à une volute de fumée qui s'enroulait dans la pièce.

– Ce n'est pas moi. C'est la Vouivre. Elle garde le trésor enterré ici.

– Ne mens pas.

– Il ne ment pas, confirma Scarlett. C'est vrai.

– Vrai ? Un trésor enterré ? Ne me faites pas...

La Vouivre garde le trésor pour le Maître.

– Qui a dit ça ? s'enquit le Jack en dardant des regards autour de lui.

– Vous l'avez entendue ? lui demanda Bod, perplexe.

– Je l'ai entendue. Oui.

– Moi je n'ai rien entendu, dit Scarlett.

– Quel est cet endroit, petit ? Où sommes-nous ?

Avant que Bod ait eu le temps de parler, la voix de la Vouivre s'éleva et résonna dans la pièce : Ceci est le lieu du trésor. Ceci

277

EST LE LIEU DU POUVOIR. C'EST ICI QUE LA VOUIVRE GARDE ET ATTEND LE RETOUR DE SON MAÎTRE.

– Jack ? dit Bod.

Le Jack inclina la tête sur le côté.

– C'est agréable d'entendre mon nom dans ta bouche, petit. Si tu l'avais prononcé plus tôt, je t'aurais trouvé plus vite.

– Jack. Quel était mon vrai nom ? Comment m'appelait ma famille ?

– Quelle importance pour toi maintenant ?

– La Vouivre m'a dit de trouver mon nom. C'était quoi ?

– Voyons. Était-ce Peter ? ou Paul ? ou Roderick... Tu as une tête de Roderick. À moins que ce ne soit Stephen...

Il se jouait du garçon.

– Vous pouvez bien me le dire : de toute manière, vous allez me tuer.

Le Jack haussa les épaules et hocha la tête dans les ténèbres, comme pour dire : « Évidemment ».

– Je veux que vous laissiez partir la fille, exigea Bod. Laissez partir Scarlett.

Le Jack scruta les ténèbres.

– C'est un autel, ça, non ?

– Je suppose.

– Et un couteau ? Une coupe ? Une broche ?

Il souriait maintenant, dans l'obscurité. Bod le voyait sur son visage : un étrange sourire enchanté qui semblait déplacé sur cette tête, un sourire de découverte et de compréhension. Scarlett ne voyait rien d'autre que du noir qui parfois faisait exploser des éclairs dans ses globes oculaires, mais elle entendit le ravissement dans la voix du Jack.

– Alors comme ça, dit ce dernier, la Confrérie est exterminée et la Convocation touche à sa fin. Et pourtant, même s'il ne reste plus aucun Jack de tous Métiers à part moi, quelle importance ? Une nouvelle confrérie peut renaître, plus puissante que la dernière.

Puissance, reprit la Vouivre en écho.

– C'est parfait, continua-t-il. Regardez-nous. Nous sommes dans le lieu que les miens ont cherché pendant des millénaires, avec tout le nécessaire pour la cérémonie qui nous attend. Voilà qui vous ferait croire à la Providence, n'est-ce pas ? Ou aux prières amassées de tous les Jacks disparus avant nous : au moment où nous touchons le fond, ceci nous est donné.

Bod sentait que la Vouivre écoutait les paroles du Jack, il percevait un susurrement d'excitation sourd qui s'amoncelait dans la pièce.

– Je vais tendre la main, petit. Scarlett, mon couteau est toujours contre ta gorge : n'essaie pas de t'enfuir quand je vais te lâcher. Petit, tu vas poser la coupe, le couteau et la broche dans ma main.

Le trésor de la Vouivre, chuchota la triple voix. Il revient toujours. Nous le gardons pour le Maître.

Bod se baissa, prit les objets sur l'autel, les déposa dans la main ouverte et gantée du Jack. Celui-ci sourit largement.

– Scarlett. Je vais te relâcher. Quand j'aurai enlevé le couteau, je veux que tu t'allonges, face contre terre, les mains derrière la tête. Si tu bouges ou si tu tentes quoi que ce soit, je te tuerai dans la douleur. Tu m'as bien compris ?

Elle déglutit. Sa bouche était sèche, mais elle avança d'un

pas en tremblant. Son bras droit, que le Jack avait tordu jusqu'entre ses omoplates, était engourdi, et elle avait des fourmis dans l'épaule. Elle s'allongea, la joue posée sur la terre battue.

On est morts, se dit-elle sans même une nuance d'émotion. Elle avait l'impression d'assister à des événements arrivant à d'autres, une pièce de théâtre surréaliste qui aurait tourné à la partie de Meurtre dans le Noir. Elle entendit Jack empoigner Bod...

– Laissez-la partir, fit la voix du garçon.

Celle de Jack :

– Si tu fais tout ce que je te dis, je ne la tuerai pas. Je ne lui ferai même pas mal.

– Je ne vous crois pas. Elle peut vous identifier.

– Non.

La voix adulte semblait sûre de son fait.

– Elle ne peut pas. Dix mille ans, et le couteau est encore tranchant... (L'admiration dans la voix était palpable.) Petit. Va t'agenouiller sur cet autel. Les mains derrière le dos. Tout de suite.

IL Y A SI LONGTEMPS, dit la Vouivre, mais tout ce qu'entendit Scarlett fut un son glissant, comme si des anneaux gigantesques s'enroulaient autour de la salle.

Le Jack, lui, avait entendu.

– Tu veux connaître ton nom, petit, avant que je répande ton sang sur la pierre ?

Bod sentit le froid du couteau contre son cou. Et à cet instant, il comprit. Tout se ralentit. Tout devint net.

– Je connais mon nom. Je suis Nobody Owens. Voilà qui je suis.

Et, alors qu'il s'agenouillait sur l'autel froid, tout lui parut très simple.

– Vouivre, dit-il à la pièce. Voulez-vous toujours un maître ?

LA VOUIVRE GARDE LE TRÉSOR JUSQU'AU RETOUR DU MAÎTRE.

– Eh bien, n'avez-vous pas enfin trouvé celui que vous cherchiez ?

Il sentit la Vouivre se tordre et se détordre, entendit comme le grattement de mille brindilles mortes, comme si quelque chose d'immense et de musclé se lovait le long de l'intérieur de la salle. Et là, pour la première fois, Bod vit la Vouivre. Après coup, il ne fut plus jamais capable de décrire ce qu'il avait vu : une chose gigantesque, oui ; une chose avec un corps de serpent énorme, mais une tête de quoi... ? Il y en avait trois : trois têtes, trois cous. Les visages étaient morts, comme si l'on avait fabriqué des poupées à partir de corps humains et animaux. Les visages étaient couverts de motifs violets, de tatouages indigo en spirale, qui donnaient aux faces mortes une expression étrange et monstrueuse.

Les visages de la Vouivre fouirent l'air autour du Jack, hésitants, comme s'ils voulaient le toucher ou le caresser.

– Que se passe-t-il ? demanda le Jack. Qu'est-ce que c'est ? Qu'est-ce que ça fait ?

– On l'appelle la Vouivre. Elle garde les lieux. Elle a besoin d'un maître pour lui dire quoi faire, dit Bod.

Jack soupesa le couteau en silex. *Splendide*, pensa-t-il.

– Bien sûr, dit-il ensuite. Elle m'attendait. Eh oui. Évidemment, je suis bien son nouveau maître.

La Vouivre encerclait l'intérieur de la pièce. MAÎTRE ? fit-elle, comme un chien qui a sagement attendu pendant

281

trop longtemps. Elle prononça de nouveau MAÎTRE, comme pour tester le mot et découvrir son goût. Et ce goût était bon, alors elle le redit encore, avec un soupir nostalgique et ravi : MAÎTRE...

Jack baissa les yeux sur Bod.

– Il y a treize ans, je t'ai raté, et maintenant, maintenant nous sommes de nouveau réunis. La fin d'un ordre. Le début d'un autre. Adieu, Boy.

D'une main il abaissa le couteau contre la gorge de l'enfant. L'autre main tenait la coupe.

– Bod, dit Bod. Pas Boy. Bod. (Il éleva la voix.) Vouivre. Que ferez-vous de votre nouveau maître ?

La Vouivre soupira. NOUS LE PROTÉGERONS JUSQU'À LA FIN DES TEMPS. LA VOUIVRE LE RETIENDRA À JAMAIS DANS SES ANNEAUX ET NE LE LAISSERA JAMAIS ENDURER LES DANGERS DU MONDE.

– Alors, protégez-le. Maintenant.

– Je suis votre maître. Vous m'obéirez, dit le Jack.

LA VOUIVRE A ATTENDU SI LONGTEMPS, fit la triple voix de la Vouivre, triomphante, SI LONGTEMPS.

Elle commença à lover autour du Jack ses anneaux formidables et lents.

Il lâcha la coupe. Un couteau à présent dans chaque main – un couteau de silex et un à manche en os noir –, il se mit à protester.

– Arrière ! Ne me touchez pas ! N'approchez pas !

Il cinglait l'air de ses couteaux tandis que la Vouivre s'enroulait autour de lui et, d'un grand mouvement écrasant, l'engloutissait dans ses anneaux.

Bod courut jusqu'à Scarlett et l'aida à se lever.

– Je veux voir, dit-elle. Je veux voir ce qui se passe.

Elle sortit sa diode LED, l'alluma...

Scarlett ne voyait pas ce que voyait Bod. Elle ne vit pas la Vouivre, heureusement pour elle. Mais elle vit le Jack. Elle vit la peur sur ses traits, qui le faisait ressembler à l'ancien Mr Frost. Dans la terreur, il était le gentil monsieur qui l'avait ramenée chez elle. Il flottait en l'air, à cinq ou dix pieds au-dessus du sol, tailladant furieusement le vide de ses deux couteaux, s'efforçant de poignarder quelque chose qu'elle ne voyait pas, et ses efforts restaient visiblement sans effet.

Mr Frost, le Jack, quel qu'il fût, fut entraîné loin d'eux, tiraillé jusqu'à se retrouver les bras en croix, les membres écartés et battants, contre le mur latéral de la chambre.

Scarlett eut l'impression que Mr Frost était entraîné à travers le mur, happé par la roche et avalé par elle. Plus rien n'était visible qu'un visage. Il criait comme un fou, désespéré, hurlait à Bod de tout annuler, de le sauver, pitié, pitié... Puis le visage de l'homme fut tiré dans le mur, et la voix se tut.

Bod se leva de l'autel. Il ramassa par terre le couteau de pierre, la coupe, la broche, et les remit à leur place. Il laissa le couteau de métal noir là où il était tombé.

– Je croyais que la Vouivre ne faisait pas de mal, dit Scarlett. Tu disais qu'elle ne pouvait que nous faire peur.

– Oui. Mais elle voulait un maître à protéger. Elle me l'a dit.

– Tu veux dire que tu savais. Tu savais que ça arriverait...

– Oui. Je l'espérais.

Il la soutint pour remonter les marches et prendre pied dans le chaos du mausolée Frobisher.

– Il va falloir que je nettoie tout ça, observa Bod d'un air détaché.

Scarlett s'efforça de ne pas regarder ce qu'il y avait par terre.

Ils sortirent dans le cimetière. Scarlett répéta d'une voix morne :

– Tu savais que ça arriverait.

Cette fois, Bod ne répondit rien.

Elle le regarda comme si elle ne comprenait pas vraiment ce qu'elle avait devant les yeux.

– Alors tu le savais. Que la Vouivre allait l'emporter. C'est pour *ça* que tu m'as cachée là-dedans ? Hein ? J'étais quoi, moi, *un appât* ?

– Ça ne s'est pas passé comme ça, dit Bod.

Puis il ajouta :

– On est encore en vie, non ? Et il ne nous embêtera plus.

Scarlett sentait la colère et la rage enfler en elle. La peur s'était évanouie, et il ne lui restait plus que le besoin de se déchaîner, de hurler. Elle combattit cette envie.

– Et les autres ? Tu les as tués aussi ?

– Je n'ai tué personne.

– Alors où sont-ils ?

– L'un d'eux est au fond d'un tombeau profond, avec une cheville cassée. Les trois autres sont, euh... très loin.

– Tu ne les as pas tués ?

– Bien sûr que non. C'est chez moi, ici. Tu crois que je voudrais les voir traîner dans les parages jusqu'à la fin des temps ? Écoute, tout va bien. Je me suis occupé d'eux.

Scarlett s'écarta d'un pas.

– Tu n'es pas une personne, dit-elle. Les gens ne se comportent pas comme toi. Tu es aussi affreux que lui. Tu es un monstre.

Bod sentit le sang quitter son visage. Après tout ce qu'il avait traversé cette nuit-là, après tout ce qui s'était passé, c'était d'une certaine manière le plus dur à avaler.

– Non, protesta-t-il. Ça ne s'est pas passé comme ça.

Scarlett commença à s'éloigner de lui à reculons.

Elle fit un pas, deux pas, et allait s'enfuir, se retourner et prendre ses jambes à son cou, partir dans une course désespérée à travers le cimetière, sous le clair de lune, lorsqu'un homme de haute taille, vêtu de velours noir, posa une main sur son bras et dit :

– Je crains que tu ne sois injuste avec Bod. Mais tu seras, sans aucun doute, plus heureuse si tu ne te rappelles rien de tout cela. Faisons donc quelques pas ensemble, toi et moi, et parlons de ce qui t'est arrivé ces derniers jours, de ce qu'il serait sage de te rappeler, et de ce que tu ferais mieux d'oublier.

– Silas, l'interpella Bod. Tu ne *peux pas*. Tu ne peux pas la forcer à m'oublier.

– Ce sera plus sûr ainsi, dit simplement Silas. Pour elle, sinon pour nous tous.

– Mais je... Je n'ai pas mon mot à dire ? demanda Scarlett.

Silas ne répondit rien. Bod fit un pas vers elle.

– Écoute, c'est terminé, la rassura-t-il. Je sais que ça a été dur. Mais... on y est arrivés. Toi et moi. On les a battus.

Elle secouait doucement la tête, comme pour nier tout ce qu'elle voyait, tout ce qu'elle vivait.

Levant les yeux sur Silas, elle lui dit ces quelques mots :

– Je veux rentrer chez moi. S'il vous plaît.

Silas opina. Il descendit, avec la fille, l'allée qui allait les mener hors du cimetière. Bod fixa des yeux Scarlett qui s'éloignait, espérant qu'elle se retournerait pour le voir, qu'elle sourirait ou poserait simplement sur lui un regard dénué de peur. Mais Scarlett ne se retourna pas. Elle ne fit que s'éloigner.

Bod rentra dans le mausolée. Comme il avait besoin de s'occuper, il commença à ramasser les cercueils tombés, à retirer les débris et à ranger dans les cercueils les os éparpillés, déçu de constater que parmi tous les Frobisher, Frobysher et Pettyfer rassemblés pour le regarder, aucun ne semblait savoir au juste quels ossements allaient dans quelle boîte.

Un homme ramena Scarlett chez elle. Plus tard, sa mère ne se rappellerait pas bien ce qu'il lui avait dit, hormis la nouvelle décevante que ce sympathique Jay Frost avait dû quitter la ville.

L'homme parla avec elles, dans la cuisine, de leurs vies et de leurs rêves, et à la fin de la conversation la mère de Scarlett avait curieusement décidé de retourner à Glasgow : Scarlett serait heureuse d'être près de son père et de revoir ses anciens amis.

Silas laissa la fille et la mère discuter dans la cuisine, débattre de l'organisation du retour en Écosse, tandis que Noona promettait à Scarlett de lui acheter un portable. Elles se rappelaient à peine sa venue, et c'était ce qu'il voulait.

Silas regagna le cimetière et trouva Bod assis dans l'amphithéâtre à côté de l'obélisque, les traits figés.

– Comment va-t-elle ?

– J'ai emporté ses souvenirs, dit Silas. Elles vont rentrer à Glasgow. Elle a des amis là-bas.

– Comment as-tu fait pour l'obliger à m'oublier ?

– Les gens sont volontaires pour oublier ce qui ne peut pas être. Cela rend leur monde plus sûr.

– Je l'aimais beaucoup, dit Bod.

– Je suis désolé.

Bod s'efforça de sourire, mais ne trouva pas de sourire en lui.

– Ces hommes... Ils parlaient des ennuis qu'ils avaient eus à Cracovie et... et à Melbourne et Vancouver. C'était toi, n'est-ce pas ?

– Je n'étais pas seul.

– Miss Lupescu ? demanda Bod.

Puis il vit l'expression de son tuteur.

– Elle va bien ?

Silas secoua la tête, et l'espace d'un instant son visage fut terrible à voir.

– Elle s'est battue en brave. Elle s'est battue pour toi, Bod.

– La Vouivre a pris le Jack. Trois autres sont passés par la porte des goules. Il y en a un de blessé mais encore vivant au fond du tombeau Carstairs.

– C'est le dernier des Jacks, dit Silas. Il va falloir que je lui parle, alors, avant le lever du soleil.

Le vent qui soufflait sur le cimetière était froid, mais ni l'homme ni l'enfant ne semblaient le sentir.

– Elle a eu peur de moi, dit Bod.

– Oui.

– Mais pourquoi ? Je lui ai sauvé la vie. Je ne suis pas mauvais. Et je suis tout comme elle. Je suis vivant, moi aussi.

Puis il demanda :

– Comment est morte Miss Lupescu ?

287

– Bravement. Au combat. En protégeant les autres.

Les yeux de Bod étaient sombres.

– Tu aurais pu la ramener ici. L'enterrer ici. Comme ça j'aurais pu lui parler.

– Ce n'était pas envisageable.

Bod sentit ses yeux le piquer.

– Elle m'appelait *Nimini*, dit-il. Personne ne m'appellera plus jamais comme ça.

Silas dit :

– Si nous allions te chercher à manger ?

– *Nous* ? Tu veux que je vienne avec toi ?

– Personne ne cherche à te tuer. Pas en ce moment. Il y a beaucoup de choses qu'ils ne feront plus, maintenant. Donc, oui. Qu'est-ce qui te ferait plaisir ?

Bod envisagea de dire qu'il n'avait pas faim, mais ce n'était tout simplement pas vrai. Il avait un peu mal au cœur, un peu mal à la tête, et il était affamé.

– De la pizza ? proposa-t-il.

Ils traversèrent le cimetière jusqu'aux grilles. En marchant, Bod vit les habitants du cimetière, mais ils laissèrent l'enfant et son tuteur passer parmi eux sans un mot. Ils se contentaient de regarder.

Bod essaya de les remercier pour leur aide, de montrer sa gratitude, mais les morts ne dirent rien.

Les lumières de la pizzeria étaient vives, trop vives pour que Bod soit à l'aise. Silas et lui s'installèrent dans le fond, et Silas lui montra comment utiliser un menu, comment commander à manger. (Il demanda pour lui-même un verre d'eau et une petite salade, qu'il chipota dans l'assiette avec sa fourchette sans jamais la porter réellement à sa bouche.)

Bod mangea sa pizza avec les doigts et avec enthousiasme. Il ne posa pas de questions. Silas lui parlerait en temps voulu, ou pas du tout.

– Nous connaissions leur existence... dit-il, l'existence des Jacks... depuis très, très longtemps, mais nous n'avions vent d'eux que par les résultats de leurs activités. Nous soupçonnions une organisation derrière tout cela, mais ils se cachaient trop bien. Et puis ils sont venus à ta recherche, ils ont tué ta famille. Et, lentement, j'ai pu remonter leurs traces.

– *Nous*, c'est toi et Miss Lupescu ?

– Nous et d'autres comme nous.

– La Garde d'honneur.

– Où en as-tu entendu parler ? demanda Silas.

Puis il ajouta :

– Peu importe. « Les petits cruchons ont de grandes oreilles », comme on dit. Oui. La Garde d'honneur.

Silas souleva son verre d'eau. Il posa le bord contre ses lèvres, qu'il humidifia, puis le reposa sur la table noire et polie.

La surface de la table luisait presque comme un miroir et, en l'observant avec attention, on aurait pu voir que l'homme de haute taille ne s'y reflétait pas.

– Bon, dit Bod. Maintenant que tu en as fini... fini avec tout ça... tu vas rester ?

– J'ai donné ma parole. Je serai là jusqu'à ce que tu sois grand.

– Je suis grand.

– Non. Presque. Pas tout à fait.

Il posa un billet de dix livres sur la table.

– Cette fille, reprit Bod. Scarlett. Pourquoi a-t-elle eu si peur de moi, Silas ?

Mais Silas ne répondit rien, et la question resta suspendue en l'air tandis que l'homme et l'adolescent sortaient de la pizzeria vivement éclairée pour retrouver la pénombre qui les attendait ; et bientôt ils furent engloutis par la nuit.

CHAPITRE HUIT

Départs et adieux

P ARFOIS, IL NE VOYAIT PLUS les morts. Cela avait commencé un mois ou deux plus tôt, en avril ou mai. Au départ cela n'arrivait qu'à l'occasion, mais à présent cela semblait se produire de plus en plus souvent.

Le monde changeait.

Bod erra jusqu'au quart nord-ouest du cimetière, jusqu'au fatras de lierre qui pendait aux branches d'un buis et fermait à demi le fond de la Promenade égyptienne. Il vit un renard roux et un gros chat noir à plastron et chaussettes blanches, en pleine conversation au milieu de l'allée. À l'approche de Bod ils levèrent la tête, surpris, puis filèrent dans les buissons, comme s'ils avaient été pris à comploter.

Curieux, se dit-il.

Il connaissait ce renard depuis qu'il était bébé, et le chat avait toujours rôdé dans le cimetière, aussi loin que Bod s'en souvînt. Ils le connaissaient. Lorsqu'ils étaient d'humeur plaisante, ils le laissaient même les caresser.

Bod commença à se glisser à travers le lierre, mais il trouva le chemin obstrué. Il se baissa, poussa le lierre de côté et se faufila. Il avança sur le sentier avec précaution, en évitant les trous et les ornières, jusqu'à la pierre imposante qui marquait le dernier repos d'Alonso Tomás García Jones (1837-1905, *Voyageur pose ton bâton*).

Bod venait là tous les jours depuis plusieurs mois : Alonso Jones avait parcouru le monde entier et prenait un grand plaisir à raconter ses voyages à Bod. Il commençait toujours par dire « Il ne m'est jamais rien arrivé d'intéressant » avant d'ajouter d'un air sombre « et je t'ai conté toutes mes aventures », puis ses yeux s'allumaient et il s'exclamait : « Sauf... t'ai-je déjà raconté... » Et quels que soient les mots qui suivaient : « La fois où je me suis évadé de Moscou ? » ou « La fois où j'ai perdu une mine d'or en Alaska, qui valait une fortune ? » ou encore « La charge des troupeaux dans la pampa ? », Bod niait toujours, prenait un air impatient, et bientôt sa tête bouillonnait de récits de hauts faits et de grandes prouesses, d'histoires de belles jeunes filles embrassées, de ladres infâmes abattus au pistolet ou combattus à l'épée, de sacs d'or, de diamants gros comme le pouce, de cités perdues et de vastes montagnes, de trains à vapeur et de fameux trois-mâts, de pampas, d'océans, de déserts, de toundras.

Bod gagna la pierre pointue – haute, gravée de torches renversées – et attendit, mais ne vit personne. Il appela Alonso Jones, toqua même sur le côté de la pierre, mais resta sans réponse. Il s'inclina pour passer la tête dans la tombe et appeler son ami, mais au lieu de glisser à travers la matière telle une ombre se faufilant dans une ombre plus profonde, sa tête rencontra la surface avec un choc dur et douloureux. Il appela de nouveau mais ne vit rien ni personne et, avec précaution, s'extirpa de l'enchevêtrement de verdure et de pierres grises pour regagner l'allée. Trois pies perchées dans une aubépine s'envolèrent sur son passage.

Il ne vit pas une âme avant d'avoir atteint le versant sud-ouest du cimetière, où apparut la silhouette familière de la mère Slaughter, minuscule sous son haut bonnet et sa cape, qui déambulait entre les tombes, la tête baissée pour observer les fleurs sauvages.

– Par ici, mon garçon ! s'écria-t-elle. Y a des carpussines sauvages qui poussent dans ce coin. Tu devrais m'en cueillir et les poser près de ma pierre.

Alors Bod cueillit les capucines rouges et jaunes et les porta jusqu'à la stèle de la mère Slaughter, tellement fendillée, usée et érodée qu'on n'y lisait plus que

LAUGH[1]

pour la grande perplexité des historiens depuis plus de cent ans. Il posa les fleurs devant la pierre, respectueusement.

La mère Slaughter lui sourit.

– Tu es un bon petit. Je me demande ce qu'on fera sans toi.

– Merci, dit Bod.

Puis il ajouta :

– Où sont-ils tous partis ? Vous êtes la seule personne que j'aie vue ce soir.

La mère Slaughter le toisa d'un regard acéré.

– Qu'est-ce que tu t'es fait au front ? lui demanda-t-elle.

– Je me suis cogné, sur la tombe de Mr Jones. Elle était dure. Je...

Mais la mère Slaughter pinça les lèvres et inclina la tête. Ses yeux âgés et perçants le scrutaient sous son bonnet.

---

1. RIEZ.

– Je t'ai appelé *petit*, hein ? Mais le temps passe en un clin d'œil, et nous voilà un grand jeune homme, pas vrai ? Quel âge as-tu ?

– Dans les quinze ans, je crois. Mais je me sens toujours comme avant, dit Bod.

La mère Slaughter l'interrompit.

– Et moi je me sens comme quand j'étais une 'tite mioche qui tressait les marguerites dans le vieux pré. On est toujours soi, ça n'change pas, et on change toujours, y a rien à faire.

Elle s'assit sur sa pierre tombale cassée et raconta.

– Je m'rappelle encore le soir où que t'es arrivé ici, mon garçon. « On n'peut pas laisser partir ce p'tit gars », que j'ai dit, et ta mère était d'accord, et les v'là tous qui se mettent à baratiner tant et plus, jusqu'à la venue de la Dame au cheval blanc. « Peuple du cimetière », qu'elle dit, « Écoutez donc la mère Slaughter. N'avez-vous donc point de charité dans les os ? » Et là tous ont été d'accord avec moi.

Elle se tut, secoua sa petite tête.

– Y n'se passe pas grand-chose ici pour rendre un jour différent du suivant. Les saisons défilent. Le lierre pousse. Les pierres tombent. Mais quand t'es arrivé ici... bah, j'suis ben contente que tu sois venu, voilà.

Elle se leva pour tirer de sa manche un chiffon de lin crasseux, cracha dedans, et se grandit le plus possible pour frotter le sang sur le front de Bod.

– Là, que tu sois un peu présentable, dit-elle avec sévérité. Vu que de toute manière je n'sais point quand je te reverrai. Fais attention à toi.

Déconfit comme il ne l'avait jamais été jusqu'alors, Bod ren-

296

tra à la tombe des Owens et fut content de voir ses deux parents l'attendre à côté. À mesure qu'il s'approchait, sa joie se mua toutefois en inquiétude : pourquoi se tenaient-ils debout comme ça, de part et d'autre de la tombe comme des personnages de vitraux ? Il n'arrivait pas à déchiffrer leurs visages.

Son père fit un pas en avant.

– Bonsoir, Bod, dit-il. Je suppose que tu vas bien.

– Assez pour me supporter, répondit Bod, car c'était ce que répondait toujours Mr Owens à ses amis quand ils lui posaient la question.

– Dame Owens et moi-même, nous avons souhaité toute notre vie avoir un enfant. Je suis certain que nous n'aurions pas pu en avoir de meilleur que toi, Bod.

Il leva les yeux sur son fils avec fierté.

– Ah, oui, merci, mais... dit Bod.

Il se tourna vers sa mère, certain de pouvoir lui faire dire ce qui se tramait, mais elle n'était plus là.

– Où elle est partie ?

– Oh. Oui. (Mr Owens avait l'air mal à l'aise.) Ah, tu connais Betsy. Il y a des choses, des moments. Enfin, on ne sait que dire. Tu vois ?

– Non.

– Je crois que Silas t'attend, dit son père avant de disparaître.

Il était minuit passé. Bod se dirigea vers la chapelle. L'arbre qui poussait dans la gouttière de la flèche était tombé lors du dernier orage, entraînant dans sa chute plusieurs ardoises du toit.

Bod attendit sur le banc de bois gris, mais ne vit aucun signe de Silas.

Le vent soufflait en rafales. C'était la fin d'une de ces soi-
rées d'été où le crépuscule s'étire à l'infini, et l'air était tiède ;
pourtant, Bod sentit la chair de poule lui hérisser les bras.

Une voix lui souffla à l'oreille :

– Dis-moi que je te manquerai, godelureau.

– Liza ? dit Bod.

Il y avait plus d'un an qu'il n'avait vu la sorcière ni eu de
ses nouvelles : depuis la nuit des Jacks de tous Métiers.

– Où étais-tu passée ?

– J'observais. Une dame est-elle tenue de dire tout ce qu'elle
fait ?

– Tu m'observais, *moi* ?

– Vraiment, laisser la vie aux vivants, c'est bien du gâchis,
Nobody Owens, fit la voix de Liza tout près de son oreille. Car
l'un de nous deux est trop idiot pour vivre, et ce n'est pas moi.
Dis-moi que je te manquerai.

– Où vas-tu ? lui demanda Bod. Bien sûr que tu me manqueras, où que tu ailles...

– Trop bête, chuchota la voix de Liza Hempstock, et il sentit
sa main posée sur la sienne. Trop bête pour vivre.

Le toucher de ses lèvres contre sa joue, contre le coin de ses
lèvres. Elle l'embrassa avec douceur, et il fut trop désarçonné,
trop absolument pris à contre-pied, pour savoir que faire.

– Tu me manqueras aussi, dit la voix. Toujours.

Un souffle de vent lui ébouriffa les cheveux, à moins que ce
ne fût la caresse de sa main, et puis il fut, il le savait, seul sur
le banc.

Il se leva.

Il alla jusqu'à la porte de la chapelle, souleva la pierre à côté
du porche et en sortit la clé de secours, laissée là par un

bedeau mort depuis longtemps. Il ouvrit la grosse porte en bois sans même tenter de passer au travers. Elle s'entrebâilla en grinçant, en protestant.

Il faisait noir à l'intérieur, et Bod se surprit à plisser les yeux, comme pour essayer d'y voir.

– Entre, Bod.

C'était la voix de Silas.

– Je n'y vois rien, dit Bod. Il fait trop noir.

– Déjà ? fit Silas.

Il soupira. Bod entendit un bruissement de velours, puis on craqua une allumette qui s'enflamma pour allumer deux énormes cierges posés sur de hauts chandeliers en bois sculpté au fond de la pièce. À la lumière des chandelles, Bod vit son tuteur debout à côté d'une grande malle en cuir, de celles qu'on appelle cantines de marine – assez grande pour qu'un homme de haute taille puisse s'y recroqueviller et dormir dedans. À côté était posé le sac en cuir noir de Silas, que Bod avait déjà vu à plusieurs reprises mais qu'il trouvait toujours impressionnant.

La malle était garnie de blanc. Bod mit la main dans le coffre vide, toucha la doublure de soie, toucha de la terre sèche.

– C'est là que tu dors ? demanda-t-il.

– Quand je ne suis pas chez moi, oui, dit Silas.

Bod était abasourdi : Silas avait toujours été là, aussi loin qu'il s'en souvînt et même avant.

– Ce n'est pas *ici*, chez toi ?

Silas secoua la tête.

– Ma maison est très, très loin d'ici, dit-il. Du moins si elle est toujours habitable. Il y a eu des troubles dans ma contrée de naissance, et je suis loin d'être sûr d'y retrouver les miens à mon retour.

– Tu vas rentrer ? demanda Bod.

Ce qui avait toujours été immuable était en train de changer.

– Tu vas vraiment partir ? Mais... tu es mon tuteur.

– J'*étais* ton tuteur. Tu es assez grand pour prendre soin de toi-même. J'ai d'autres choses à protéger.

Silas ferma le couvercle de la malle de cuir brun, et entreprit d'attacher les sangles et les boucles.

– Je ne peux pas rester ici ? Au cimetière ?

– En aucun cas, dit Silas, avec plus de douceur que Bod n'en avait jamais entendu dans ses mots. Tous ceux d'ici ont vécu leur vie, Bod, même si elle fut courte. À présent c'est ton tour. Tu dois vivre.

– Je peux venir avec toi ?

Silas secoua la tête.

– Je te reverrai ?

– Peut-être.

Il y avait de la gentillesse dans sa voix, et quelque chose de plus.

– Et que tu me revoies ou non, je ne doute pas que moi je te reverrai.

Il poussa la malle de cuir contre le mur, s'approcha de la porte du coin, au fond de la pièce.

– Suis-moi.

Bod marcha derrière Silas, le suivit dans le petit escalier en colimaçon qui descendait à la crypte.

– J'ai pris la liberté de faire ta valise, lui expliqua Silas lorsqu'ils arrivèrent en bas.

Sur le carton de missels moisis était posée une petite valise en cuir, une réplique en miniature de celle de Silas.

– Toutes tes possessions sont là-dedans.

– Parle-moi de la Garde d'honneur, Silas. Tu en fais partie. Miss Lupescu en faisait partie. Qui d'autre ? Vous êtes nombreux ? Qu'est-ce que vous faites ?

– Nous ne faisons pas assez, dit Silas. Principalement, nous gardons les frontières. Nous protégeons le bord des choses.

– Quel genre de frontières ?

Silas resta muet.

– Tu veux dire comme arrêter le Jack et les siens ?

– Nous faisons ce que nous avons à faire, dit Silas.

Il semblait las.

– Mais vous avez fait ce qu'il fallait. Je veux dire, en arrêtant les Jacks. Ils étaient horribles. C'étaient des monstres.

Silas fit un pas vers Bod, si bien que l'adolescent dut renverser la tête en arrière pour regarder le visage de l'homme de haute taille.

– Je n'ai pas toujours fait ce qu'il fallait, jeune Bod, dit ce dernier. Quand j'étais plus jeune... j'ai fait pis que Jack. Pis qu'aucun d'entre eux. C'était moi le monstre, à l'époque, Bod, et j'étais pire que tous les monstres.

Bod ne pensa même pas un instant à se demander si son tuteur mentait ou plaisantait. Il savait qu'il entendait la vérité.

– Mais tu n'es plus comme ça, n'est-ce pas ?

– On peut changer, concéda Silas.

Puis il garda le silence.

Bod se demanda si son tuteur – si Silas – était plongé dans ses souvenirs. Alors :

– Ce fut un honneur d'être ton tuteur, jeune homme.

Sa main disparut sous sa cape, réapparut porteuse d'un vieux portefeuille usé.

– C'est pour toi. Prends-le.

Bod prit le portefeuille, mais ne l'ouvrit pas.

– Il contient de l'argent. Assez pour te donner un départ dans la vie, mais rien de plus.

– Je suis allé voir Alonso Jones aujourd'hui, dit Bod, mais il n'était pas là, ou s'il y était je ne l'ai pas vu. Je voulais qu'il me parle d'endroits lointains où il est allé. D'îles, de marsouins, de glaciers, de montagnes. De lieux où les gens s'habillent et mangent d'une manière étrange. (Bod hésita, puis continua.) Ces endroits. Ils sont toujours là. Je veux dire, il y a tout un monde au-dehors. Je peux le voir ? Je peux aller là-bas ?

Silas opina.

– Il y a tout un monde au-dehors, oui. Tu as un passeport dans la poche intérieure de ta valise. Il est au nom de Nobody Owens. Et il n'a pas été facile à obtenir.

– Si je change d'avis, je pourrai revenir ici ? demanda Bod. Puis il répondit lui-même à sa question.

– Si je reviens, ce sera un lieu, mais ce ne sera plus chez moi.

– Aimerais-tu que je t'accompagne jusqu'à la grille ?

Bod secoua la tête.

– Il vaut mieux que je le fasse tout seul. Hum. Silas. Si jamais tu as des ennuis, appelle-moi. Je viendrai t'aider.

– Je n'ai, dit Silas, jamais d'ennuis.

– Non. Bien sûr que non. Mais quand même.

Il faisait noir dans la crypte, elle sentait le moisi, l'humidité et les vieilles pierres et elle lui parut, pour la première fois, toute petite.

– Je veux voir la vie, dit Bod. Je veux la tenir entre mes mains. Je veux laisser une trace de pas sur le sable d'une île déserte. Je veux jouer au foot avec des gens. Je veux...

Il s'arrêta et réfléchit.

– ... je veux *tout*.

– C'est bien, dit Silas.

Puis il leva la main comme pour chasser des cheveux de son œil – un geste fort inhabituel chez lui.

– Si d'aventure il m'arrive d'avoir des ennuis, je t'enverrai chercher sans faute.

– Bien que tu n'aies jamais d'ennuis ?

– Comme tu dis.

Il y avait au bord des lèvres de Silas quelque chose qui aurait pu être un sourire, et qui aurait pu être un regret, et n'était peut-être qu'un tour que jouaient les ombres.

– Alors au revoir, Silas.

Bod tendit la main, comme quand il était petit, et Silas la prit, d'une main froide couleur de vieil ivoire, pour la serrer avec gravité.

– Au revoir, Nobody Owens.

Bod souleva la petite valise. Il ouvrit la porte pour sortir de la crypte, emprunta sans se retourner l'allée en pente douce.

Le portail était fermé depuis longtemps. Il se demanda en l'atteignant si la grille le laisserait encore la traverser ou s'il devrait retourner à la chapelle chercher une clé, mais en arrivant à l'entrée il constata que la petite porte pour piétons était grande ouverte, comme si elle l'attendait, comme si le cimetière lui-même lui faisait ses adieux.

Une certaine silhouette pâle et potelée attendait devant la porte ouverte, et lui sourit alors qu'il s'approchait, et il y avait des larmes dans ses yeux sous le clair de lune.

– Bonsoir maman, dit Bod.

Dame Owens se frotta les yeux de son doigt replié, puis les tamponna avec son tablier et secoua la tête.

– Sais-tu ce que tu vas faire à présent ? lui demanda-t-elle.

– Voir le monde. M'attirer des ennuis. Me débarrasser de mes ennuis. Parcourir des jungles, des volcans, des déserts, des îles. Et voir des gens. Je veux rencontrer des tas de gens.

Dame Owens ne réagit pas sur-le-champ. Elle leva la tête et le regarda longuement, puis elle entonna une chanson dont Bod se souvenait, un air qu'elle lui chantait quand il n'était qu'une chose minuscule, une berceuse avec laquelle elle l'endormait quand il était petit.

Dors, dors, mon tout petit
Dors jusqu'au bout de la nuit
Un jour tu verras le monde
Tu verras comme la Terre est ronde.
Danse, danse avec ton amour,
Pose un baiser sur ses lèvres,
Tu trouveras ton nom un jour
Et un trésor dans les ténèbres...

Puis les derniers vers revinrent à la mémoire de dame Owens, et elle les chanta à son fils.

Fais face à ta vie,
Dans la peine, dans la joie,
Ne passe aucun chemin sans le prendre

– *Ne passe aucun chemin sans le prendre*, répéta Bod.

Il essaya alors de passer ses bras autour de sa mère, comme quand il était petit, mais il eût aussi bien pu tenter d'embrasser la brume, car il était seul dans l'allée.

Il fit un pas en avant, franchit la porte qui l'emmenait hors du cimetière. Il crut qu'une voix disait : « Comme je suis fière de toi, mon fils », mais il était possible, peut-être, qu'il l'eût imaginée.

Le ciel du plein été pâlissait déjà à l'est, et c'est ainsi que Bod commença à marcher : vers le pied de la colline, vers les vivants, et la ville, et l'aurore.

Il avait un passeport dans sa besace, de l'argent dans sa poche. Un sourire dansait sur ses lèvres, un sourire un peu incertain, car le monde est bien plus vaste qu'un petit cimetière sur une colline ; et il recélerait des dangers et des mystères, de nouveaux amis à rencontrer, de vieux amis à redécouvrir, des erreurs à commettre et bien des chemins à parcourir avant, enfin, de revenir au cimetière ou de monter avec la Dame sur le large dos de son grand étalon blanc.

Mais d'ici là, il y avait la Vie ; et Bod y entra les yeux et le cœur grands ouverts.

REMERCIEMENTS

Tout d'abord, en premier et à jamais : j'ai une dette énorme – consciente et, je n'en doute pas, inconsciente – envers Rudyard Kipling et les deux volumes de son remarquable *Livre de la jungle*. Je les ai lus enfant, passionné et impressionné, et les ai relus et rerelus maintes fois depuis. Si vous ne connaissez que le dessin animé Disney, vous devriez lire les livres.

C'est mon fils Michael qui m'a inspiré cette histoire. Il n'avait que deux ans et pédalait sur son petit tricycle entre les pierres tombales un été ; ce livre m'est alors venu en tête. Ensuite, je n'ai mis qu'une vingtaine d'années à l'écrire.

Lorsque j'ai commencé à écrire (j'ai débuté par le chapitre IV), seul le désir de ma fille Maddy de connaître la suite m'a poussé à poursuivre au-delà des premières pages. Holly, quant à elle, n'a rien fait de spécial, mais elle a tout rendu meilleur.

Gardner Dozois et Jack Dann ont été les premiers à publier « La Tombe de la sorcière ». Le professeur Georgia Grilli a parlé de ce qu'était ce livre sans l'avoir encore lu, et l'entendre parler m'a aidé à préciser les thèmes.

Kendra Stout était présente lorsque j'ai vu ma première porte des goules, et a eu la gentillesse d'arpenter plusieurs cimetières avec moi. Elle a été l'auditoire des premiers chapitres, et son amour pour Silas était impressionnant.

L'artiste et auteur Audrey Niffenegger est, elle aussi, un bon guide de cimetières, et elle m'a fait visiter la merveille couverte de lierre qu'est Highgate Cemetery West. Une bonne partie de ce qu'elle m'a raconté s'est faufilée jusque dans les chapitres VII et VIII. L'ancienne elfe du Web Olga Nunes et ma Terrifiante Filleule Hayley Campbell ont rendu cela possible et m'ont accompagné.

Beaucoup d'amis ont lu ce livre en cours d'écriture, et tous m'ont fait des suggestions avisées : Dan Johnson, Gary K. Wolfe, John Crowley, Moby, Farah Mendlesohn et Joe Sanders, entre autres. Tous ont mis le doigt sur des imperfections que je devais arranger. Malgré tout, John M. Ford (1957-2006), qui était le meilleur de mes critiques, m'a manqué.

Isabel Ford, Elise Howard, Sarah Odedina et Clarissa Hutton furent les éditrices du livre des deux côtés de l'Atlantique. Elles m'ont donné fière allure. Michael Conroy a dirigé de main de maître la version livre audio. M. McKean et M. Riddell ont tous deux dessiné des illustrations merveilleuses, chacun dans son genre. Merrilee Heifetz est le meilleur agent au monde, et grâce à Dorie Simmonds tout s'est excellemment bien passé au Royaume-Uni. Jon Levin a prodigué ses conseils et s'est occupé des droits audiovisuels. La Fabuleuse Lorraine Garland, le Merveilleux Cat Mihos et l'Incroyable Kelli Bickman se sont colletés avec mon écriture manuscrite, avec succès la plupart du temps.

J'ai écrit ce livre en bien des lieux : entre autres, la maison de Jonathan et Jane en Floride, un cottage en Cornouailles, une chambre d'hôtel de la Nouvelle-Orléans ; et je n'ai pas pu écrire chez Tori en Irlande parce qu'au lieu de cela j'ai eu la grippe. Mais elle m'a aidé et inspiré quand même.

Et en achevant ces remerciements, ma seule certitude est d'avoir oublié non pas une mais des dizaines de personnes très importantes. Pardon. Mais merci à tous, quoi qu'il en soit.

Neil Gaiman

I said
She's gone
but I'm alive, I'm alive
I'm coming from the graveyard
To sing you to sleep now

Je l'ai dit
Elle est partie
mais je suis en vie, je suis en vie
Je viens du cimetière
pour t'endormir d'une chanson maintenant

Tori Amos, « Graveyard »

D'autres livres

www.wiz.fr
Logo Wiz : Cédric Gatillon

Composition Nord Compo
Impression Normandie Roto Impression s.a.s. en février 2009
Éditions Albin Michel
22, rue Huyghens 75014 Paris

ISBN-13 : 978-2-226-18954-7
ISSN : 1637-0236
N° d'édition : 18390. N° d'impression : 090525
Dépôt légal : mars 2009
Loi n° 49-956 du 16 juillet 1949 sur les publications destinées à la jeunesse.
Imprimé en France.